I0656187

CALVADOS
Nᵒ 70 A
1899

DE L'AMENDE

En matière pénale et en matière fiscale

ÉTUDE THÉORIQUE & JURISPRUDENTIELLE

PAR

R. VINCENT

Docteur en droit
Juge suppléant au Tribunal civil de Bernay

TOVJOVRS AVANT

CAEN
IMPRIMERIE CHARLES VALIN
7 ET 9, RUE AU CANU

1899

CALVADOS
N° 70 A
1899

DE L'AMENDE

En matière pénale et en matière fiscale

ÉTUDE THÉORIQUE & JURISPRUDENTIELLE

PAR

R. VINCENT

Docteur en droit
Juge suppléant au Tribunal civil de Bernay

CAEN

IMPRIMERIE CHARLES VALIN

7 ET 9, RUE AU CANU

—

1899

8° F

M371

DE L'AMENDE

En matière pénale et en matière fiscale

BIBLIOGRAPHIE

CHAUVEAU ET HÉLIE. — *Théorie du Code pénal*, t. Ier, ch. VIII, n°s 125 à 135, — ch. IX, n°s 182 à 193.

BLANCHE. — *Études pratiques sur le Code pénal*, t. Ier, n°s 62, 173, 268 à 312, 354 à 438. .

ORTOLAN. — *Éléments de droit pénal*, t. II, chap. VII, n°s 1579 à 1587.

TRÉBUTIEN. — *Cours élémentaire de droit criminel*, t. Ier, p. 273 et suiv.

LESELLYER. — *Traité de la criminalité, de la pénalité et de la responsabilité*.

MANGIN. — *L'action publique*, t. Ier, n^cs 41 et suiv., — t. II, n° 462 et suiv.

DURIEU FILS. — *Traités sous forme de règlement des poursuites en matière d'amendes et de condamnations pécuniaires*.

GARRAUD. — *Traité théorique et pratique du droit pénal français*, t. Ier, n°s 348 à 357, p. 568 et suiv.

LABORDE. — *Cours élémentaire de droit criminel*, n°s 399 et suivants.

HAUSS. — *Principe généraux du droit pénal belge*, t. II, p. 42 et suivantes.

DALLOZ. — (Alphabétique) V^is *Peine, — Contributions indirectes, — Forêts, — Octroi, — Postes et télégraphes, — Douanes, — Contrainte par corps,* —

1

Instruction criminelle, — Amendes, — Chose jugée, — Appel criminel, — Droit politique, et Supplément au répertoire (iisdem verbis).

DALLOZ. — *Jurisprudence générale. — Tables décennales.*

SIREY. — *Périodique et Tables décennales,* notamment au mot « *Amende* »,

PANDECTES FRANÇAISES. — V^{is} *Obligation, — Amende, — Douanes, — Contributions indirectes, — Chemins de fer,* etc.

MERLIN. — *Répertoire et questions de droit.* (Amende. — Appel. — Droits réunis.)

FUZIER-HERMAN. — V° *Amende.*

FAVARD DE LANGLADE. — *Répertoire de la nouvelle législation civile, commerciale et administrative.* (Délits et quasi-délits.— Douanes. — Contributions indirectes. — Amende.)

GARNIER. — *Répertoire de l'enregistrement,* notamment au mot « *Amende* ».

Dictionnaire de l'enregistrement.

LABORI. — *Répertoire de droit.* (Amende. — Peine. — Enregistrement.— Octroi.—Douane — Appel, etc.)

DARBOIS. — *Traité théorique et pratique de la contrainte par corps en matière criminelle, correctionnelle et de police.*

J. MARIE. — *Éléments de droit pénal et d'instruction criminelle.*

ED. VILLEY. — *Précis d'un cours de droit criminel.* (Introduction historique.)

BENTHAM. — *Théorie des peines et des récompenses,* livre III, ch. IV, t. II, p. 89 et suivantes.

FILANGIERI. — *La science de la législation* (Traduction 1784) T. IV, p. 64 et suivantes.

LEGRAVEREND. — *Traité de la législation criminelle,* t. II, chap. X.

DE PASTORET. — *Des lois pénales,* 2ᵉ partie, chap. IV, t. Iᵉʳ, p. 141.

BONNEVILLE DE MARSANGY. — *Amélioratinn de la loi criminelle,* t. II, p. 249 et suivantes.

Revue pénitentiaire. - Années 1887, p. 311 à 314, — A. 1885, p. 649, — 1893, p. 890 à 898, 706 à 736, 862 à 869, 1026 à 1065.

Bulletin de l'Union internationale de droit pénal, 1892, p. 135 à 220. (Rapport Rosenfeld.)

Bulletin de la Société de législation comparée, années 1889 et 1893. (Articles de M. Rivière, p. 333 et p. 145 à 146.)

FABIEN THIBAULT. — *Du contentieux de l'administration des douanes,* p. 113 et suivantes.

ORTOLAN. — *Institutes de Justinien,* t, Iᵉʳ, p. 90, 137, 147, 182.

GIRARD. — *Manuel élémentaire de droit romain,* p. 24.

GIRARD. — *Textes de droit romain.*

TACITE. — *De situ, moribus et populis Germaniæ,* XII.

DE VALROGER. — *Esquisse du droit criminel des Romains,* Revue critique, 1860, t. XVI, p. 369, 400 et 519.

ESMEIN. — *Histoire du droit français.*

MONTESQUIEU. — *Esprit des lois,* t. III, p. 333. et suiv. Édition 1829, Paris.

PAUL VIOLLET. — *Précis de l'histoire du droit français,* 1ᵉʳ fasc., p. 39 et suivantes.

THONISSEN. — *L'organisation judiciaire, le droit pénal et la procédure pénale dans la loi salique* (1882), p. 152 et suivantes.

FAUSTIN HÉLIE. — *Le droit pénal dans la législation romaine* (Revue critique), 1882, t. XI, p. 27 et 100.

FERDINAND WALTER. — *Histoire du droit criminel des Romains,* nᵒˢ 819 et suiv.

Kœnigswarter. — *Études historiques sur le développement de la société humaine* (Revue de législation et de jurisprudence), t. XXXV.

Bouchel. — *Bibliothèque du droit français*, v° *Amende*.

Brillon. — *Dictionnaire des arrêts*, v° *Amende*.

Muyart de Vouglans. — *Lois criminelles.*

du Boys. — *Histoire du droit criminel*, l. I et II.

Beaumanoir. — *Coutumes du Beauvoisis*, ch. xxx.

DE L'AMENDE

En matière pénale

ET DE L'AMENDE

En matière fiscale

INTRODUCTION

Dans notre droit moderne, tout méfait porte atteinte, non seulement aux droits des individus, mais encore aux intérêts de la société. Cette conception ne s'est pas dégagée immédiatement; elle suppose en effet la constitution d'un pouvoir social et d'un lien de solidarité entre les membres de la société. Or, dans les temps primitifs, la notion de l'État fait complètement défaut. Les individus sont groupés par petites fractions de familles ou de tribus. Chacune de ces agrégations de personnes a, à sa tête, un chef qui préside à son administration intérieure, et dont l'autorité ne s'étend que sur les membres faisant partie de la même famille ou de la même tribu ; entre les divers groupes, aucun lien de solidarité. La justice sociale ne pouvait par suite être comprise, et, de fait, elle ne l'a jamais été. Mais comment alors étaient réglés les différends qui survenaient entre les diverses tribus ? Quelle devait être la conséquence du crime commis sur un membre d'une famille par un membre d'une autre famille ? Quelle était la répression puisqu'il n'y avait ni loi ni pouvoir social ?

L'individu devait lui-même protéger, ou, selon de Ihering, « réaliser son droit » par sa propre force jointe à celle de ses parents: c'était le système de la vengeance privée, la forme la plus imparfaite et la plus ancienne de répression de l'injustice. La coutume faisait un droit à l'individu lésé, souvent un devoir, de tirer vengeance du tort qui lui avait été causé. Cette vengeance était poursuivie, non seulement sur la personne du coupable, mais encore et à son défaut sur les innocents qui le touchaient de près par les liens du sang : la justice privée remplaçait la justice publique ; la passion dominait le droit.

Mais cette vengeance, dont la nature et le degré ne dépendaient que de la surexcitation de la victime du préjudice, devenue en réalité une institution juridique du jour où la conscience

publique l'avait réglementée [1], cessa bientôt
d'être en harmonie avec les nécessités de la paix
sociale. Elle perpétuait, en effet, les haines de
famille, et était une cause permanente de trouble. Aussi, l'esprit de cupidité, le triomphe de
la force, l'incertitude de la victoire dans les
luttes privées, un certain adoucissement des
mœurs amenèrent-ils l'évolution de la vengeance privée à la composition. Cette évolution
était naturelle; car, « lorsque la fortune est
placée si haut dans l'estime du peuple que sa
lésion entraîne pour le voleur la perte de la
liberté, et pour le banqueroutier la perte de la
vie, lorsque, en partant de considérations pécuniaires, on en arrive à commuer les peines les
plus graves, il est bien aussi permis d'inter-
vertir les rôles et de convertir une peine encourue
en paiement de somme d'argent... « *Il n'est pas
plus étonnant de voir poursuivre contre la personne la satisfaction à raison d'une lésion pécuniaire que de voir la fortune de l'adversaire payer
la peine d'une lésion personnelle* [2]. »

La victime d'un tort, qui avait le droit de se
venger, pouvait renoncer à sa vengeance moyennant une rançon, une composition. La composition était une forme déguisée de la vengeance;

1. Loi du talion.
2. De Ihering, *Esprit du droit romain*, т. 1ᵉʳ, p. 135 et 156.

elle en était le rachat. A l'origine, elle ne fut pas obligatoire ; elle se substituait à la vengeance privée quand les parties le voulaient, si les parties le voulaient, sans que l'offenseur en fût légalement débiteur, sans que l'offensé fût contraint de l'accepter. La composition était *in facultate solutionis*, elle était purement volontaire.

De volontaire, la composition devint légale, obligatoire : à mesure que le pouvoir social se constituait et était assez puissant pour imposer sa volonté à la volonté individuelle, à mesure que les groupes politiques se formaient, que les magistratures se créaient, ils s'occupèrent d'assurer la tranquillité publique en fixant, pour chaque crime ou délit, une composition légale que la victime était obligée d'accepter, et que le coupable était forcé de payer. De plus, comme le méfait avait troublé l'ordre social, indépendamment de la composition versée à la victime, le coupable devait payer une amende au pouvoir constitué.

Enfin, il arriva une époque où l'état, définitivement établi, s'identifia avec la victime : sa personnalité générale fut atteinte dans la personnalité particulière de chacun de ses membres. Il prit en main la querelle de l'offensé, et exigea de l'offenseur une amende unique en raison du trouble causé par son méfait. La ven-

geance publique se substituait ainsi à la vengeance privée.

Telle est l'origine historique du droit pénal.
Avant de songer aux peines corporelles, qui ne
font leur apparition que sous la féodalité, les
sociétés primitives ont édicté comme peines
fondamentales des compositions pécuniaires,
des amendes. Le rôle, par suite, de la peine
pécuniaire a été important dans les anciennes
législations ; aussi nous paraît-il intéressant
de l'examiner avant d'aborder l'étude de l'amende dans notre droit actuel.

DROIT ROMAIN

Les Romains ne connaissaient pas la division
des délits en délits de droit civil et délits de droit
criminel. La table VIII de la loi des XII Tables, à
laquelle il convient de se reporter, ne vise, en
matière pénale, que des délits publics et des
délits privés. Cela tient à ce qu'aucune distinction de la responsabilité en responsabilité
contractuelle et délictuelle, et celle-ci en civile
ou pénale, n'existait. Toute inexécution d'obligation constituait un délit ; toute lésion de droit
revêtait un caractère délictuel, sans avoir à
distinguer si la lésion s'adressait à la personne
ou à la propriété. Le droit romain confondait
l'inexécution d'une promesse avec la perpétra-

tion d'un délit. Il traitait de la même manière le débiteur qui niait sa dette et le voleur qui s'emparait du bien d'autrui : l'essence du délit antique résidait tout entière dans le dommage causé. Le délit privé était donc un fait illicite portant atteinte à des intérêts privés. La répression de ce méfait était exclusivement réservée à la partie lésée, et était poursuivie par une action soumise aux règles de la procédure ordinaire. Cette action tendait à l'obtention d'une peine pécuniaire, d'une amende.

Cependant, parmi les faits qui portaient atteinte aux particuliers, les Romains ont de bonne heure reconnu que certains d'entre eux présentaient une gravité telle, qu'en même temps qu'ils lésaient l'individu, ils lésaient l'intérêt général, l'intérêt de la communauté. Ces faits, qualifiés de « *delicta publica* », étaient réprimés au nom de l'État et déférés à la vindicte publique.

Plus tard, les Romains analysèrent et distinguèrent: c'est ainsi que, sous les XII Tables, un grand nombre de méfaits, tels que les faits de se soustraire au cens, la félonie envers le client, l'homicide, etc., sont soumis à la justice criminelle. A ces crimes publics, quelques lois vinrent en ajouter d'autres : telles sont les *leges Pœtelia* (395), *Cornelia Bœbia* (573), *Cornelia fulvia de ambitu, Fabia de plagiariis,* qui punissent le péculat, la brigue et le *plagium*.

Mais on peut dire que la législation romaine ne s'occupa guère de droit pénal. En revanche, l'autorité répressive du peuple se manifesta dans les comices par tribus d'une manière très active, et d'autant plus active, que les magistrats agissaient avec un arbitraire illimité. L'institution des *quæstiones perpetuæ* retira de l'arbitraire et de l'incertitude primitifs un grand nombre de délits. Dans ce système, chaque délit eut sa loi, sa pénalité, sa procédure, dont l'ensemble et les détails étaient réglés par l'organisation de la *quæstio*.

Sous l'Empire, le système des peines arbitraires reparut, au fur et à mesure que le pouvoir de juger au criminel passait aux magistrats impériaux. Les peines fixes instituées par les *leges publicorum judiciorum* au début de l'Empire et à la fin de la République, disparurent avec les jurys criminels qui avaient remplacé les assemblées du peuple. Bien plus, le principe s'introduisit qu'il n'était pas nécessaire qu'une loi eût prévu et puni un délit pour qu'il fût punissable ; la jurisprudence en créa de nouveaux, ce qui permit, d'ailleurs, de punir par voie de *crimen* certains *delicta privata*.

Les *delicta publica* étaient punis de peines corporelles ou de peines pécuniaires. Ces dernières peines, les plus fréquentes, frappaient les biens du coupable, et pouvaient avoir pour objet·soit le patrimoine entier, soit une somme d'argent déterminée ou à déterminer, une amende *(Mulcta)*.

Le droit de prononcer des amendes apparTenait aux magistrats et au peuple. A l'origine, les magistrats l'exercèrent sans aucune limite, en vertu de l'*imperium* et de la juridiction qui leur appartenaient. Les amendes ainsi infligées étaient toutes arbitraires ; le magistrat punissait selon son bon plaisir, sans débats ni défense préalables. Le montant des amendes dépendait du magistrat qui les prononçait. Mais, dès les premiers temps de la République, des lois positives (les *leges Valeriæ*) vinrent fixer un maximum pour l'amende à prononcer par le magistrat (*suprema vel maxima mulcta)*. Ces lois décidèrent que toute amende qui dépasserait deux moutons et cinq bœufs donnerait lieu à la *provocatio ad populum*, devant le peuple assemblé par tribus. Ce maximum fut étendu par une loi *Aternia Tarpeia* à deux brebis et trente bœufs. (Pline, *Hist. nat.*, XVIII, 3. — Varron, *De ling. lat.*, V, 177.)

L'usage d'exiger des amendes en nature persista pendant longtemps (Varron, *De re rustica*, 1, 9); mais, à partir de la loi Papiria (an 324), on estima une brebis 10 as et un bœuf 100 as. (Tite-Live, IV, 30. — Cicéron, *De republic.*, II 35.) Sous les empereurs, la proportion fut naturellement différente. De cette loi Papiria, il résultait que le maximum des amendes que pouvait prononcer le magistrat ne pouvait dépasser 3.020 as. (Varron, *De ling. lat.*, V, 117. — Cicéron, *De republ.*, II. 35. — Pline, *Hist. nat.*, XVIII, 3.)

Le *jus mulctæ*, d'abord spécial aux magistrats supérieurs, fut étendu à tous les magistrats par la loi *Aternia Tarpeia*.

A côté de ces amendes arbitraires, existaient des amendes fixes prévues par les diverses *leges publicorum judiciorum*. Elles étaient, sans exception, établies par une loi spéciale, qui attachait à une infraction déterminée cette conséquence légale qu'une certaine somme devait être payée à l'État. Le montant de l'amende était indiqué par la loi elle-même. Les amendes fixes étaient des créances conditionnelles qu'avait l'*ærarium* contre un particulier. (*Lex Silia, lex Bantina,* lin. 9; *lex Julia municipalis,* lin. 97; *lex Acilia repet.,* lin. 7; L. 244, Dig. 50, 16.)

Outre les amendes prononcées par les magistrats, et sur lesquelles le peuple statuait en dernier ressort, il y en avait d'autres édictées alors par le peuple, mais sur la *rogatio* d'un magistrat. La quotité de ces peines pécuniaires était déterminée par la loi ou laissée à l'arbitraire de celui qui faisait la *rogatio* : il était cependant d'usage, en pareil cas, de ne jamais prononcer une amende dépassant la moitié du patrimoine de l'accusé. (Caton, dans Aulu-Gelle, VII, 3. — *Lex Silia apud Fest.* — *Lex Acilia repet.* lin. 10. — Voyez Girard, *Textes.*)

Dans les derniers siècles de la République, et sous l'Empire, on créa fréquemment, pour des contraventions, des amendes d'une nature particulière dont la poursuite était confiée soit à un magistrat quelconque, soit même à un citoyen. Elles se poursuivaient par action civile devant les *recuperatores*, tirés au sort par le magistrat.

Il fut fait également usage de l'amende en matière de police par les édiles ; le maximum de ces peines variait, au début de l'Empire, suivant le rang du magistrat.

Le produit des amendes prononcées en matière de *delicta publica* tombait dans le domaine public (Tacite, *Annales*, XIII, 28) ; il recevait fréquemment un emploi particulier, surtout religieux (Cicéron, *De dom.*, 45, 99. — Tite-Live, II, 23 *in fine*; XXVII, 6 *in fine*; XXX, XXXIX *in fine*). Quelquefois même, la loi accordait une partie de l'amende au citoyen. (Tacite, *Annales*, IV, 20.)

En matière de délits privés, de *delicta privata*, la table VIII dè la loi décemvirale nous montre que la législation romaine offre des caractères

communs aux diverses législations criminelles
des peuples grossiers et encore à leur enfance :
la prédominance de l'intérêt individuel sur
l'intérêt social dans la répression ; la peine
révêtant un caractère privé plutôt qu'un caractère public, et se traduisant par une sorte de
rançon ou de composition pécuniaire ; l'action
pénale s'éteignant par le simple pacte.

Les *delicta privata* sanctionnés sous les rois
étaient le *furtum* et l'*injuria* ; le préteur y ajouta
le *damnum injuria datum* et la *rapina*.

Dans le droit actuel, l'obligation qui prend
naissance à la suite d'un délit, à la suite d'un
fait illicite contraire au droit d'autrui, tend uni-
quement à faire obtenir à la victime la réparation
du dommage qui lui a été causé. Cette réparation
ne participe nullement du caractère de la peine;
au contraire, en droit romain, l'idée de peine
est la base sur laquelle repose la notion de l'obligation *ex delicto*. Cette différence fondamentale
ne peut s'expliquer que si l'on remonte à l'origine historique du système des délits privés.

A l'époque primitive, on trouve en vigueur
le système de la vengeance privée, *vindicta privata* ; la puissance judiciaire n'étant pas organisée, son rôle est rempli par l'énergie individuelle.
Plus tard, ce système grossier et barbare se
modifia sous l'influence de certaines causes, un
certain adoucissement des mœurs, le développe-

ment de l'État romain. Sans prohiber d'une façon radicale la *vindicta privata*, l'État vint cependant en réglementer et en restreindre de plus en plus l'application ; il ne l'autorisa que dans des cas qui présentaient un caractère exceptionnel de gravité. En même temps, il sanctionna les pactes et les transactions entre l'offenseur et l'offensé, et conjura la vengeance privée au moyen du paiement d'une certaine somme d'argent, d'une composition pécuniaire, qui, d'abord volontaire, devint obligatoire, et donna naissance au système de la *pœna privata*. Cette transformation était en voie de s'accomplir à l'époque des XII Tables pour certains délits. Avec le progrès de la civilisation, la *vindicta* fut supprimée et remplacée, dans tous les cas, par une composition pécuniaire, une amende, qui porta le nom de *pœna*.

L'action qui est donnée à la victime n'est, à l'origine, que la voie légale pour obtenir une composition pécuniaire ; elle n'est que l'imposition légale du régime de la composition. Le délit fait naître une créance d'amende, et cette amende n'est que la rançon du coupable, l'expression dernière du droit de vengeance. Les peines privées du droit romain apparaissent, dit de Ihering, comme des amendes fixées par la loi ou la coutume, au moyen desquelles on pouvait et devait racheter la vengeance privée en usage primitivement. (Voyez de Ihering, t. Ier, p. 140.)

A côté de la notion du délit privé, se déve-loppa la notion du délit public, qui vint exercer une influence importante sur le système de la *pœna privata*. En effet, vers la fin de la République et au début de l'Empire, cer-tains délits privés furent considérés comme pouvant donner lieu à l'application d'une *pœna publica,* infligée par le magistrat au nom de la société. Deux voies étaient offertes à la victime, la voie civile et la voie criminelle. (3, Dig., *De priv. delict.*, XLVII, 1, 92. — Dig. *De furt.*, XLVII, 2.)

Telle fut l'évolution des deux délits privés créés sous les rois, le *furtum* et l'*injuria*. Pour ces deux délits, le système répressif consista en un moyen terme entre le régime de la *vin-dicta privata* et celui de la composition pécu-niaire.

En cas de *furtum manifestum,* la loi des XII Tables autorisait l'emploi de la *vindicta,* mais en en réglementant cependant l'exercice.

En cas de *furtum nec manifestum,* au con-traire, la *vindicta privata* était prohibée : la victime devait se contenter d'une peine, son droit de vengeance s'étant transformé en une simple créance d'amende. Cette *pœna* était fixée au double de la valeur de la chose volée. — De

2

bonne heure, on chercha à réagir contre la sévérité et l'aspérité de ce droit, et le préteur, en
accordant à la victime une action au quadruple
de la valeur des biens soustraits, interdit, dans
tous les cas, l'emploi de la vengeance privée.

Cette dernière action, *actio furti*, fut délaissée
à l'époque classique pour l'action criminelle.
(92, Dig.. *De furt.*, XLVII, 2.)

Quant au délit dénommé « *injuria* », il a
suivi la même évolution que le délit de *furtum* :
suivant la gravité, la peine du talion ou le paiement d'une amende était appliquée ou exigé.
En cas *d'occentatio carmen famosum*, le coupable
était frappé de la perte du *caput* : c'était bien là
l'application de la peine du talion. (Cicéron, *De
republ.*, IV, 10.) Dans l'hypothèse du *membrum
ruptum*, c'était encore le talion, mais avec facilité
pour l'offenseur d'éviter cette peine à l'aide d'un
pacte de composition. Au contraire, en cas *d'os
fractum*, la répression consistait exclusivement
dans le paiement d'une amende qui variait suivant la qualité de la victime. Enfin, quand il
s'agissait de toute autre injure, la loi n'autorisait que la réclamation d'une amende de 25 as.
(Gaius, III, 223.) Dans le dernier état du droit,
la partie lésée eut le choix entre la poursuite par
voie de *crimen* et l'*actio injuriarum æstimatoria*.

Aux derniers siècles de la République, l'a-
mende était rarement prononcée en matière de

délits publics ; sous l'Empire, elle devint d'une application plus fréquente. (Dig., XLVIII, 19, 1, § 3.)

DROIT GERMANIQUE

Origine et rôle du fredum

Nous retrouvons dans le droit primitif des Germains l'évolution que nous avons constatée en droit romain, en matière de délits privés. Les Germains, race éminemment guerrière, composée d'hommes braves et libres, eurent recours, pour obtenir réparation des offenses qui leur étaient faites et du dommage qui leur était causé, à la vengeance privée. C'était, pour le Germain, un devoir sacré de demander raison les armes à la main, non seulement de l'injustice dont il avait été victime, mais encore du tort qui avait été fait à l'un de ses proches. L'un des traits les plus caractéristiques de la famille germanique est, en effet, l'idée de solidarité qui existe et qui réunit tous ses membres. (*Suscipere tam inimicitias seu patris seu propinqui quam amicitias necesse est. —* Tacite, *De mor. Germ.*, § 21.) Les peines corporelles étaient réservées aux traîtres et aux lâches (Tacite, § 12) ; la vengeance privée était seule admise pour obtenir réparation du préjudice commis, et quiconque

ne se soumettait pas à cette règle était déclaré
félon.

Chaque famille étant solidaire des injures
adressées à l'un de ses membres, il en résultait
que les actes de représailles étaient dirigés par
la famille offensée contre la famille dont faisait
partie l'offenseur. Les guerres intestines nais-
saient, par suite, dans toute l'étendue du pays,
et étaient une cause de désordre permanent.
Aussi, voyons-nous apparaître, sous l'influence
de nouvelles coutumes, cette idée que l'offenseur
a la possibilité de réclamer à l'offensé et à sa
famille une satisfaction pécuniaire, le *wehrgeld*
(wehr, défense, *geld,* prix). Le *wehrgeld* mettait
fin aux différends (Tacite, § XII) entre le coupable et la victime. Mais, à l'origine, la composition
pécuniaire ne fut pas obligatoire ; l'offensé pouvait délaisser le *wehrgeld* pour recourir à la
vengeance privée, *faïda,* dont la violence et la
forme n'étaient autrefois ni limitées ni précisées.
La *faïda* ne tarda pas cependant à être règle-
mentée ; elle ne put s'étendre aussi longtemps
et aussi loin que les combattants le voulaient : la
victime, ni sa famille ne purent infliger un châtiment plus grave que ne l'était le crime dont ils
demandaient l'expiation.

Le peuples germaniques eurent donc à une
certaine époque de leur histoire, la composition
pécuniaire et le talion pour obtenir satisfaction

et réprimer les atteintes portées à leurs intérêts et à leurs droits. Sous l'influence de ces mêmes causes que nous avons signalées en droit romain, sous l'influence du développement de l'État notamment, la composition, de volontaire, devint obligatoire et fit disparaître le talion. La victime devait se contenter de la somme pécuniaire que le coupable était obligé de lui payer. Le chiffre de la composition, qui était laissé à l'arbitraire de l'offensé, fut fixé par la loi elle-même, et les particuliers durent se conformer aux prescriptions légales, et se contenter du tarif qu'elles établissaient. (Montesquieu, *Esprit des lois,* livre XXX, chap. XIX.)

Plus tard, quand le pouvoir social fut établi, que l'ordre social fut stable, et que le lien de solidarité réunit tous les membres de la société, l'État considéra les offenses faites à ses membres comme des offenses l'atteignant directement. Il proclama alors que la justice ne pouvait être une affaire privée, et qu'elle intéressait la Société tout entière. Toute violation de droit donnant lieu à composition pécuniaire, l'État eut le droit de réclamer de l'offenseur une certaine somme d'argent *(fredum)* pour apaiser la vengeance que la société lésée par le crime aurait pu exercer. *(Pars mulctæ regi vel civitati, pars ipsi, qui vindicatur, vel propinquis ejus exsolvitur.* Tacite, § XII.)

A quel titre était versé ce *fredum* ? Était-ce comme récompense de la protection accordée contre le droit de vengeance, ainsi que le prétend Montesquieu ? Était-ce le prix de la protection publique, suivant les opinions d'Ortolan ? Était-ce le prix de la médiation du magistrat entre l'offensé et l'offenseur ?

Nous devons voir dans le *fredum* le prix de la violation de la paix publique. Les principes qui ont présidé à l'établissement du *wehrgeld* ont dû donner naissance au complément de ce *wehrgeld*, au *fredum*. Or, le *wehrgeld* a été organisé comme rachat de la vengeance que les particuliers pouvaient exercer contre ceux qui les avaient lésés. Quand l'État se fut considéré comme atteint par les offenses faites à ses membres, il pouvait, au nom de la société, exercer, lui aussi, son droit de vengeance. Il ne le faisait pas, et il se contentait d'une somme d'argent, d'un *fredum*. C'est donc que ce *fredum* n'était que le rachat de la vengeance sociale, absolument comme le *wehrgeld* était le rachat de la vengeance privée : « Le *fredum* était l'amende de la violation de la paix publique. C'était la voie pour arriver plus tard au point de vue général qui considère chaque délit comme une infraction à la sûreté publique, système qui domine dans nos codes criminels modernes. » Autrement dit, le *fredum* était la véritable amende publique.

Le *fredum (fredhe*, paix*)* était fixé proportionnellement au *wehrgeld*; mais cette proportion
était déterminée différemment suivant les législations. D'après un placite de Clovis III (693), il
était du tiers de la *faïda;* il était, au contraire,
de moitié chez les Lombards[1]. Plus tard, le taux
de l'amende publique augmenta; car, à mesure
que la civilisation s'étendait chez les Germains,
la société considéra de plus en plus les crimes
comme une atteinte directe portée à son existence ; le délit privé se transforma en délit
public : la peine devait, par suite, avoir un
caractère public plutôt qu'un caractère privé.

Dans la répression des crimes et des délits,
les Germains tenaient compte de l'intention coupable, à l'exemple du droit romain et du droit
moderne. C'est ainsi que les lois salique et
ripuaire (XXXVI et XXXI) nous disent que les
enfants et les animaux qui auraient commis un
crime ou délit, ou auraient causé un dommage
ne seraient pas astreints au paiement du *fredum*.
La loi entendait donc ne pas les rendre responsables d'actes qu'ils auraient commis incons-
ciemment, et dont ils n'auraient pu apprécier la
moralité.

Ainsi, le *wehrgeld* était une indemnité due à
la victime, et constituait une protection pour le

---

1. Loi salique, titre L, et Capitulaires de 801, c. 24.

coupable ; le *fredum,* au contraire, revêtait le
caractère de peine publique. (C'est l'amende
de notre droit moderne.) C'était une garantie
que la société s'engageait à faire respecter le
traité de paix intervenu entre l'offenseur et
l'offensé par le moyen des pactes de composition.

L'idée de solidarité, avons-nous dit plus
haut, était le trait caractéristique de la famille
germanique. Aussi ne devons-nous pas être
étonnés de voir admis par les Germains le principe que la peine frappait, non seulement le
coupable, mais encore les membres de la famille
dont il faisait partie. La charge du paiement,
l'obligation de réparer la faute, incombaient à
tous ceux qui se trouvaient sous le même *mun-
dium.* A côté de ce principe de solidarité pas-
sive, les Germains admettaient également le
principe de la solidarité active. La partie privée
de la composition pécuniaire se partageait entre
les membres de la famille de l'offensé. (Tacite,
§ 21.)

Ces principes tombèrent peu à peu en désué-
tude. Le caractère de non-personnalité alla
s'affaiblissant de jour en jour jusqu'à ce que le
principe qui domine notre droit actuel, aux
termes duquel toute peine est personnelle, fût
consacré législativement par un édit de Chil-
debert, de 595.

Les lois germaniques ne se sont pas contentées de poser des règles générales qui auraient permis au juge d'en faire l'application par voie d'analogie dans la répression des délits ; elles se sont attachées à déterminer et à prévoir les cas les plus nombreux, les plus fréquents et les plus divers d'actes coupables portant atteinte tant aux biens qu'aux personnes, avec les circonstances aggravantes ou atténuantes qui, entourant le délit ou le crime, profitaient ou nuisaient au coupable : rien n'était laissé à l'arbitraire du juge.

Divers éléments concouraient à la fixation du *wehrgeld* et du *fredum* : le sexe, la nationalité, la victime, le moment et le lieu du crime. La composition et le *fredum* variaient suivant le rang du coupable et celui de sa victime ; l'inégalité des hommes devant la loi était donc la règle. De même, la composition due en cas de meurtre d'une femme était plus élevée qu'en cas de meurtre d'un homme.

Chez les Francs, la peine avait des degrés suivant qu'il s'agissait du roi, d'un homme libre, d'un serf ou d'un esclave. Le « ban du roi » était une amende qui se rapportait à certains délits troublant plus spécialement l'ordre public, comme l'incendie, le rapt. La quotité de cette amende était fixée, dans tous les cas, à 60 sous d'or,

Il arrivait qu'entre l'offenseur et l'offensé intervenait une paix particulière pour mettre fin à une querelle au moyen d'une somme d'argent: la violation de ces diverses paix était encore un élément qui était pris en considération dans la fixation du taux de l'amende. Contre celui qui violait la paix, contre celui qui portait ainsi atteinte à la foi jurée, contre le *wargus,* une amende double était édictée.

Indépendamment des paix particulières, existaient les paix supérieures, paix générales, protégées, elles aussi, par des peines pécuniaires. Telles étaient: la paix du marché, la paix des saisons, la paix des forêts, la paix de Dieu, dont la violation donnait lieu à une amende neuf fois plus forte que celle payée pour violation de la paix particulière. Le *fredum* devint alors de plus en plus le prix de la violation de la paix et, en général, le prix de la violation de l'ordre public.

A l'origine, la composition et, par suite, le *fredum* étaient évalués en têtes de bétail; la loi salique les évalua en monnaies d'or et d'argent. Elle employa la monnaie romaine, le sou d'or ou 40 deniers. La composition la plus fréquente était celle de 15 sous d'or.

C'était au comte ou *grafio* qu'il appartenait, dans chaque *mall,* de recouvrer la part de la composition qui revenait à l'État dans les transactions conclues et constatées devant lui, ou

clandestinement entre la victime et le coupable.
Si, en principe, le comte ne participait pas à
l'exercice des pouvoirs judiciaires, du moins
pour remplir son rôle financier, il avait le droit
d'être présent aux décisions rendues dans le
mallum du *pagus*. Clotaire II défendit, par
décret, à celui qui avait été volé, de recevoir sa
composition en secret et sans l'ordonnance du
comte (595).

En cas de non-paiement de la sanction pécuniaire, le coupable était déclaré *wargus*, et des
poursuites étaient exercées sur ses biens pour
arriver à désintéresser et l'État et la victime. Ces
poursuites consistaient dans un envoi en pos-
session des biens du condamné au profit de la
partie lésée. Le comte, suivi de 7 rachimbourgs,
se rendait au domicile du débiteur, et sommait
ce dernier de s'acquitter de sa rançon et du
fredum. Si le débiteur résistait, les rachimbourgs saisissaient les meubles et les parta-
geaient à concurrence de la créance entre le
comte, pour un tiers à titre de *fredum*, et la partie
lésée pour deux tiers, à titre de *wehrgeld*.

Transformation de l'amende du droit barbare.—Droit féodal.— Ancien droit

L'usage des compositions, après avoir per-
sisté sous les rois de la période mérovingienne

et carlovingienne, alla s'affaiblissant de jour en jour sous les rois de la troisième race. Il finira par disparaître; car les compositions ou rachat de meurtres et autres actes de violence par l'argent, est incompatible avec un commencement d'ordre public et de sûreté de personnes.

Sous les Carlovingiens, le principe des compositions pécuniaires fut maintenu : dans toute la monarchie franque, les lois étaient personnelles; les barbares étaient jugés d'après leurs coutumes. Le système de répression des Germains existait encore dans ses lignes essentielles. Le droit de la monarchie franque, la législation des capitulaires n'admettaient plus la vengeance privée; ils ne permettaient pas à la victime du délit, ou aux parents qui la représentaient, de refuser la composition. Le *wehrgeld* et le *fredum* étaient le moyen normal de répression des délits. Ils étaient régis par les mêmes principes que sous la législation germanique.

A l'avènement des successeurs de Charlemagne, l'antique droit de vengeance fut rétabli sous le nom de guerres privées : la féodalité, qui venait de naître, ressuscita l'ancienne *faïda* de la barbarie germanique.

Sous l'influence de cette féodalité, nous voyons s'imposer une idée tout autre que celle qui existait antérieurement. C'était la conséquence naturelle, inévitable du morcellement du territoire en petits états, ayant chacun à sa tête un seigneur qui présidait à son administration et à son organisation intérieures. Le droit de vengeance privée et publique se transforme en un droit de vengeance du seigneur. « C'est le seigneur justicier qui est offensé par le crime ; peu importe de composer ou de se pacifier avec les parents ou les amis de la victime : c'est de ce seigneur qu'il faut avoir trêve ou paix. (Ortolan, t. Ier, nᵒ 101.) Le *wehrgeld* disparaît donc. Le *fredum* est perçu par le seigneur, et tout à son profit ; il englobe, il absorbe l'élément privé de la composition. L'amende devient alors une véritable peine.

Le *fredum* ne conserva pas longtemps ce caractère de pénalité, par suite de l'abandon de l'usage des compositions pécuniaires, et aussi par la création des peines corporelles telles que la détention et l'emprisonnement. A côté de ces peines corporelles, le *fredum*, l'amende, resta dans la pratique, « principalement pour indemniser le roi et les seigneurs des frais qu'ils sont obligés de faire pour la poursuite des criminels. » (Muyart de Vouglans, *Lois crim.*, p. 84.) Dans les procès, en effet, où il n'y avait pas de partie civile en cause, les frais nécessités par l'instance incombaient aux roi et seigneurs propriétaires des justices.

La justice pénale prenait un caractère fiscal, et le *fredum* ou l'amende un caractère d'indemnité ; ce caractère ainsi acquis persista jusqu'au moment de la Révolution.

Jusqu'en 1789, les amendes furent fixes ou arbitraires ; leur taux variait suivant la qualité et le rang du coupable. Le gentilhomme payait autant de livres pour le méfait qu'il commettait que le roturier payait de sous pour un délit semblable. « L'on disait communément que les nobles payaient 60 livres d'amende où les non nobles paient 60 sols ; mais, des crimes, les vilains sont plus grièvement punis en leur corps que le noble, et, où le vilain perdrait la vie et un membre, le noble perdra l'honneur et répons en cour. » (*Inst.*, Loisel, tome II, titre VI, 30, 31, 32.) La fortune était un élément qui était pris en considération dans la fixation du taux de l'amende. De même qu'en droit germanique, les injures faites aux femmes étaient punies plus sévèrement que celles adressées aux hommes : « Les injures faites aux femmes se punissent en double. » (Loisel, lib. VI, tit. II, 34.)

Les princes ou seigneurs percevaient à leur profit la majeure partie des amendes pénales. Ils étaient parvenus, dans leur intérêt et au mépris de la sécurité publique, à faire de l'application des peines pécuniaires une « costume contre Dieu et justice. »

« Les amendes étaient des droits utiles à la justice, des profits casuels, accessoires de la rendre ; elles faisaient partie du domaine, et appartenaient à sa majesté dans toutes les cours ou autres juridictions. » (Merlin, *Rép.* v° *Amende,* § 7, p. 229.)

L'amende a donc eu, jusqu'en 1789, un caractère exclusif d'indemnité envers le roi et les seigneurs : la justice pénale prenait bien un caractère fiscal.

En résumé donc, l'amende, dans le droit barbare, jusqu'aux rois de la 3ᵉ race, a eu le caractère de peine. De cette époque jusqu'à la Révolution, elle a été considérée comme une indemnité due aux roi et seigneurs pour leur permettre de rentrer dans les frais par eux avancés pour l'administration de la justice. A partir de 1789, l'amende reprend le caractère qu'elle possédait dans le droit barbare : elle est mise au nombre des peines par le Code pénal, et a pour but, comme toute peine, d'intimider et de corriger (*emendare*) le coupable.

Dans notre ancienne législation, toutes les peines étaient pécuniaires. Elles étaient, pour les seigneurs justiciers et pour le roi, une source importante de profits ; elles leur appartenaient exclusivement ; il n'était donc pas extraordinaire que les amendes fussent le moyen normal de répression.

A l'aide des amendes arbitraires prononcées par les juges en toutes matières, les seigneurs justiciers et le roi allaient parfois jusqu'à la confiscation partielle, même totale des biens du coupable. Les fermiers de justice ne se faisaient pas faute d'augmenter « le fruit de leur juridiction », selon l'expression de Guy Coquille, dans son chapitre 2, *Des confiscations*. Celui qui faisait le procès « se récompensait sur l'amende qu'il taxait si haut qu'il lui plaisait. » De là, une source intarissable d'abus qui consacraient le règne du désordre et de la violence, faisaient de l'infraction aux lois le privilège et en quelque sorte le droit de la richesse, et qui amenèrent et devaient nécessairement amener une réaction contre les peines pécuniaires. C'est ce qui explique pourquoi, dans la législation pénale qui nous régit, il est fait de l'amende un usage si restreint, pourquoi le rôle de l'amende est si effacé.

Cet exposé historique terminé, nous abordons l'étude de l'amende telle qu'elle est organisée par notre Code pénal. Cette étude fera l'objet de la première partie de notre travail. La seconde partie sera consacrée à l'examen de l'amende prévue par les lois sur les contributions indirectes, les douanes, les octrois, etc., et qualifiée par les auteurs « amende fiscale ».

L'amende pénale et l'amende fiscale ne sont pas les seules amendes édictées par notre législation. A côté de ces deux espèces d'amendes, existent des amendes dites « amendes civiles » dont nous ne nous occuperons pas : il nous paraît cependant utile d'en dire quelques mots. Que faut-il entendre par amendes civiles ?

On doit comprendre sous cette dénomination toutes les amendes édictées par le Code civil, le Code de procédure civile, le Code de commerce. Sont également considérées comme amendes civiles, les amendes encourues sous le nom « d'amendes de contravention » par opposition aux « amendes de condamnation ». Ces amendes sont établies par le législateur en matière de timbre, d'enregistrement, de notariat, de droits de greffe, de ventes publiques mobilières, etc. A la différence des amendes de condamnation, elles sont exigibles au moment même de la constatation de l'infraction à la loi, sans qu'il soit besoin de recourir à l'autorité d'une condamnation émanant d'un jugement du Tribunal.

Plusieurs autres lois dont l'énumération est trop longue pour être faite ici, ont prévu des amendes qui, elles aussi, sont des amendes civiles. Ces amendes sont prononcées, soit contre les simples particuliers, soit contre

les officiers ministériels et autres officiers
publics. [1]

Les amendes civiles prononcées par les
tribunaux civils, quelquefois même en dehors
de toute intervention d'une décision judiciaire,
ne sont pas entièrement des peines dans le sens
attaché à ce mot par le droit criminel. Le tribunal civil n'est pas, en effet, un tribunal de
répression, et le mot peine ne s'entend que des
condamnations émanant d'un tel tribunal. Les
règles des amendes pénales ne leur sont pas en
général applicables; il existe cependant quelques
amendes civiles qui, bien que de la compétence
des tribunaux civils, semblent bien avoir un
caractère de pénalité. Telles sont notamment: les
amendes encourues par les officiers de l'état
civil (C. c., art. 50, 53, 156, 193), par les délégués
et délégués suppléants aux élections sénatoriales
(art. 18, L. 1er avril 1875); les amendes prononcées contre les témoins défaillants ou partie
défaillante par le juge-commissaire aux enquêtes, ordres et contributions. Les amendes
infligées aux officiers de l'état civil sont pres-
criptibles, conformément à l'article 636 C. instr.
crim.); elles peuvent être remises par la voie de

---

1. Voyez: Dalloz, v° *Peine*, n° 741; — *Avoué*, n° 218; —
Commissaire-priseur, n°⁵ 26, 35; — *Enregistrement*, n°⁵ 5005 et suiv.,
6201 et suivants; — *Greffier*, n° 131. — *Huissier*, n° 45, 60 et 135. —
Notaire, n°⁵ 728, 816.

la grâce, ainsi que les amendes encourues par les témoins et créanciers défaillants ; mais elles ne passent pas aux héritiers. L'amende édictée par l'art. 264 du Code de procédure civile,' ainsi que celles dont sont frappés les notaires pour contravention à la loi du 17 ventôse an VIII, sont recouvrables par la contrainte par corps. (Avis C. d'État, 14-17 pluviôse an IX.) En dehors de ces particularités que nous venons de signaler pour certaines amendes civiles, les règles des amendes pénales ne sont pas applicables aux autres amendes civiles.

Cette observation faite, nous entrons dans l'étude de la première partie de notre travail.

PREMIÈRE PARTIE

AMENDE PÉNALE

—∘∘⦂∘⦂∘∘—

CHAPITRE PREMIER

CARACTÈRE ET QUALITÉS DE L'AMENDE

L'amende est une peine véritable[1] au même titre que la prison, la réclusion, la détention, les travaux forcés. Ce caractère, qui a varié en France selon les époques[2], lui est formellement attribué dans nos lois actuelles par les articles 9, 11 et 464 du Code pénal.

L'amende est donc une peine. Or, la peine est le mal infligé, au nom du pouvoir social et de l'intérêt public, à l'individu reconnu coupable d'une infraction aux lois. En quoi ce mal doit-il consister ? Il doit consister dans la privation

---

1. GARRAUD, *Traité de droit pénal français*, T. Iᵉʳ, liv. II, titre II, § 61, nº 353. — CHAUVEAU et FAUSTIN HÉLIE. *Théorie du Code pénal*, T. Iᵉʳ, chap. VIII, § 1, nº 129. — LESELLYER, *Traité de la criminalité, de la pénalité et de la responsabilité*, T. II, nº 476. — ORTOLAN, *Éléments de droit pénal*. T. II. chap. VII, nº 1582. — BLANCHE, *Études pratiques sur le Code pénal*, T. Iᵉʳ, liv. I. chap. III, nº 277. — TRÉBUTIEN, *Cours de droit criminel*, T. Iᵉʳ, nº 358. — HAUSS, *Principes généraux du droit pénal belge*, T. I:, lib. III, tit. I, ch. IV, nº 763. — DALLOZ alphabétique, vº *Peine*, nº 765 ; *Supplément*, eod. vº, nº 733. — Pandectes, vº *Amende*, nº 333.

2. Jusqu'au commencement de la 3ᵉ race, l'amende a eu en France le caractère de peine. Elle a perdu alors ce caractère, a pris celui d'indemnité envers l'État ou le seigneur, et n'a recouvré le caractère pénal qu'elle présente actuellement dans nos Codes que dans la législation postérieure à 1789. (Voir l'exposé historique.)

d'un bien, dans une souffrance, et cette privation et cette souffrance doivent être telles, qu'elles
enseignent à tous le respect de la loi, qu'elles
préviennent toute récidive de la part du délinquant, et qu'elles intimident ceux qui seraient
tentés de l'imiter.

Tel est le but vers lequel doit tendre toute
peine : l'amende atteint-elle ce but?

Il est certain que l'amende possède un des
éléments les plus nécessaires pour y parvenir.
Elle est afflictive : en privant le coupable d'une
certaine partie de sa fortune, en diminuant ses
ressources pécuniaires, elle lui cause une
souffrance. Elle agit même sur le délinquant
plus efficacement que la plupart des autres
pénalités. Beaucoup de peines édictées par le
législateur n'agissent en effet que d'une seule
manière. Elles ne frappent l'individu que dans
un de ses foyers de sensibilité physique ou
morale; elles ne le frappent même pas du tout
si toute sensibilité a de chez lui disparu.
Qu'importe la prison au mendiant ou vagabond!
Qu'importe la privation des droits politiques,
électorat et éligibilité, à ceux qui, bien qu'ayant
la jouissance de ces droits, ne les exercent pas!
A l'égard de ces mendiants et vagabonds, qui
ont fait vite le sacrifice de leur liberté, à l'égard
de ces individus, qui n'attachent aucune importance aux droits de citoyens, la prison pour les

premiers, la privation des droits politiques pour les seconds sont peines inefficaces.

L'amende, au contraire, agit de mille façons différentes : elle atteint chacun dans ses jouissances les plus chères ; elle lui enlève une somme d'argent et, par là, tout moyen d'acquérir une satisfaction quelconque. La souffrance qu'elle cause est d'autant plus sérieuse et redoutée, que la richesse semble être et est redevenue l'un des biens les plus recherchés et appréciés. Il est démontré, par les statistiques, que beaucoup de gens solvables préfèrent être contraints par corps, plutôt que de payer l'amende à laquelle ils ont été condamnés [1]. Ne peut-on donc pas affirmer qu'étant donnée la place qu'occupe la richesse dans l'ordre des prédilections humaines, l'amende est d'une efficacité incontestable ? Elle corrigera le coupable, et, par le souvenir de la privation qu'elle inflige, elle l'empêchera de renouveler ou de commettre tout acte ou toute tentative criminels. Ainsi donc, l'amende est afflictive, réformatrice ; elle intimide les délinquants. Ne sont-ce point là les qualités que doivent posséder les peines pour parvenir au but que la société recherche en les infligeant ?

1. Voyez *Revue pénitentiaire*, 1893, p. 1028 et 1029. Rapport de M. Drioux.

L'amende possède en outre de nombreux avantages qui la font considérer comme la peine par excellence.

Elle est la plus libérale de toutes les peines. Elle respecte ce que le droit romain déclarait chose inestimable, la liberté du délinquant; elle ne fait qu'effleurer à peine son honneur; elle se borne à le frapper par la simple privation de jouissances qu'il aurait pu se procurer avec la somme prélevée à titre d'amende.

Elle permet en outre d'écarter un grand nombre de délinquants des prisons, qui sont « une école où la scélératesse s'apprend par des moyens plus sûrs qu'on ne pourrait jamais employer pour enseigner la vertu [1] ». A la différence de l'emprisonnement, elle ne flétrit pas, elle ne déshonore pas. Elle ne déclasse pas le coupable, ne le place pas au ban de la société; elle permet le relèvement moral de ces individus pour qui la répression est plus dans le jugement que dans la peine.

Elle possède en outre d'autres qualités : elle est divisible à l'infini [2]; elle est commensurable, analogue au délit; elle a la qualité de l'économie « à un degré éminent, puisque le mal senti par celui qui paie se convertit en profit pour

---

1. BENTHAM, *Théorie des peines et des récompenses*, T. 1er, p. 167.

2. CHAUVEAU et HÉLIE, T. 1er, p. 202, n° 129.

celui qui reçoit [1] ». Elle est rémissible et réparable ; il ne s'agit en effet que d'en effectuer le
remboursement. Enfin, il n'est point de peine,
dit Bentham, qu'on puisse asseoir avec plus
d'égalité [2].

L'amende cependant, malgré les nombreuses qualités qu'on vient de lui reconnaître,
est l'objet de vifs reproches. De tous les griefs
qui ont été contre elle formulés, le plus important est relatif à son inégalité : « Une faute semblable, dit de Pastoret [3], étant punie dans le
riche et dans le pauvre par la même valeur
pécuniaire, ce dernier est puni un million de
fois plus que le premier. Ainsi, la législation
redouble toujours de sévérité envers le citoyen
qui mérite le plus de bienveillance publique. »
C'est aussi l'avis de Bentham [4] : « Une amende à
prix fixe est toujours inégale. » Quel est le
remède à cette inégalité des amendes ? Comment faire disparaître cette différence entre le
riche et le pauvre ? C'est là une question dont la
solution tout entière réside dans une sage réglementation du taux des amendes [5].

Un second reproche que l'on a adressé à

1. BENTHAM, lib. I, chap. VI, 6 et 10, lib. III, chap. IV, 1, et 2.
2. BENTHAM, lib. III, chap. IV, 1 et 3.
3. DE PASTORET, *Des Lois pénales*, 3e partie, chap. X.
4. BENTHAM, lib. I. V, 2.
5. Voir plus loin chap. III, p. 61.

l'amende est de n'être pas suffisamment personnelle : d'autres personnes que le délinquant
sont exposées à souffrir avec lui ; toutes les personnes qui composent la famille sont atteintes
par la condamnation du père. Si de la caisse
commune, de cette caisse qui les fait tous vivre,
une somme est retirée pour faire face aux obligations créées par une condamnation, le « mal,
« pour les membres de cette famille, ne se borne
« pas pour eux à la diminution du bien-être
« auquel ils sont accoutumés; c'est de plus une
« peine positive d'attente trompée, une peine
« qui ne tombe que sur eux, parce qu'eux seuls,
« en vertu de leurs relations avec leur chef, ont
« pu fonder des espérances habituelles et légi-
« times sur une fortune à laquelle ils doivent
« participer [1] ».

Mais est-ce là un reproche spécial à l'amende?
Non, assurément. Il n'y a pas de châtiment strictement personnel, et la *faute* et la *honte* des
crimes d'un père *rejaillissent* toujours sur ses
enfants : la peine de mort enlève le chef à la
famille ; la peine privative de liberté l'éloigne,
et plonge les enfants dans la misère.

Ce défaut de personnalité même a des avantages, il faut le reconnaître. Le père de famille
hésitera à commettre une mauvaise action en

---

1. BENTHAM, T. II, p. 90.

songeant aux conséquences qu'elle pourra avoir pour sa femme et ses enfants. Bien mieux, ceux-ci seront intéressés au plus haut degré à ce que leur père ne se livre à aucun acte répréhensible capable d'entraîner la perte de tout ou partie de l'avoir commun. Ils l'encourageront donc, ils l'exhorteront, et, par leurs prières, l'empêcheront de commettre bien des délits. Enfin, la peine, se faisant sentir parmi tous les membres de la famille, intimidera et ramènera dans le chemin de l'honneur et du devoir celui qui était sur le point de s'en écarter.

Le législateur doit cependant veiller à ne pas exagérer ce manque de personnalité, et ce doit être pour lui une préoccupation constante dans l'établissement des peines pécuniaires. Il faut ajouter qu'une sage réglementation du *taux de l'amende* peut mettre à néant le grief que l'on formule contre la peine pécuniaire, de n'être pas suffisamment personnelle.

L'amende, a-t-on dit en troisième lieu, est illusoire pour deux catégories de personnes : pour les personnes extrêmement riches, et pour les personnes qui ne parviennent pas à payer.

Examinons les deux parties de ce reproche.

L'amende est illusoire, dit-on, pour les individus extrêmement riches : ceux-ci ne la sentent pas. De même qu'ils méprisent l'argent, ils méprisent les lois, et, la bourse à la main, peuvent

commettre sans regret, sans effroi, tels ou tels
méfaits ; qu'importe au millionnaire la condamnation à 50 fr. ou 500 fr. d'amende : quelle
privation, quelle souffrance cette condamnation
peut-elle lui causer ?

Nous répondrons à cette première partie du
reproche ainsi formulé, en disant qu'il ne s'agit
pas ici de savoir si une amende d'un chiffre
déterminé est efficace, mais de chercher si
l'amende, en général, est une *bonne* peine. Il est
bien évident, en effet, que toute peine pécuniaire ne peut être considérée comme mauvaise,
comme inefficace à l'égard du riche. Supposons,
en effet, qu'une confiscation totale de sa fortune
soit prononcée contre le riche au lieu et place
d'une simple amende ; il est certain qu'il sentira
une semblable peine, et qu'il la sentira encore
même mieux qu'un autre individu. D'où l'on
conclut que, si l'on élève indéfiniment le taux
des amendes, on peut arriver à atteindre n'importe quelle personne.

En second lieu, l'amende est illusoire pour
ceux qui ne la paient pas parce qu'ils ne peuvent pas. Or, les uns ne peuvent pas parce qu'ils
n'ont rien, les autres parce que leurs ressources
pécuniaires sont précaires. Pour les premiers,
il y aurait lieu de se préoccuper de la cause qui
les aurait réduits dans cet état de misère. Si la
triste situation dans laquelle ils se trouvent leur

est imputable, si l'on se trouve en présence de vagabonds, de mendiants, d'individus vivant de rapines, de vices et de crimes, il est bien évident que l'amende contre eux sera toujours illusoire, ainsi du reste que la plupart des autres peines. Pour ces individus, la pénalité tout indiquée se trouve dans une application plus stricte, plus fréquente et entourée de moins de conditions, de la loi du 27 mai 1885 sur la relégation.

Si, au contraire, les individus ne peuvent être déclarés responsables de leur misère, l'amende ne pourra contre eux être recouvrée et sera encore illusoire. Mais le motif de reproche est-il ici bien fondé? Les malheureux qui font l'objet de la condamnation ne sont-ils pas dignes d'être recommandés à la bienfaisance de la société plutôt qu'à sa justice?

Enfin, nous avons les individus qui ne paient pas parce que leurs ressources sont précaires. L'amende sera-t-elle encore illusoire? Non. Nous modifierons son taux, s'il est trop élevé, de manière à n'enlever à ces individus qu'une petite partie de leur avoir, sans les priver du strict nécessaire.

C'est donc à une sage réglementation du taux de l'amende qu'il faut demander d'anéantir complètement ce reproche.

Telles sont les qualités que possède l'amende;

tels sont les griefs qui ont été contre elle formulés.

L'amende édictée par le législateur, bien que consistant dans l'obligation de payer à l'État une certaine somme d'argent, n'est point une réparation pécuniaire imposée au coupable à raison du délit ou du dommage qu'il a commis ou causé ; c'est une souffrance que le législateur a entendu lui infliger à titre de châtiment. Il faut donc rejeter toute idée de rachat d'une faute ou d'indemnité. M. Garraud, en parlant des peines pécuniaires, établit bien la distinction entre l'indemnité et le châtiment: « Il est de l'essence de ces peines, dit-il, que la propriété qui est transférée ou la créance qui est créée, ne soit pas affectée à la réparation du préjudice privé, et reste ainsi distincte des restitutions et des dommages-intérêts dus par suite de l'infraction. (C. p., art. 10.) S'il en était autrement, ce serait là une sorte d'indemnité plutôt qu'un châtiment [1]. »

L'amende a le caractère purement pénal : que va-t-il résulter de ce caractère ?

---

1. GARRAUD, T. II, n° 348.

CHAPITRE II

CONSÉQUENCES DU CARACTÈRE PÉNAL DE L'AMENDE

Du caractère pénal que l'on vient de reconnaître à l'amende, il résulte que toutes les règles relatives et propres aux peines seront applicables à l'amende.

Nous résumons ainsi ces conséquences :

1° La condamnation à l'amende est poursuivie par une action publique.

2° Conformément à la maxime « *Nulla pœna sine lege* », l'amende n'est prononcée que comme châtiment d'un acte expressément défendu par la loi, devenue exécutoire avant sa perpétration. Elle est prononcée même quand l'acte n'a été que tenté ; on n'a pas à rechercher, en effet, si un préjudice quelconque a été causé.

3° L'amende ne peut être prononcée que contre un individu reconnu coupable par un tribunal de répression français.

4° L'amende est personnelle, individuelle. Il existe un lien de solidarité entre plusieurs condamnés à l'amende pour un même délit. (Art. 55 du Code pénal.) Elle ne passe pas aux héritiers.

4

5° Elle est soumise à la règle de l'article 365 du Code d'instruction criminelle.

6° Les modes d'extinction des peines en général lui sont applicables ; mais elle ne peut faire l'objet d'une transaction, à la différence de l'amende fiscale.

Telles sont les conséquences du caractère pénal de l'amende.

§ 1er

ACTION EN CONDAMNATION

a) Exercice de l'action

Dans toute matière pénale proprement dite où l'amende a le caractère de peine, le principe posé par l'article 1er du Code d'instruction criminelle reçoit son application. Aux termes de cet article, « l'action pour l'application des peines n'appartient qu'aux fonctionnaires auxquels elle est confiée par la loi. »

C'est donc au ministère public seul qu'appartient l'action publique, et, par suite, l'action en condamnation à l'amende, qui est une action publique. Les administrations, les parties lésées n'ont pas qualité pour faire prononcer une amende contre un délinquant.

Mais, si les particuliers ne participent point, en matière pénale, à l'exercice de l'action publique, du moins ont-ils le droit de citation directe. Par cette citation directe, le Tribunal de répression est saisi tout à la fois de l'action civile et de l'action publique, par suite de leur connexité, et une condamnation à l'amende contre le délinquant pourra intervenir. Ce que nous devons faire remarquer, c'est que le ministère public aura seul l'exercice de l'action publique, et que c'est en sa présence qu'une condamnation pourra être prononcée.

Il est cependant certains cas où une amende est infligée en dehors de l'intervention du ministère public[1]. C'est ainsi que les juges de paix ont incontestablement le droit de réprimer, quand ils jugent au civil, les insultes, les irrévérences graves, le tumulte, les outrages commis à leurs audiences. Aux termes, en effet, des articles 10, 11, 12 du Code de procédure civile, les parties sont tenues de s'expliquer avec modération, et de garder en tout le respect qui est dû à la justice ; si elles y manquent, le juge les y rappellera d'abord par un avertissement ; en cas de récidive, elles pourront être condamnées à une amende qui n'excédera pas la somme de 10 fr. avec affiches du jugement, dont le nombre

---

1. *Pandectes françaises*, v° *Amende*, n° 290 et suiv.

n'excédera pas celui des communes du canton. Dans le cas d'insulte ou d'irrévérence grave, il en dressera procès-verbal, et pourra condamner à un emprisonnement de trois jours au plus. En dehors de ces articles 10 et 11 du Code de procédure civile, le Code d'instruction criminelle a édicté les articles 505 et suivants, qui prévoient des dispositions générales. Les articles 10, 12 du Code de procédure civile ne s'appliquent qu'aux juges de paix (Cass., 24 mai 1862, S. 62, 1, 1079), et aux irrévérences et insultes aux audiences commises et adressées par les parties en cause. Les dispositions de l'art. 504 et suiv. fournissent au juge d'autres moyens de réprimer les actes de trouble ou de tumulte reprochables aux simples assistants (même arrêt) non parties dans l'affaire appelée. (Dalloz, v° *Audience*, n° 7.) Les articles 10, 11 et 12 doivent être rigoureusement restreints aux cas d'injures et d'irrévérences graves qui ne constituent pas par elles-mêmes ni un délit ni une contravention ; mais le juge de paix a incontestablement le droit de réprimer l'outrage commis envers lui à l'audience, et de prononcer la peine d'amende ou de prison édictée par la loi. Sur ce point, la législation antérieure au Code d'instruction criminelle ne laissait au juge de paix, en vertu des articles 10, 11 du Code de procédure civile, que le droit de dresser procès-verbal et de renvoyer à statuer devant le Tribunal compétent ; mais aujourd'hui, par application de l'article 504 et de l'article 505 du Code d'instruction criminelle, la jurisprudence reconnaît au juge de paix le droit de prononcer la peine proportionnée au délit. (Cass., 26 janvier et 3 août 1854, S. 54, 1, 745. — Carré, Q. 49.)

Le juge de paix peut encore, en vertu de l'article 18 de la loi du 25 mai 1838, infliger une amende à l'huissier qui assiste comme conseil ou représente les parties en qualité de mandataire. L'amende est édictée, comme dans les cas précédents, sans appel. Sa quotité varie entre 25 fr. et 50 fr. Cette peine revêt un caractère disciplinaire plutôt qu'un caractère pénal.

Le juge-commissaire à l'ordre peut infliger une amende au créancier qui ne se présente pas à la tentative d'ordre amiable. De même, le juge-commissaire à une enquête peut, dans le cas de l'art. 263 du Code de procédure civile, et doit, dans le cas de l'art. 264 du même Code, infliger une amende au témoin défaillant. Mais ces deux dernières amendes ont un caractère civil.

L'action publique, dont l'exercice est délégué au ministère public, et l'action civile, qui appartient aux parties lésées, peuvent être poursuivies en même temps et devant les mêmes juges. Ces deux actions restent cependant distinctes et ne se confondent jamais dans leur objet. Il résulte de là que l'appel interjeté par la partie civile seule n'autoriserait pas la Cour ou le tribunal d'appel à prononcer une amende contre le délinquant, s'il avait été acquitté, ou à augmenter ou à diminuer la peine prononcée contre lui en premier ressort. L'appel ainsi formé par la partie civile ne peut avoir pour objet que ses intérêts purement civils. L'article 202 du Code d'instruction criminelle (ancien article 193 du Code de brumaire an IV) a consacré la solution adoptée et par la jurisprudence [1] et par un avis du Conseil d'État du 12 novembre 1806. « L'appel interjeté par la partie civile ne peut en aucune manière saisir le tribunal d'appel de la question pénale. »

Une solution contraire devrait être admise en cas d'appel par la partie civile d'un jugement correctionnel interlocutoire. Dans ce cas, la Cour devant laquelle est porté l'appel doit évoquer l'affaire au fond, et prononcer une peine contre l'inculpé. L'action publique sur laquelle

---

1. Cassat., 10 janvier 1806 (S. 2, 1. 203). — Cass., 18 juillet 1806 (S. 2, 1. 267 et note 5). — Cass., 18 avril 1811 (S. 3, 1, 328). —Cass,, 30 novembre 1821 (S. 21, 6. 527) —Cass., 18 décembre 1874 (S. 75, 1, 136).— Lyon, 21 décembre 1833 (S. 85, 2, 41.)— Cass., 21 février 1889 (S. 89, 1, 391).—5 juillet 1890 (S. 91, 1. 148).—13 avril 1893 (Bull. crim., 93, n° 98). La doctrine est en ce sens : FAUSTIN HÉLIE, *Inst. crim.*, n° 3039 ; — LESELLYER, *Act publique et act. priv.*, n° 101 ; — MANGIN, t. Ier, p. 49 et 50;—DALLOZ, v° *Appel*, n° 365;—*Pandectes*, v° *Amende*, n° 296.

il n'a pas été statué en première instance, n'est pas éteinte ; l'évocation de la Cour a pour effet d'autoriser le ministère public à la porter directement devant le Tribunal supérieur.

Du principe posé par l'article 1er du Code d'instruction criminelle découlent de nombreuses conséquences, qui toutes sont applicables à l'action en condamnation à l'amende.

C'est ainsi que le ministère public, étant l'agent de la société, ne poursuivant qu'au nom et dans l'intérêt de celle-ci, et non dans son intérêt personnel, ne peut arrêter les suites de l'action en condamnation à l'amende après l'avoir intentée. Il ne dispose pas en effet de l'action publique [1].

Le désistement, la renonciation, la transaction de la partie lésée, relativement à l'action civile, sont sans influence sur l'action en condamnation à l'amende. L'article 2046 du Code civil et l'article 4 du Code d'instruction criminelle viennent consacrer ce principe [2].

Si le ministère public ne peut se désister de l'action en condamnation à l'amende, y renoncer ou transiger sur cette action, il lui est également interdit de renoncer : 1° aux recours

---

1. Cass., 6 décembre 1834, 28 mars 1835 (D. 34, 1, 57 et 35, 1, 256.)

2. MANGIN, op. cit., p. 40, n° 31. Voyez art. 2046, § 2 du Code civil et 4 du Code d'instruction criminelle.

qu'il a pu exercer pour conserver son action; 2° à la faculté d'exercer les recours que la loi a créés pour les jugements intervenus sur ses poursuites; car, dit Mangin, [1] « il ne peut aliéner ni directement, ni indirectement les droits dont il a été investi pour assurer l'exécution des lois et le maintien du bon ordre. »

L'action en condamnation à l'amende étant une action pénale, la femme mariée peut être poursuivie par cette action, sans avoir besoin de l'autorisation de son mari.

b) *Durée de l'action*

L'action en condamnation à l'amende étant une action publique, toutes les causes d'extinction de cette dernière action lui sont applicables.

1° *Prescription* [2]. — Elle doit être exercée, à peine de prescription, dans le laps de temps prescrit pour la poursuite du délit ou de la contravention dont l'amende est la peine. Ce délai sera de 10 ans, 3 ans et un an, selon qu'il s'agira d'un crime, d'un délit ou d'une contravention.

---

1. MANGIN. *op. cit.*, p. 42, n° 32. — LESELLYER, *Action publique et privée*, n° 118. — FAUSTIN HÉLIE, *Instruction criminelle*, n° 580.

2. ORTOLAN, n° 1853. — MANGIN, t. II, n° 287. — DALLOZ, *Prescription criminelle*, n°ˢ 18, 19 et 176 ; *Suppl.*, n° 204. — Cass. crim., 28 janvier 1843; 29 mai 1847 (D. 47, 4, 381). — Cass. crim. 13 mars 1886 (D. 86, 1, 474).

(Art. 637 et suivants du Code d'instruction criminelle.)

La prescription est d'ordre public ; elle peut être proposée en tout état de cause, et doit être suppléée d'office.

2° *Amnistie.* — La société a seule le droit de punir ; c'est à elle seule qu'appartient l'action publique. S'il en est ainsi, elle peut renoncer à cette action : elle exerce ce droit de renonciation en accordant une loi d'amnistie.

3° *Décès du prévenu* [2]. — Deux situations qui ne sont que l'application de l'article 2 du Code d'instruction criminelle et qui, bien que différant dans leur énoncé, sont identiques quant au résultat, peuvent se présenter : ou bien le coupable meurt avant que l'action en condamnation à l'amende ait été exercée ; ou bien le décès du prévenu survient après l'exercice de l'action en condamnation, mais avant que le jugement soit devenu définitif [3] : dans ces deux cas, il

1. CHAUVEAU et HÉLIE, n° 131. — ORTOLAN, n° 353. — DALLOZ, *Répert.*, v° *Peine*, n° 771, *Suppl.*, n° 106, 735. — Pandectes alphabétiques, v° *Amendes*, n° 315. — BLANCHE, n° 293. — HAUSS, T. II, n° 771, III. — Cass., 28 messidor an VIII, — Cass., 9 décembre 1813 (S. 14, 1, 94).

2. Le délinquant meurt *integri status*, s'il décède avant d'avoir appelé, en tant qu'on n'a pas statué sur son appel ; il meurt encore *integri status*, si son appel est rejeté, s'il s'est pourvu en cassation, ou s'il est décédé en dedans des délais utiles pour se pourvoir ; enfin, il meurt *integri status*, si, son pourvoi même rejeté de son vivant, la notification du rejet ne lui a pas été faite avant sa mort. (PARIN-GAULT, *Revue pratique de droit français*, année 1857, p. 305.)

meurt *integri status*. On ne peut songer à intenter ou continuer les poursuites pour obtenir une
condamnation ; car, en agissant ainsi, ce serait
faire en réalité un procès à la mémoire du défunt.

4° *Autorité chose jugée.* — S'il est intervenu
un premier jugement ou un premier arrêt re-
laxant le prévenu des fins de la poursuite ou le
condamnant à une amende; s'il y a, entre l'action
qui a abouti à l'une de ces décisions définitives
et celle que l'on veut recommencer, identité
d'objet, de cause, de personnes, l'exception de
chose jugée peut alors être proposée; car, pour
le même fait, qualifié de même, une première
peine a été prononcée qui a épuisé l'action
publique.

§ 2

DANS QUELS CAS IL Y A LIEU A AMENDE

Dans notre ancienne jurisprudence, presque
toutes les peines étaient arbitraires. Les juges
possédaient un pouvoir discrétionnaire pour
leur détermination, pouvoir que diverses ordonnances vinrent considérablement augmenter en
permettant aux juges de punir même les faits
non prévus littéralement par les édits, et d'appliquer à ces délits une peine plus ou moins forte
suivant la gravité des cas.

Ce système des peines arbitraires ne put survivre à la Révolution de 1789. L'article 8 de la Déclaration des Droits de l'Homme vint restreindre cette latitude laissée aux juges pour l'application des peines. Il est ainsi conçu : « La loi ne doit établir que des peines strictement et évidemment nécessaires, et nul ne peut être puni qu'en vertu d'une loi promulguée antérieurement et légalement établie. »

De ce principe, qui domine toute notre organisation pénale, et qui a été consacré par l'art. 4 du Code pénal, il résulte que l'amende, comme toute autre peine, ne peut être prononcée qu'en vertu d'un texte précis de la loi l'édictant. Nous devons ajouter : ou d'un règlement. Les diverses autorités administratives ont reçu, en effet, par une délégation expresse faite par le législateur, le droit d'ordonner ou de défendre certains actes; et, comme complément de ce droit, elles ont été investies du pouvoir d'édicter des pénalités, généralement des amendes, sanctionnant les prescriptions qu'elles ont établies. Ces amendes, ainsi prononcées en vertu de règlements administratifs, n'en sont pas moins prononcées par des lois.

Une question délicate est celle de savoir si toutes les dispositions législatives ou réglementaires qui ne portent pas de sanction pénale, peuvent tomber sous l'application de l'art. 471

§ 15, aux termes duquel « seront punis d'une amende ceux qui auront contrevenu aux règlements légalement faits par l'autorité administrative..... »

En ce qui concerne les lois, du moment que le législateur n'a pas édicté de pénalités pour les infractions à ses prescriptions, il n'est pas permis de suppléer à son silence. (Cass., 11 janvier 1879, D. 80, 1, 143).

La question est plus compliquée en ce qui concerne les décrets. La Cour de cassation, dont la jurisprudence n'a jamais varié, admet qu'une sanction pénale ne peut intervenir si le décret réglementaire n'en contient aucune, et s'il ne satisfait pas à certaines conditions de fond.

Avant l'insertion dans notre Code de l'article 471 § 15, en l'absence des dispositions spéciales sur la sanction des règlements de l'autorité administrative ou municipale, on réprimait les infractions à ces règlements en vertu de la loi des 16–24 août 1790 (tit. 11, art. 2 et 5), et 603 et 606 du Code de brumaire an IV[1]. Cette loi du 16 août 1790 décidait que les contraventions de police devaient être punies de peines de police. S'inspirant de cette disposition législative, la Cour de cassation avait jugé à

1. Cass. crim., 27 décembre 1828 (Bull. crim., n° 336). — Cass. crim , 16 novembre 1833 (Bull. crim., n° 464).

plusieurs reprises que les règlements émanant
du chef de l'État, et dont l'objet rentrerait dans
le cercle des matières de police confiées par la
loi à l'autorité municipale, seraient sanctionnées
par les mêmes peines que les dispositions de
l'autorité administrative et municipale [1]; mais
elle refusait toute sanction aux ordonnances prises en dehors de ces matières de police [2]

Lors de la revision du Code pénal, en 1832,
on inséra une disposition dispensant de ne plus
avoir recours aux lois de 1790 et de brumaire
an IV, disposition de laquelle il résultait qu'une
amende était prononcée contre ceux qui contre-
viendraient aux arrêtés pris par l'autorité municipale sur les matières déterminées par l'article 3, titre 11 de la loi des 16-24 août 1790, et
*aux règlements légalement faits par l'autorité
administrative*. En présence du nouveau paragraphe ainsi ajouté à l'article 471, devait-on,
pour tous les règlements légalement faits par
l'autorité administrative, et ne contenant aucune
sanction à leurs prescriptions, décider qu'une
amende serait et devrait être prononcée? La
Cour de cassation a admis la négative. Elle a
décidé, suivant en cela sa jurisprudence anté-

---

1. DALLOZ, *Manufactures et ateliers dangereux*, n° 184. — Cass.
crim., 25 février 1826 (Bull. crim., n° 33). — 16 juillet 1840 (Dalloz,
Jurisprud. génér., v° *Boulanger*, n° 22).
2. Cass., 27 janvier 1826 (Bull. crim.. n° 31).

rieure à la revision de 1832, que la sanction
prévue par le § 15 de l'article 471 ne s'applique
aux règlements, même légalement faits par
l'autorité administrative, que : 1° s'ils ont statué
sur des objets de police municipale déterminés
par les lois de 1790 et du 5 février 1884, ou sur
des matières réglées par l'autorité préfectorale ;
2° si les décrets pris par le chef de l'État l'ont
été en vertu d'une délégation expresse de la loi.

Cette opinion n'a pas été admise sans contes-
tation. Les règlements et arrêtés des préfets et
des maires, dit-on, ne sont légalement faits et
pris, et ne peuvent être considérés comme tels,
que s'ils portent sur des matières à eux spécialement déléguées par la loi. Le pouvoir réglementaire des autorités administratives, prévu pour
les maires par l'article 97 de la loi du 5 avril 1884,
pour les préfets par la loi du 22 décembre 1789,
janvier 1790, ne leur appartient qu'exceptionnellement ; leur compétence est restreinte. Or,
le pouvoir du chef de l'État a une étendue beaucoup plus grande : c'est un pouvoir réglementaire général pour l'exécution des lois, qui n'a
d'autres limites que celles qu'il rencontre dans
les attributions du pouvoir législatif. Tous les
décrets, tous les règlements qui émanent du
chef du pouvoir exécutif *sont donc tous légalement faits*, et la sanction de l'art. 471 § 15 devrait
leur être appliquée ; car ils rentrent dans les

termes mêmes de cet article. (Aucoc, *Conférence sur le droit administratif*, t. Ier, n°s 52 et suivants, page 407.)

Nous nous rangeons à l'interprétation restrictive de la Cour de cassation. Si nous nous reportons aux paroles du rapporteur lors de la revision de 1832, nous pouvons être convaincus que le législateur n'a entendu que confirmer une jurisprudence antérieure constante de la Cour suprême. Les additions à l'article 471 ont été faites dans un but qu'il est facile de comprendre. « La pratique judiciaire de tous les jours, dit en effet M. Dumon à la Chambre des députés, est obligée de rechercher dans le Code de brumaire an IV divers règlements de police ; ils seront mieux placés dans le Code de lois pénales. »

Nous devons renfermer l'application de l'article 471 § 15 dans les limites tracées par la jurisprudence, c'est-à-dire ne prononcer la peine d'amende que comme sanction des règlements légalement pris, et statuant sur des matières de police municipale non comprises dans le cercle de matières de police attribuées à l'autorité préfectorale, sans distinguer si ces règlements sont pris soit par le maire, soit par le préfet, soit par le chef de l'État. De même, une amende devra être la sanction des prescriptions contenues dans les décrets et règlements pris par le chef du pouvoir exécutif sur toute matière, mais en vertu d'une délégation expresse et spéciale de la loi[1].

L'amende, comme toute peine, est soumise au principe de la non-rétroactivité des lois; le décret du 23 juillet 1810, art. 6, s'applique donc en notre matière. Le coupable doit voir prononcer contre lui l'amende établie par la loi au moment où il a commis l'infraction ; mais, si, entre le jour du délit et le jour de la condamnation, cette loi vient à être modifiée, c'est l'amende infligée par la loi nouvelle qui sera prononcée, à la condition toutefois que cette amende soit d'un chiffre moins élevé et, par suite, moins afflictive que celle prévue par l'ancienne loi[2]. Les lois *in mitius* rétroagissent toujours en faveur des prévenus.

Tout individu qui commet un acte expressément défendu par la loi est coupable, et doit, comme tel, être condamné à la peine d'amende qui est édictée comme sanction de son infraction. De même, tout individu qui, dans la perpétration de l'infraction, se trouve interrompu par des circonstances indépendantes de sa volonté, est coupable et doit également être condamné. Les dispositions légales sur la ten-

1. Crim. cass., 17 avril 1856 (D., 56, 1, 189). — 22 juillet 1875 (D., 76, 1, 190). — 3 mars 1877 (S , 77, 1, 333). —13 décembre 1851 (D., 52, 1, 303). — 23 octobre 1886 (D., 87, 1, 505).

2. L'État ne pourrait prétendre avoir un droit acquis à faire prononcer l'amende prévue par l'ancienne loi. (Cass., 11 décembre 1863, S., 64, 1, 301.)

tive (articles 2 et 3 du Code pénal) sont en effet applicables en matière d'amende.

Mais une amende pourrait-elle être infligée si aucun préjudice n'avait été causé ? Il faut répondre par l'affirmative. L'amende n'est pas destinée à réparer le préjudice qui a pu être causé; elle a pour but d'infliger une peine utile, une souffrance au condamné. Peu importe qu'il y ait eu ou qu'il n'y ait pas eu préjudice ; peu importe que le délit ait été complètement commis ou simplement tenté, l'intention coupable n'en existe pas moins : c'est cette intention coupable que l'amende doit punir. C'est la doctrine de la Cour de cassation [1].

L'amende ne peut être prononcée, avons-nous dit, qu'en vertu d'une loi ou d'un règlement: elle se distingue par là de la clause pénale, qui résulte d'une simple convention. Quel est l'effet de la clause pénale ? Elle détermine à l'avance et à forfait le quantum des dommages-intérêts dus par l'une des parties contractantes, à raison de

---

1. Cass., 17 brumaire an VII (S. 1, 1, 125) et 17 octobre 1837 (S. 38, 1, 172). — Voici l'espèce dans laquelle ont été rendus ces 2 arrêts : des animaux avaient divagué dans les champs ; mais, pour les propriétaires de ces champs, il n'était résulté aucun préjudice de la divagation. Néanmoins, le propriétaire des animaux fut poursuivi devant le Tribunal correctionnel. Le Tribunal prononça son acquittement, basant sa décision sur l'absence de préjudice. Sur pourvoi, la Cour de cassation a jugé le contraire, déclarant que « le Code rural ne subordonne l'action du ministère public ni à la circonstance d'un préjudice causé, ni à la provocation par la partie lésée ».

l'inexécution ou de l'exécution incomplète des conditions des contrats. A la différence de l'amende, elle ne peut être exigée que s'il y a eu préjudice causé. [1] Si l'on admettait le contraire, on arriverait à dire que les particuliers peuvent édicter des pénalités. Or, la société a seulement le droit de punir; la clause pénale n'est donc pas une peine véritable: les règles du droit pénal ne lui sont pas applicables [2]. Tout au plus, pourrait-on, avec M. Garraud [3], considérer la clause pénale comme une « peine privée que la loi permet aux parties de stipuler comme sanction civile de leurs obligations. »

§ 3

JURIDICTION COMPÉTENTE

L'amende, avons-nous vu, ne peut résulter que d'un texte précis de la loi ou d'un règlement. Elle ne peut, de plus, être appliquée et elle n'est due que lorsqu'un jugement est intervenu après

---

1. Voyez : DALLOZ, *Obligation*, 659, note 1, et 883, note 2 et les arrêts qu'il cite. — Cass., 1er décembre 1828. — Lyon, 16 juin 1832. — *Contra :* Paris, 15 novembre 1837 (Pand. chronologiques, 88, 2, 309 et la note).

2. GARRAUD, *Précis de droit criminel*, 6e édition, 1898, 1er fascicule, n° 215, p. 280. — HAUSS., T. II, n° 763. — DALLOZ, *Obligation*, n° 1595, 1. — Pandectes, *Obligation*, n° 2557.

3. GARRAUD, *op. cit.*, n° 215, p. 280.

la constatation préalable de la culpabilité du délinquant[1].

En général, c'est à la juridiction de répression qu'il appartient de prononcer des condamnations à l'amende, car l'amende est une peine véritable[2]. Le Tribunal correctionnel, la Cour d'appel, la Cour d'assises prononcent des amendes excédant 15 francs; le juge de paix, des amendes depuis 1 à 15 francs inclusivement, sauf l'application de l'article 463 du Code pénal.

Exceptionnellement, l'amende, même pénale, peut être prononcée par une autre juridiction; les tribunaux civils ont, en effet, le droit d'infliger une amende pour délit d'audience. (Art. 505 du Code d'instruction criminelle.) Il en est de même des tribunaux administratifs. (Art. 13. L. 25 juin 1865.) C'est encore le tribunal civil qui, sur la réquisition du ministère public, punit d'une amende le délégué sénatorial qui, sans cause légitime, n'a pas pris part à tous les scrutins, ou qui, étant empêché, n'a pas averti le

---

1. Il existe cependant, dans notre droit, des amendes dites amendes de contravention, qui, ainsi que nous l'avons dit plus haut, sont dues indépendamment de toute décision judiciaire. Les tribunaux ne sont appelés à statuer sur ces amendes que quand le contribuable forme opposition à un acte de poursuite, dirigée requête de l'administration chargée du recouvrement des amendes.

2. DALLOZ, *Brevet d'invention*, n° 329. — Pandectes, *Amende*, n°° 317 et suiv. — HAUSS, T. II, n° 766. — DALLOZ, *Peine*, n° 777 et note 1. — Cass., 26 novembre 1810 (S. 11, 1, 85.) — Angers, 4 juin 1842 (S. 42, 2, 495).

suppléant en temps utile. Une même amende de 50 francs peut, par la même juridiction, être infligée au délégué sénatorial suppléant qui, bien que dûment averti, n'a pas pris part aux opérations électorales. (Art. 18, loi du 2 août 1875.)

De plus, les tribunaux administratifs ont incontestablement le droit d'édicter des amendes; c'est même la seule peine mise à leur disposition. Il en est ainsi : 1° pour les contraventions de grande voirie (l., 19 floréal an X ; loi, 5 juillet 1845, sur la police des chemins de fer, art. 1, 2, et 11. — Décret du 27 décembre 1851, art. 2 et 6, sur les lignes télégraphiques) ; 2° pour contraventions à la police du roulage (L., 30 mai 1851, art. 4 et 9) ; 3° pour contraventions aux servitudes militaires (L., 17 juillet 1879, art. 11. — Décret du 10 août 1853, art. 43 et 48).

§ 4

CONTRE QUI L'AMENDE PEUT ÊTRE PRONONCÉE

a) *Personnalité de l'amende*

L'amende, comme toute peine, est personnelle ; elle ne peut atteindre que les individus qui ont été reconnus coupables de faits prévus et réprimés par la loi.

De cette règle, qui a été confirmée par plusieurs arrêts, il résulte que l'amende ne peut être prononcée contre les personnes étrangères au fait incriminé, et que, par suite, elle ne peut frapper les personnes déclarées responsables au point de vue civil seulement [1].

La responsabilité civile, édictée par le législateur dans l'article 1384 du Code civil, n'a trait qu'aux restitutions, réparations et frais dus soit à la partie civile, soit à l'État. Cette responsabilité est la sanction d'une faute ou d'une négligence ; c'est la réparation du dommage que cette faute ou cette négligence a causé ou est présumée avoir causé à autrui. Or, l'amende n'est pas une réparation civile ; c'est une peine qui est infligée aux auteurs d'une infraction, et elle ne peut être comprise dans la responsabilité civile que dans les cas pour lesquels une loi spéciale l'a expressément ordonné [2].

1. DALLOZ (*amende* n° 766, *Suppl.*, 733). — CHAUVEAU et HÉLIE, T. Ier, nos 129 et 388. — BLANCHE, T. Ier, n° 285, p. 354, T. II, n° 391. — TRÉBUTIEN, T. Ier, n° 358, p. 273. — GARRAUD, n° 353 a. — LESELLYER, T. II, p. 137, n° 476. — HAUSS, T. II. n° 771, et note 33. En Belgique, la responsabilité civile s'étend aux amendes forestières. (Art 173 et 174 du Code forestier belge.) — GARRAUD, *précis*, n° 216 et suivants.

2. Loi 6-22 août 1791, art. 20, titre XIII. — Décret du 4 germinal an X, art. 8, tit. 3. — Décret 1er germinal an XIII, art. 35. — Décret du 27 prairial an IX. art. 9. — Art. 45-46 Code forestier. Comme je l'exposerai dans la seconde partie (voyez 2e partie, chap. Ier, Du caractère de l'amende fiscale), je considère la responsabilité édictée par les lois ci-dessus indiquées, comme étant une responsabilité pénale et non une responsabilité civile. J'indique, dans le paragraphe étudié, l'opinion de la Cour de cassation en cette matière.

Plusieurs textes de loi ont fait l'application de ce caractère pénal de l'amende. C'est ainsi que, sous l'empire de l'ordonnance de 1669 (titre XIX, art. XIII), la responsabilité en matière forestière s'étendait même aux amendes, s'il s'agissait de délits commis dans les bois de l'État. L'article 206 du Code forestier est venu anéantir cette jurisprudence, et, en se référant à l'article 1384 du Code civil, il a décidé que la responsabilité civile ne s'étendrait désormais qu'aux restitutions, dommages-intérêts et frais.

Le même principe a été édicté en matière de pêche et de chasse. (Article 74, loi 15 avril 1829, et 28, loi 3 mai 1844.)

Une quatrième application a été consacrée dans l'article 1424 du Code civil. Les amendes encourues par la femme ne peuvent s'exécuter que sur la nue propriété de ses biens personnels, tant que dure la communauté ; et, si le même en dispose autrement pour les amendes encourues par le mari (amendes qui peuvent être poursuivies sur l'ensemble des biens de la communauté), c'est que le mari est seigneur et maître de la communauté, et qu'il existe une confusion entre le patrimoine du mari et les biens composant le patrimoine de la communauté.

La Cour de cassation, de son côté, a restreint la portée de la responsabilité civile aux dommages-intérêts et aux frais encourus, en excluant l'amende en matière de délits ruraux, de loterie tenue sans autorisation, d'infraction aux règlements sur la direction des voitures, de contraventions commises par les préposés des messageries, de contraventions commises par les porteurs de licence ou fermiers de la pêche [1].

Ainsi donc, l'amende ne peut être prononcée que contre les délinquants reconnus coupables. Une première conséquence de cette règle est que les tiers ne peuvent être que civilement responsables des dommages causés par les crimes et les délits.

Une seconde conséquence : pour être condamné à l'amende, il faut être reconnu coupable. Or, la responsabilité pénale peut être écartée si, en faveur d'un délinquant, il existe un fait justificatif ou une excuse absolutoire. Par suite, un mineur, s'il a agi sans discernement [2], un fou ne peuvent être condamnés à l'amende.

Enfin, le chiffre de l'amende devra être gradué suivant le degré de responsabilité [3] de

1. Voir la liste des arrêts indiqués par Lesellyer (*Traité de la criminalité, de la pénalité et de la responsabilité*), T. II, n° 476, p. 135, note 2. — Ajoutez : 24 mars 1855 (Bull. crim., 55, n 116) ; 22 février 1866 (D. 67, 1, 86) ; 21 janvier 1870 ; B. crim . 70, n° 15, 25 mars 1881 (D. 81, 1, 391 ; S. 82, 1, 143). Voyez Chauveau et Hélie, T. Ier, n° 129.

2. Pandectes (*Amende*), n° 386. — Dalloz (*Peine*), n° 381. *Suppl.* n° 362 et suiv. — Dalloz (*Peine*), *Suppl.*, n° 454.

3. La loi du 26 mars 1891 n'a établi d'aggravation, en cas de récidive, que pour les peines privatives de liberté. Avant cette loi, les règles de la récidive étaient applicables à l'amende.

chaque coupable. Les tribunaux, conformément à l'article 69 du Code pénal, ne doivent prononcer, contre un mineur qui est reconnu avoir agi avec discernement, que la moitié de la peine qu'aurait encourue l'individu ayant atteint sa majorité pénale [1].

L'amende ne doit pas encore être appliquée à un individu qui a commis une infraction sans aucune intention coupable [2], parce que le délit, l'infraction ne peut exister qu'autant qu'on a voulu commettre le mal, et ne saurait s'apercevoir là où on n'a cru faire que le bien.

b) *Individualité de l'amende*

L'amende est individuelle [3] : c'est là un corollaire nécessaire de son caractère pénal. Un tribunal ayant à réprimer un fait commis conjointement par plusieurs individus doit prononcer, non pas une amende collective, mais autant d'amendes qu'il y a de codélinquants. En effet, il n'y a pas un seul délit, mais autant de délits

---

1. GARRAUD, T. II, n° 134, T. et note 3.— Cass., 9 avril 1875 (**D.** 77, 1, 508(. — Pandectes (*Amendes*), n° 398. — DALLOZ, *Suppl.* (*Peine*), n° 478.

2. DALLOZ (*Peine*), n° 369, *Suppl.* n° 347.

3. GARRAUD, T. II, n° 353, a. 2°. -- HAUSS, T. II, n° 770. — CHAUVEAU et HÉLIE, n° 133. T. I''. — TRÉBUTIEN, T. I'', n° 364. — BLANCHE, T. I'', n°s 279 et 284. DALLOZ (*Peine*), n° 782, *Suppl.*, n° 114 et 740. - Pandectes (*Amende*), n° 376 et 377.

qu'il y a de personnes ayant pris part au fait
incriminé. Or, le délit, c'est la violation de la loi;
la loi a été violée, par suite, autant de fois qu'il
y a d'individus : à chaque violation de la loi doit
correspondre un châtiment. La culpabilité ne
peut se fractionner. Elle existe tout entière dans
chacune des personnes qui ont coopéré à l'acte;
et, de même que les peines corporelles doivent
être subies intégralement et individuellement
par chacun des auteurs, coauteurs et complices
de l'infraction, de même l'amende doit être
prononcée intégralement et individuellement
contre chacun de ces individus, et doit les
frapper de même. Si, au contraire, une amende
unique était prononcée et distribuée entre les
codélinquants, la répression de la loi serait affai-
blie, et le but de la peine ne serait pas atteint.

Dans notre ancien droit, à l'époque où
l'amende avait le caractère de réparation, la
règle de l'individualité de l'amende ne pouvait
être admise. C'est à cause de cette idée d'indemnité, de réparation, que l'on décidait que
« l'amende, étant payée par un des condamnés,
les autres en seraient quittes ».

A l'époque actuelle, la règle de l'individualité de la peine pécuniaire est consacrée
d'une façon unanime par la jurisprudence[1].

1. Cass., 25 mars 1825 (S., 8, 1, 93). — Cass., 18 janvier 1823 (S.,
9, 1, 15). — Cass., 15 février 1828 (S., 9, 1, 35). — Cass., 10 novem-

Quelques auteurs prétendent y apporter des exceptions.

En premier lieu, elle cesserait d'être appliquée chaque fois que le législateur en aurait formellement disposé ; il en est ainsi en matière forestière. Dans les articles 144, 192 et 194 du Code forestier, le législateur, prévoyant le délit, s'exprime d'une façon autre que celle qu'il emploie d'habitude. L'expression dont il se sert (*tel fait. . . . . donne lieu à une amende*) semble bien indiquer qu'il ne s'attache qu'à la gravité matérielle du fait, et que la peine qu'il édicte ne peut, dans sa pensée, ne frapper que le fait et non les personnes. L'amende est donc, d'après lui, en cette matière, *réelle* plutôt que *personnelle*, et le juge, dans ces conditions, ne doit pas prononcer autant d'amendes qu'il y a de personnes ayant coopéré à l'acte incriminé, mais une amende unique, dont le chiffre total, distribué aux codélinquants, soit en rapport avec la gravité matérielle de l'acte, ou la quotité du dommage ou du préjudice causés [1]. C'est du

---

bre 1853 (D., 53, 5, 346). — Cass., 11 juillet 1873 (S., 74, 1, 45); 9 mars 1885 (Bull. crim., 85, nᵒˢ 136 et 137). — DALLOZ, *Peine*, nᵒ 782. — Art. 39 du Code pénal belge.

1. « Le chiffre de l'amende à prononcer pour le délit constaté est proportionné à l'importance plus ou moins grande du tort réel fait à la forêt, et ce chiffre unique répare le délit vis-à-vis de tous les délinquants. » M. MARIE, *Éléments de droit pénal et d'instruction criminelle*, p. 122.) — Voyez Cass., 24 avril 1828 (Bull. crim., nᵒ 126).

résultat seul de l'infraction que l'on se préoccupe, et c'est sur ce résultat qu'est basée la répression.

Devons-nous maintenant généraliser cette solution, que la jurisprudence a consacrée dans de nombreux arrêts en matière forestière, et dire que, dans tous les cas où le législateur a fait dépendre le taux de l'amende de la gravité matérielle du fait ou de la quotité du dommage ou du bénéfice, une amende unique devra seule être prononcée ?

MM. Chauveau et Hélie [1] enseignent l'affirmative. Ils posent l'exception d'une façon générale quand ils disent : « La première exception (au principe de l'individualité) a lieu quand le législateur a mesuré le taux de l'amende à raison de la quotité du dommage causé. »

M. Garraud [2] considère au contraire la règle de l'individualité comme absolue, et il n'apporte aucune exception. La circonstance que la loi s'est attachée, pour fixer le taux de l'amende, à l'importance du dommage causé ou du bénéfice illicite réalisé, ne modifie nullement le caractère de l'amende, et n'a pas pour effet de la rendre *réelle* plutôt que *personnelle*. Pour concilier le principe de l'individualité avec le mode de détermination du chiffre de l'amende adopté par

1. No 133. T. Ir.
2. GARRAUD, *Précis de droit criminel*, 6e édition, 1er fascicule, no 217, p. 282.

la loi dans certains cas [1], le juge devra d'abord
évaluer le préjudice causé ou le gain réalisé, et
prononcer une amende contre chacun des codélinquants, de manière que le total de ces
amendes respectives soit égal au montant total
de ce gain ou de ce dommage. Cette manière de
calculer respectera la règle que toute peine est
individuelle, et aura le grand avantage de permettre de tenir compte de la culpabilité de
chaque délinquant, et de graduer l'amende
suivant cette culpabilité.

Dans l'opinion de MM. Chauveau et Hélie,
le chiffre total de l'amende déterminé se répartit
entre les codélinquants, chacun pour une part
égale.

La question n'a fait de difficulté que pour
l'amende qui punit le crime de faux. (Article 164
du Code pénal.) Un arrêt de la Cour de cassation, du 29 août 1863 [2], a déclaré que les juges
d'appel avaient violé la loi en ne prononçant pas
une amende contre chacun des coupables.

La règle de l'individualité de l'amende devra
toujours être respectée.

---

1. Code forestier, art. 144, 192, 194. — Loi 28 avril 1816, art. 19.
— Code pénal, art. 164, 172, 175, 406.

2. Bull. cass., crim., 1861, n° 197. — Les autres espèces qui ont
été soumises à la Cour de cassation étaient relatives à des matières
dans lesquelles on reconnaît à l'amende le caractère de réparation
civile (matières fiscales, matières forestières). Le principe de non-
individualité doit donc être appliqué.

Une seconde exception a été admise par la jurisprudence [1]. Elle est relative au cas où les prévenus forment entre eux une personne juridique. Une société commerciale peut se voir condamnée à l'amende par suite de la responsabilité de l'un ou de plusieurs de ses membres. Il ne devra être prononcé qu'une amende unique contre l'être collectif, alors même que plusieurs associés auraient été mis en cause individuellement.

Nous ne partageons pas cette manière de décider adoptée par la jurisprudence : il a toujours été reconnu qu'un être collectif n'est pas responsable pénalement. Seul l'État a le droit d'incriminer les personnes morales, et si, par leurs agissements, elles menacent la sécurité publique ou l'ordre social, il a le droit de procéder à l'anéantissement de leur existence juridique. Une société ne peut encourir de responsabilité pénale distincte de celle des individus qui la composent. Ce n'est pas une amende unique qui devra être infligée, mais autant d'amendes qu'il y aura eu de codélinquants, à moins que le législateur n'ait formellement décidé que l'être collectif serait soumis à une poursuite répressive ou serait responsable pénalement. [2]

---

1. — Cass., 6 août 1829 (Journal du droit criminel, 1829, p. 210). — Chauveau et Hélie, t. Ier, n° 135. — Trébutien, t. Ier, p. 277.

2. Garraud, Précis, 1er fascicule, n° 217, p. 282. — Hauss, t. II,

Il existe cependant, à ce principe, deux exceptions dans lesquelles une société est responsable pénalement de l'amende. En cas d'infraction à la police des mines, commise par des ouvriers et régisseur d'une compagnie de mines, la compagnie propriétaire est responsable de l'amende encourue.(Art. 93 et 96, loi, 21 avril 1810). La compagnie est seule propriétaire de la mine ; or, c'est au propriétaire seul que l'infraction est imputable et la peine imposée.

La deuxième exception est relative aux contraventions de voirie et aux contraventions prévues par l'ordonnance du 15 novembre 1846. En matière de chemins de fer, les compagnies concessionnaires sont responsables des amendes, et non les administrateurs. (Art. 12, 14 de la loi du 15 juillet 1845.)

§ 5

SOLIDARITÉ ENTRE LES DÉLINQUANTS

Un principe qui domine tout notre droit pénal est le principe de la personnalité des peines. Si plusieurs individus se sont réunis, et ont commis conjointement un crime ou un délit, une

---

n° 770, note 30. — Cass., 17 décembre 1891 (Gaz. du Pal., 91, 2, 741). — Cass. crim., 6 avril 1894 (journal *La Loi*, 94, 501.)—Tribunal correct. Seine, 9 mars 1894 (D. 94, 2, 447). — DALLOZ, *Peine*, n° 787, *Suppl.*, n° 742. — Crim. cass., 8 mars 1883 (D. 84, 1, 428, 429).

amende sera prononcée contre chacun d'eux.
De ce principe devrait résulter le corollaire suivant : celui qui a exécuté la peine qu'il s'était vu
infliger est entièrement libéré des condamnations prononcées contre ses complices. Ce
corollaire est admis quand il s'agit de châtiments
corporels. Il ne viendrait jamais à l'esprit de
personne, quand deux individus ont été condamnés à 6 mois de prison pour un même délit,
commis par eux conjointement, de contraindre
l'un de ces individus à subir et sa peine et celle
du complice qui serait parvenu à se soustraire
à toute exécution.

S'il en est ainsi pour les peines corporelles,
il en est autrement pour les peines pécuniaires.
Aux termes de l'article 55 du Code pénal, « *tous
les individus condamnés pour un même crime ou
un même délit seront tenus solidairement des
amendes, restitutions et dommages-intérêts et
des frais* ». La solidarité édictée dans cet article est fondée en raison pour les condamnations
aux restitutions, et dommages-intérêts. Elle se
justifie par la perpétration en commun du crime
ou du délit, et par ce fait que chacun des individus qui ont coopéré à l'acte est « individuellement, en l'isolant des autres, l'auteur des
dommages que cet acte a causés. » [1]

1. GARRAUD, *Droit pénal*, T. II, p. 54, n° 38, I.

On doit considérer chacun des individus, dans ses rapports avec la partie qui a souffert le préjudice, comme débiteur intégral du montant du dommage, et tenu comme tel de le réparer.

Mais le principe de la solidarité ne se justifie nullement pour l'amende, qui est une peine, et qui, comme toute peine, est essentiellement personnelle. Comment donc ce principe, qui s'écarte d'une des bases fondamentales de notre droit pénal, à savoir, la personnalité de la peine, a-t-il pu se maintenir dans nos lois?

Il faut remonter aux sources historiques de ce principe pour trouver la solution de cette question.

Dans l'ancien droit, quand il n'y avait pas de partie civile en cause, il ne pouvait intervenir contre l'accusé aucune condamnation aux dépens, et cela sans distinction entre les justices royales et les justices seigneuriales [1]. Les frais des procès étaient à la charge du roi et des seigneurs, et c'était pour indemniser ces derniers des sommes qu'ils étaient obligés d'avancer pour l'administration de la justice, que l'amende avait été principalement établie. L'amende était alors considérée comme une indemnité, comme une réparation. En payant l'amende, les con-

---

1. Jousse, *Traité de justice criminelle*, t. II, p, 803.

damnés ne faisaient que restituer au roi et aux seigneurs les sommes qu'ils avaient déboursées; et, de même que, dans notre droit civil actuel, sont solidaires de la restitution ceux qui ont emprunté un objet (article 1887 Code civil), de même à cette époque [1], les accusés étaient solidaires de l'emprunt fait à la caisse du roi ou à celle des seigneurs pour l'instruction de leur procès.

L'Assemblée constituante trouva ce principe en vigueur au moment où elle entreprit la réforme de notre ancienne législation criminelle. Par un décret du 20 septembre 1790, elle laissa les frais faits à la requête du procureur du roi, ou d'office, à la charge du Trésor public. Un autre décret du 19 juillet 1791 (art. 42) établit la solidarité des amendes entre complices en matière de police municipale et correctionnelle ; elle ne fit donc que consacrer l'ancien principe. L'amende conserva, sous l'empire de cette législation le caractère d'indemnité et de réparation à la société qui lui avait été reconnu primitivement. Le produit des amendes fut, en effet, appliqué à des dépenses d'intérêt communal et au soulagement des pauvres de la commune

---

1. Serpillon, *Code criminel*, 1re partie, page 882. — Rousseau de Lacombe, *Matières criminelles*, chap. 24, n° 27, p. 431 : « Quant à la condamnation à l'amende, ou d'aumône, elle est solidaire, quoique le jugement ne prononce pas de solidarité. »

dans laquelle le délit avait été commis. Dans ces conditions, la solidarité des amendes ne pouvait alors paraître injuste et contraire au principe de la personnalité des peines.

Cet état de choses aurait dû être profondément modifié par une loi du 18 germinal an VII, mettant les frais de poursuites à la charge de tous ceux qui auraient participé à un même délit, et établissant, pour arriver à leur remboursement, la solidarité entre les délinquants. L'amende, en effet, perdait sa principale utilité; elle n'était plus destinée, comme autrefois, à garantir l'avance de sommes nécessitée pour l'instruction des procès. Les motifs qui avaient fait admettre la solidarité de cette peine dans l'ancien droit et dans la législation de 1791 n'existaient plus.

Les rédacteurs du Code pénal de 1810, dans le but d'assurer l'exécution des condamnations, dans le but aussi d'être agréables au fisc, maintinrent les règles admises en matière de solidarité pour les amendes restitutions, dommages–intérêts et frais, et les reproduisirent dans l'article 55 du Code pénal. Et cependant, ils classaient l'amende parmi les peines communes aux crimes, délits et contraventions, la considérant, par suite, comme ayant un caractère purement pénal, caractère qui était incompatible avec la règle qu'ils édictaient, et contraire au principe de la personnalité des peines.

La disposition de l'article 55, dont les sources viennent d'être indiquées, est une disposition, sinon exorbitante, comme le dit M. Rodière, mais une disposition qu'il est indispensable de voir disparaître de notre Code pénal[1]. L'article 50 du Code pénal belge n'établit la solidarité que pour les restitutions, dommages-intérêts et frais. En Allemagne, elle n'existe que pour les dépens. (Art. 498 Code pénal allemand.)

Ainsi donc, la solidarité des amendes aurait dû disparaître de notre loi pénale, et laisser s'appliquer dans toute son étendue le principe aux termes duquel toute peine est personnelle. L'article 55 consacre une disposition exceptionnelle, dont l'interprétation, par suite, devra être restrictive et son application limitée aux seuls cas prévus par le texte.

Quel est le caractère de cette solidarité?

Certains auteurs distinguent deux sortes de solidarité : la solidariré parfaite et la solidarité imparfaite. La solidarité est parfaite, disent-ils[2],

---

1. PARINGAULT, *Revue pratique*, année 1857, p. 576
2. AUBRY et RAU, T. IV, n° 298 *ter* et note 6. — DALLOZ *(Obligations)*, 1465, 1467, 1469, 1476, Suppl. *(eodem verbo)*, 588, 591. — BLANCHE,, n° 409 et suivants.—D'après ces auteurs, pour qu'il y ait obligation solidaire, il faut qu'il y ait unité de cause et unité de lien. Il ne peut y avoir ici obligation solidaire, car ces deux conditions

quand entre les débiteurs solidaires existe un mandat réciproque qui permet à chacun d'eux de payer pour les autres, et de les représenter vis-à-vis du créancier. Cette solidarité suppose un lien, une association sans lesquels il est difficile d'expliquer les effets de l'obligation solidaire indiqués par les articles 1205, 1206, 1207 du Code civil[1].

Quand, au contraire, le lien de société et, par suite, le mandat réciproque ne peuvent pas être considérés comme existant entre les débiteurs solidaires, il y a, non plus une obligation solidaire véritable, mais une obligation *in solidum*, que les interprètes qualifient d'obligation soli-daire *imparfaite*, à cause de l'effet restreint qu'elle produit. Elle permet seulement aux

ne se rencontrent pas. « Il n'y a pas unité de cause, car la cause qui est le principe de la solidarité n'est pas la même: ils sont engagés, non à raison d'une cause unique et commune, mais à raison des actes individuels qu'ils ont personnellement exécutés, et dont la réunion a causé le dommage. L'unité de lien n'existe pas davantage: le lien qui unit l'un n'est pas celui qui unit l'autre. Chacun des condamnés est tenu à cause de l'obligation particulière qui découle de sa participation éventuelle au délit. Il est obligé pour le tout, indépendamment de ses coobligés, et comme si ces derniers étaient tenus, chacun à raison d'une obligation distincte de la sienne. »

1. Le créancier peut réclamer le paiement intégral de la dette à l'un quelconque des débiteurs. Le paiement fait par l'un d'eux libère tous les autres ; la prescription interrompue à l'égard d'un des débiteurs est interrompue à l'égard de tous. La mise en demeure signifiée à l'un d'eux, les met tous en demeure ; les intérêts courent contre tous les débiteurs par des poursuites dirigées contre l'un d'eux seulement. (Articles 1205, 1206, 1207 du Code civil.)

créanciers de réclamer à l'un quelconque des débiteurs le paiement intégral de la créance.

Sur le point de savoir quand il y aura solidarité parfaite ou solidarité imparfaite, les auteurs qui admettent la distinction ci-dessus déclarent que la solidarité est toujours parfaite si elle est conventionnelle, et qu'elle sera encore parfaite si, légale, elle existe entre plusieurs personnes ayant un intérêt commun, pouvant faire supposer l'existence du mandat réciproque de la solidarité conventionnelle. Mais, si la loi établit la solidarité entre personnes n'ayant jamais eu l'idée de se réunir, de s'associer pour s'obliger ensemble, la solidarité légale n'est alors qu'une solidarité imparfaite: c'est ce qui aurait lieu dans le cas de l'article 55 du Code pénal.

Nombreux sont les auteurs[1] qui n'admettent pas la distinction de la solidarité en solidarité parfaite et solidarité imparfaite. Le Code pénal, en parlant d'engagement solidaire, a entendu désigner celui que le Code civil prévoit et définit dans les articles 1200 à 1216. Il n'y a qu'une espèce de solidarité, et la solidarité légale produit les mêmes effets que la solidarité conventionnelle.

---

1. GARRAUD, T. II, n° 38. — DEMOLOMBE, T. III, n° 288-289. — BAUDRY-LACANTINERIE, T. II, n° 989 — LAURENT, T. XVII, n°° 313-317. — Pandectes (Obligations), n°° 485 et suiv. — POTHIER, n°° 264-268. — Contra: MOLINIER, Revue de jurisprudence, 1853, p. 156.

Pour que l'on puisse invoquer le bénéfice de l'article 55 du Code pénal, il faut que les condamnés soient coupables d'un même crime ou d'un même délit. En conséquence, et en présence des termes restrictifs de cet article 55, la solidarité ne peut être appliquée aux amendes encourues pour contravention. Le législateur de 1810 n'a pas reproduit les dispositions de l'article 42 du décret des 18–19 juillet 1791, édictant la solidarité pour les amendes de simple police. Il a donc entendu ne pas étendre la solidarité en dehors des crimes ou des délits : le juge ne peut la suppléer. D'ailleurs, la solidarité suppose la complicité ; or, les règles de la complicité ne sont pas applicables en matière de contravention[1].

Il n'y a pas de distinction à faire pour les amendes infligées à des faits incriminés par des lois spéciales[2].

---

1. CHAUVEAU et HÉLIE. T. I", n° 134, al. 2. — GARRAUD, T. II, n° 39 α. — ORTOLAN, n° 1584, page 200. — DALLOZ, Peine, n° 793 et Suppl. n° 748. — Pandectes (Amende), n° 394. — TRÉBUTIEN, T. I", p. 341, n° 449. — En sens contraire : BLANCHE, T. I", n° 428,—Jurisprudence. — Pour : Cass , 12 mai 1849 (D. 49, 1, 177), — 26 décembre 1857 (Bull. crim., 1857, n° 415); — 3 avril 1869 (Bull crim , 69, n° 82) ; — Cass., 10 juillet 1875, — 9 mai 1885 (Bull. crim., 85, n° 137); — 20 novembre 1885 (voyez DALLOZ au Suppl., n° 748). — Contre : 7 juillet 1827 (Bull. crim., n° 180) ; — 7 janvier 1830 (Bull. crim , n° 3 .

2. DALLOZ, Peine, Suppl., n° 747. — Pandectes (Amende), n° 391. — Crim. cass., 20 février 1886 (Bull. crim., n° 88). — 30 juillet 1887 (D., 87, 1, 509). — Loi 22 août 1791, titre v, art. 2, et titre xii, art. 3.— Code forestier, 208. — Art. 27 loi 3 mai 1844. — Loi germinal 1er an XIII, art. 37.

Doit-on appliquer le principe de l'article 55
aux infractions que l'on désigne habituellement
sous le nom de « *délits-contraventions* »? La
Cour de cassation a varié sur ce point dans ses
décisions. Elle avait d'abord jugé que l'article 55,
ne s'appliquant point aux contraventions, ne
pouvait être appliqué aux « *délits-contraven-*
tions », infractions qui, par leur nature, sont de
véritables contraventions[1]. Mais elle est revenue
sur sa première jurisprudence, et décide que
l'article 55 doit être appliqué à toutes les
infractions punies de peines correctionnelles,
sans qu'il soit besoin d'établir aucune distinction[2].

La solidarité établie par l'article 55 est une
solidarité légale; elle opère de plein droit; le
juge n'a pas à la prononcer et il ne peut jamais
en dispenser[3] : le défaut de mention de la soli-

1. Cass., 3 avril 1869 (D. 69, 1, 529). — Rouen, 12 décembre 1872
(D. 73, 1, 393). — DALLOZ Suppl., *Peine*, n° 749 — Pandectes,
Amendes, n°' 392 et 393.

2. Cass., 5 décembre 1872 (D. 72, 1, 432). — Cass., 30 juillet 1887
(D. 87, 1, 509). — L'expression « délit-contravention » ne correspond
pas d'ailleurs à une classe spéciale d'infraction. C'est la peine
légale qui seule donne la qualification ; or, tous les « délits-contraventions » sont passibles de peines correctionnelles ; par suite, ce
sont des délits conformément à l'article 1er du Code pénal, et l'article 55 leur est applicable.

3. GARRAUD. T. II, n° 40. — BLANCHE, T. Ier, n° 428. — DALLOZ,
Peine, n° 792, *Suppl.*, 744. — Pand., *Amende,* n° 390 — Cass.,
26 août 1813 (S. 4, 1, 430). — Cass., 1er août 1866 ; 19 février 1867
(S. 66, 1, 376 ; 67, 1, 172). — Cass., 26 février 1886 (Bull. crim., 86,
n° 88).

darité dans le jugement n'entraînerait pas la nullité de la décision.

Ainsi donc, la solidarité ne s'applique qu'en matière de crimes et de délits. De plus, il ne peut y avoir lieu à solidarité des amendes que sous une double condition : unité de crime ou de délit, et unité de jugement.

Il n'y a pas de difficulté quand les individus se sont réunis pour commettre une infraction dans un même lieu, et quand l'infraction a été réprimée par le même jugement : chacun de ces individus sera solidaire des amendes prononcées. Il en sera ainsi alors même qu'il existerait entre les amendes une inégalité résultant, soit de la teneur du jugement primitif, soit de l'arrêt rendu sur l'appel du ministère public ou d'un des prévenus, ou du jugement rendu sur l'opposition d'un défaillant. Celui qui aura été condamné à la plus petite amende se verra cependant tenu solidairement des amendes prononcées contre ses complices, sans qu'il puisse invoquer, contre l'application du principe de l'article 55, le fait que ses complices ont été condamnés au maximum de la peine, soit à raison des circonstances de l'infraction, soit à cause de leur état de récidive.

La solidarité aurait encore lieu : 1° si, par suite de son application, la peine ainsi infligée se trouvait supérieure au maximum déterminé

pour la répression du délit ; 2° et même, dans
le cas où l'un des prévenus, poursuivi pour
deux délits, n'aurait encouru qu'une peine, conformément à l'article 365 du Code d'instruction
criminelle, le complice d'un de ces délits ne
serait pas moins tenu de la peine pécuniaire
prononcée contre l'auteur principal.

Il faudrait même l'appliquer si, de plusieurs
individus coupables d'un même délit, et condamnés par le même jugement, les uns se
voient infliger de l'emprisonnement seulement,
les autres de l'amende seulement. Les premiers
sont solidaires des condamnations pécuniaires
prononcées contre les seconds. Bien que cette
solution soit rigoureuse, la solidarité ayant pour
effet, dans ce cas, de soumettre le condamné à
l'emprisonnement à une seconde peine, non
portée contre lui par le jugement, il faut la
maintenir : elle rentre dans le texte de l'article
55 du Code pénal, qui ne fait aucune distinction
entre la nature des peines infligées, et qui
n'exige pour son application que la participation
des individus à un même crime ou à un même
délit [1].

Mais il y aurait impossibilité à invoquer le

1. GARRAUD, T. II, n° 39, c —Tribunal de la Guadeloupe, 29 avril
1848 (D. 52, 1, 24). — Cass., 3 novembre 1827 (D. 28, 1, 8). — Cass.
5 juillet 1878 (S., 78, 1, 85). — Cass., 13 août 1853 (Bull. crim. 53,
n° 405). — Voyez : DALLOZ, Peine, 789, Suppl.., 750 ; — Pand.
(Amende), n° 384.

bénéfice de la solidarité, si les condamnations, quoique prononcées par un même jugement, étaient afférentes à des délits distincts [1].

Il se peut que plusieurs personnes aient commis un acte délictueux sans préméditation, sans concert antérieur ; elles se sont simplement aidées instantanément les unes les autres : y aura-t-il solidarité entre elles ? L'affirmative est soutenue par la Cour de cassation ; il y a en effet même crime et même délit [2].

Faut-il étendre le principe de la solidarité de l'article 55 au cas où les accusés ou prévenus, quoique associés au même fait, ne sont pas jugés par le même jugement, mais par des jugements distincts ?

Une opinion refuse toute application de la solidarité au cas qui nous occupe ; elle se fonde sur ce que l'article 55 suppose une poursuite simultanée des coupables, et sur ce que la situation d'un condamné ne peut être aggravée par la découverte et la condamnation ultérieures de

---

1. Cass., 24 mars 1855 (S. 55, 1, 219). — 31 décembre 1868 (D. P, 69, 5, 226).— 19 juin 1875 (Bull. 75, n° 156). — Cass., 12 avril 1884 (D. 84. 1 383). — Cass , 22 octobre 1885 (Bull. crim. 1885, n° 269).

2. Cass., 2 mars 1814 (S. 4, 1, 124.) — 28 août 1857 (Bull. crim., 57, n° 325.) — DALLOZ, Peine, n° 790. — Pandectes (Amende), n° 386. — Contra : CHAUVEAU et HÉLIE, T. Ier, n° 219. — Cependant, dans ce cas, disent ces auteurs, la complicité n'existe pas : ce sont des actes isolés qui ont concouru accidentellement à un même fait, et, dès lors, il est douteux que la loi ait voulu lier par une commune responsabilité des prévenus qui sont étrangers les uns aux autres.

ses complices. Le jugement qui intervient contre eux est pour lui une *res inter alios judicata;* il lui est complètement étranger [1].

On ne peut admettre cette opinion en présence des termes de l'article 55 ; la solution contraire est bien en opposition avec tout principe de justice. Il faut cependant l'adopter et déclarer que les individus condamnés pour un même crime ou un même délit, même par jugements distincts, seront tenus *solidairement* des amendes prononcées ; la solidarité a lieu de plein droit : ce n'est pas le jugement postérieur au jugement primitif, mais la loi seule qui aggrave la situation des condamnés originaires. De plus, l'article 55 n'exige pas comme condition d'application une poursuite simultanée, mais seulement la poursuite des coupables et leur condamnation pour un même crime ou un même délit [2].

La règle de la solidarité est également appli-

1. CHAUVEAU et HÉLIE, T. Ier, p. 219. — DALLOZ, *Peine*, n° 791.
2. BLANCHE, T. Ier, n° 430. — DALLOZ, *Peine, Suppl.*, n° 744. — CHAUVEAU et HÉLIE, T. Ier, n° 134. (Voir note de M. Villey.) — GARRAUD, T. II, n° 39, c. 4. — TRÉBUTIEN, T. Ier, p. 347, n° 457. — Pandectes françaises (*Amende*), n° 289.—Elles n'établissent la solidarité qu'entre les condamnés en second lieu ; la situation des premiers ne peut être aggravée. Elles semblent avoir admis la distinction faite par La Roche-Flavin pour les individus condamnés contradictoirement et les condamnés par défaut par le même jugement. Dans ce cas, d'après La Roche-Flavin, les présents étaient solidaires des présents, et les défaillants solidaires des défaillants. (Voyez à ce sujet PARINGAULT, *Revue historique* 1857, T. IV, p. 56.)

cable au cas où les individus sont condamnés pour crimes ou délits connexes : ces crimes ou ces délits connexes ne constituent, au point de vue du droit, qu'un seul crime ou qu'un seul délit. L'article 55, combiné avec l'article 227, du C. I. cr. impose cette solution [1].

Les condamnés pour un même crime ou un même délit sont donc tenus solidairement des amendes prononcées. Supposons que, sur les poursuites de l'administration des contributions directes, un des codélinquants ait payé la totalité des amendes : quelle sera sa situation vis-à-vis des autres codélinquants ? aura-t-il un recours contre eux ?

Contrairement à ce qui était admis en droit romain [2], l'ancien droit français admettait le condamné qui avait payé la totalité des condamnations pécuniaires à exercer un recours contre ses codélinquants. Ce recours était nécessaire, parce que le délit des autres condamnés serait, sans lui, resté impuni.

---

1. BLANCHE, T. Ier, n° 419. — GARRAUD, T. II, n° 39. t., p. 60. — DALLOZ, Suppl., 745, v° Peine.—Pand. (Amende), n° 387.—CHAUVEAU et HÉLIE, T. 1er. n° 134, note 4. — Cass., 26 mars 1874 (Bull crim., n° 99). — Cass. 24 août 1877 (Bull. crim, n° 202). — Cass. 1er juillet 1880 (Bull crim., n° 134). — Cass., 25 juin 1886 (Bull. crim., n° 224). — TRÉBUTIEN, T. Ier, n° 452, p. 343.—Il en serait autrement s'il était démontré qu'il n'y avait entre les délinquants aucun concert formé à l'avance, si aucune intention commune ne les avait réunis. (Voyez Cass., 12 avril 1884, D. 85, 1, 383.)

2. Dig. § plane, 14; loi De tutela et rat. distr. (L. 1, § 14, Dig., XXVII, 3).

Dans notre droit actuel, une opinion a refusé tout recours, par ce motif que le droit au recours ne peut prendre sa source que dans un délit, et qu'il n'y a pas de garantie en matière de délit. De plus, par quelle action le condamné aurait-il pu exercer ce recours ? Entre codébiteurs solidaires, c'est par l'action du mandat que celui qui a payé actionne les autres obligés. Or, la *societas maleficiorum* n'a point d'existence aux yeux de la loi ; l'action du mandat ne pourrait donc être mise en mouvement sans être paralysée par une exception *ob turpem causam*.

Il faut cependant admettre un recours contre ses codélinquants au profit du condamné qui a payé la totalité des condamnations pécuniaires. Ce droit à un recours ne prend pas en effet naissance, comme l'avance la première opinion, dans le délit qui a créé l'obligation au paiement de l'amende, mais dans le fait de ce paiement et dans le jugement qui a condamné les codélinquants pour le même délit. La cause du recours n'a donc rien d'illicite : celui qui a ainsi effectué le paiement, a géré les affaires des autres condamnés; il a fait pour eux un acte utile, dont ils doivent l'indemniser, car nul ne peut s'enrichir aux dépens d'autrui. Ce sera par l'action *negotiorum gestorum* qu'il exercera ce recours. Un autre motif vient s'ajouter à ces considérations : si on n'accordait pas de recours au condamné qui a été contraint de payer le montant total des amendes encourues, les autres condamnés resteraient impunis [1].

Dans quelle limite peut s'exercer ce recours ?

Celui qui a payé la totalité de la dette ne peut personnellement exercer de recours contre chacun des codélinquants que pour sa part dans la dette. Dans ses rapports avec les autres condamnés, il ne peut invoquer le bénéfice de l'article 55, qui n'existe qu'entre le créancier et le débiteur solidaire. Si donc, parmi les condamnés. il y a des insolvables, la perte résultant de leur insolvabilité se répartira sur tous ceux qui sont solvables, en y comprenant celui qui a fait le paiement. (Ar. 1214 Code civil.)

Qu'arrivera-t-il si l'un des condamnés solidaires meurt avant d'avoir payé l'amende prononcée contre lui ?

Comme nous le verrons, la succession de ce condamné étant affranchie du paiement de l'amende, il en résulte d'abord qu'aucun recours ne pourra contre elle être exercé par celui des condamnés qui aurait payé la totalité de la dette ; ensuite, et comme conséquence de cette première conclusion, que l'administration

---

1. Baudry-Lacantinerie, t. ii, n° 984 ; Pand., *Amende*, 385. *Obligation*, n° 493. — Dalloz, *Obligation*, n° 1477 ; *Peine*, n° 815, *Suppl* n° 753.—Aix, 7 août 1879 (S. 81, 2. 64). — Trébutien, t. 1er, p. 350, n° 461.

des contributions directes ne pourra poursuivre
le recouvrement des condamnations pécuniaires
prononcées contre les autres condamnés que
déduction faite de la part du décédé. C'est là
une solution qui dérive du principe de la personnalité des peines.

On doit décider de même au cas de changement dans l'état mental de l'un des prévenus,
survenu après le jugement, mais avant le paiement des prestations pécuniaires. On ne pourra
agir contre les autres prévenus que déduction
faite de la part de l'insensé dans la dette.

Si l'un des condamnés à l'amende a été
gracié, il se trouve libéré; mais ce fait d'avoir
obtenu la remise entière de la peine pécuniaire
qui avait été prononcée contre lui, ne l'empêchera pas d'être tenu solidairement des amendes prononcées contre ses complices. Ceux-ci,
par contre, en profiteront, et ils ne pourront
être actionnés que déduction faite de la part du
gracié.

Un mineur de 16 ans, acquitté comme ayant
agi sans discernement, doit, d'après une jurisprudence constante [1], être condamné aux frais.

---

1. Cass., 6 août 1813 (Bull. crim, n° 170).— 19 mai 1815 (Bull.
crim., n° 33). — 27 mars 1823 (Bull. crim , n° 44). — 13 avril 1832
(Bull. crim , n° 134). — 18 février 1841 (Bull. crim., n° 43). — 24 mai
1855 (Bull. crim., n° 172). — 24 mai 1858 (Bull. crim., n° 108). —
Cass., 10 février 1876 (D. 76, 1, 415.).

Il résulte de là évidemment que, s'il y a des majeurs en cause, il sera tenu solidairement avec eux, non seulement des frais, mais encore des restitutions et dommages-intérêts. Mais sera-t-il tenu solidairement des amendes ? La jurisprudence aurait dû, par pure logique, admettre l'affirmative. Adoptant le principe de la condamnation du mineur acquitté, aux frais, et admettant la solidarité entre lui et les majeurs pour les prestations pécuniaires, elle aurait dû le déclarer tenu solidairement aussi des amendes. L'article 55 place en effet l'amende à côté des restitutions et dommages-intérêts ; il établit la solidarité sans faire entre ces trois éléments de condamnation aucune distinction. La jurisprudence ne l'a pas fait : nous estimons qu'elle ne doit pas le faire ; car la solution contraire aurait pour résultat d'infliger des peines au mineur, qui, par suite de son non-discernement, a bénéficié d'un verdict, ou d'un arrêt, ou d'un jugement d'acquittement.

Le principe du recours ainsi établi, comment ce recours sera-t-il exercé ?

Dans notre ancien droit, le prévenu qui avait payé la totalité des condamnations pécuniaires, n'avait pas besoin de se faire subroger aux droits dont étaient investis le fisc et la partie civile pour exercer son recours ; il avait une action de son propre chef.

Dans la législation actuelle, c'est une question très importante que celle de savoir si, par le fait du paiement total, le prévenu est subrogé aux droits de la régie des contributions directes. Si la subrogation lui est accordée, le prévenu pourra invoquer les divers bénéfices et garanties attachés à la créance, c'est-à-dire le droit d'exercer la contrainte par corps, le privilège du fisc, l'hypothèque judiciaire résultant du jugement. Si, au contraire, la subrogation lui est refusée, sa situation sera difficile : il sera alors considéré comme un créancier ordinaire. Il sera possesseur d'un simple droit de créance qui ne pourra être mis en action qu'après avoir été consacré par un jugement; quant aux garanties, il ne pourra les invoquer.

Un jugement du Tribunal de Bruxelles avait décidé que le prévenu qui avait libéré ses co-prévenus envers le fisc, était légalement subrogé aux droits de ce dernier par application de l'article 1251, § 3, du Code civil; mais il n'admettait pas le prévenu à user du bénéfice de la contrainte par corps, parce que, disait-il, c'est un privilège attribué au fisc, et intransmissible.

La Cour supérieure de Bruxelles, devant laquelle le jugement fut porté, refusa au contraire au prévenu la subrogation accordée par les premiers juges, par le motif que « celui qui, comme dans l'espèce, a payé une amende résultant d'un

BIBLIOTHÈQUE IMPRIMÉS

7

délit n'a point l'action que la partie publique a acquise par la condamnation, mais a tout au plus une action contre ceux qui, comme lui, en seraient débiteurs, laquelle est purement civile. »

La théorie de la Cour de Bruxelles doit être admise. La subrogation suppose la transmissibilité de la créance avec les actions qui en dépendent et les garanties qui y sont attachées. Or, quelle est l'action que l'on céderait ainsi par la subrogation ? Est-ce une action ordinaire, pouvant faire partie du patrimoine de tous ? Non ; c'est une action qui appartient à la société ; c'est l'action publique, sur laquelle on ne peut transiger, à laquelle on ne peut renoncer et que l'on ne peut céder. L'administration, représentant la société, agissant en son nom, a acquis, par le fait de la condamnation des prévenus, non une action ordinaire, mais une *action* publique, qui par suite ne peut être transmise, et qui rend toute subrogation impossible. Le prévenu a simplement une action civile, résultant du quasi-contrat de gestion d'affaires intervenu par le paiement d'une dette solidaire [1].

---

1. MOLINIER, *Revue de jurisprudence*, 1853, p. 156. — Bruxelles, 26 février 1819 (Pasicrisie belge 1820-1821).—L'arrêt de la Cour de Bruxelles est du 14 mai 1821. — Voyez, dans le même sens : Aix, 7 août 1879 (S. 81, 2, 64). — En sens contraire : Lyon, 5 janvier 1821.

§ 6

DU NON-CUMUL DES AMENDES

Du principe que l'amende est une peine, il résulte qu'elle est soumise aux prescriptions de l'article 365 du Code d'instruction criminelle, qui édicte la règle du non-cumul[1]. « *En cas de conviction de plusieurs crimes ou de plusieurs délits*, dit le § 2 de cet article, *la peine la plus forte sera seule prononcée.* » Cette règle est générale, et ne renferme aucune exception pour les peines pécuniaires. En dehors donc des cas où il en est disposé autrement par la loi, et en dehors de ceux où l'amende, d'après la Cour de cassation, revêt plutôt le caractère de réparation civile que celui de peine proprement dite, le juge devra se conformer au § 2 de l'article 365 du Code d'instruction criminelle. En prononçant une peine soit corporelle, soit pécuniaire, il devra respecter la règle du non-cumul, et condamner le prévenu ou accusé à la peine la plus forte. Il ne doit être fait aucune distinction entre les juridictions : l'article 365 concerne et les

---

1. BLANCHE, T. Ier, no 301 et suivants.—CHAUVEAU et HÉLIE, T. Ier, no 132. — Pandectes (*Amende*), nos 352 et suivants. — DALLOZ, *Peine*, no 117, et *Suppl.*, *eod. verbo*, no 122 et suivants.

infractions passibles de la Cour d'assises et les
infractions passibles des tribunaux correctionnels. Il s'applique dans le cas de conviction de
plusieurs crimes, ou de crimes et délits, ou de
plusieurs délits ; mais il est étranger aux contraventions.

Telle est la solution donnée actuellement à
cette question du non-cumul des peines par la
Cour de cassation, après bien des discussions
et des variations, discussions et variations qu'il
nous paraît utile de rapporter ici.

Si l'on compulse les arrêts rendus par la
Cour suprême en cette matière, depuis 1808
jusqu'à notre époque actuelle, on remarque que
la jurisprudence de la Cour de cassation peut se
diviser en trois phases.

Dans une première phase, qui va de la promulgation du Code d'instruction criminelle
jusqu'en 1835 (arrêt du 3 octobre), l'article 365
est interprété restrictivement : la Cour de cassation considère que, par la place qu'il occupe
dans le Code d'instruction criminelle, par les
expressions qu'il emploie, et par la nature même
de ses dispositions, l'article 365 est spécial aux
infractions prévues par le Code pénal, soumises
à une Cour d'assises et punies de peines corporelles.

Dans la seconde phase, la Cour de cassation
revient sur sa jurisprudence antérieure: elle

donne une interprétation extensive à l'article 365 ; elle le considère comme étant applicable à toutes les infractions prévues, soit par le Code pénal, soit par des lois spéciales, sans faire aucune distinction entre la juridiction qui statue et la nature de la peine qui est prononcée. Elle apporte cependant un tempérament à cette interprétation extensive, en laissant en dehors de l'applicabilité de l'article 365 les infractions prévues par des lois spéciales qui ont repoussé l'application de l'article 365 : cette seconde phase va de l'arrêt du 3 octobre 1835 au 7 juin 1842.

Dans la troisième phase, la Cour de cassation, tout en consacrant la jurisprudence admise par elle dans la phase précédente, déclare cependant que la règle du non-cumul est inapplicable aux contraventions : cette dernière phase commence à l'arrêt du 7 juin 1842, et, depuis cet arrêt, la jurisprudence n'à point varié.

Première phase. — *La règle prohibitive du cumul des peines ne concerne que les peines corporelles ; elle demeure étrangère aux peines pécuniaires ; l'article 365 n'est pas applicable aux infractions poursuivies devant les tribunaux correctionnels.*

Ce fut le 15 juin 1821 [1] que la Cour de cassa-

---

1. S. 6, 1, 451 et note 9.—Voyez également Blanche, t. Iᵉʳ, nº 302, dans lequel cet arrêt est rapporté.

tion fut appelée à se prononcer sur la question qui nous occupe. Un nommé Pernier avait été poursuivi pour s'être livré habituellement à l'usure et avoir tenu une maison de prêts sur gages sans autorisation, délits prévus par l'article 411 du Code pénal et par la loi du 3 septembre 1807, article 4 : il fut condamné pour ces faits à un mois de prison (art. [411) et 20.000 fr. d'amende (loi de 1807).

Cette solution devait-elle être admise ? La Cour de Paris avait-elle bien jugé ? N'aurait-elle pas dû prononcer seulement contre Pernier une peine d'emprisonnement, conformément à l'article 365, puisque, dans l'échelle des peines, la prison est une peine plus grave que l'amende ? N'aurait-elle pas dû, au contraire, prononcer contre Pernier et une peine d'emprisonnement et deux amendes, édictées, l'une par l'article 411 du Code pénal, l'autre par la loi du 3 septembre 1807 ?

La Cour de cassation fut saisie du pourvoi formé par Pernier contre l'arrêt de la Cour de Paris, pourvoi basé sur la violation de l'art. 365 du Code d'instruction criminelle. La Cour, prétendait Pernier, n'aurait dû prononcer qu'une peine d'emprisonnement, cette peine étant plus forte que l'amende et l'absorbant. La Cour suprême rejeta les conclusions du pourvoi. Elle déclara « que les peines pécuniaires sont distinctes des peines corporelles, et que, dudit article 365, il ne résulte nullement que, dans le cas de conviction de plusieurs crimes et de plusieurs délits dont l'un n'emporte que la peine d'amende, cette amende ne puisse être cumulée avec la peine d'emprisonnement encourue pour les autres délits. » Elle ajoutait, en outre, « que l'article 365 n'est pas applicable quand il s'agit de délits poursuivis devant les tribunaux correctionnels, surtout quand l'un des délits est une peine corporelle et l'autre une peine pécuniaire ».

Cette théorie n'était pas admissible. M. Legraverend[1], pour la justifier, a été forcé de soutenir que l'amende avait plutôt le caractère de réparation civile que celui de peine; qu'elle n'est que la réparation du délit prononcée par les tribunaux de répression au lieu de l'être par les tribunaux civils. Cette justification de la doctrine consacrée par l'arrêt du 15 juin 1821, ne résiste pas devant le caractère pénal de l'amende, qui lui est formellement attribué par les articles 9 et 464 du Code pénal, et qui lui est reconnu par la Cour de cassation. M. Legraverend, d'ailleurs, dans une autre partie de son ouvrage[2], déclare que l'amende est une peine véritable, commune aux matières criminelles, correctionnelles et de police.

1. LEGRAVEREND, T. II, chap. X, p. 611.
2. LEGRAVEREND, T. II, p. 773.

La Cour de cassation, dans son arrêt du 15 juin 1821, sans se préoccuper de rechercher si les délits poursuivis étaient prévus par le Code pénal ou par des lois spéciales, posait un principe général. D'après elle, les peines pécuniaires étaient distinctes des peines corporelles, et l'art. 365 ne s'appliquait qu'aux infractions passibles de la Cour d'assises. Mais, dans trois arrêts, du 21 décembre 1821, du 26 mars 1825 et du 11 octobre 1827[1], la Cour, ayant à se prononcer sur des cas prévus par les lois spéciales, renonça au principe général qu'elle avait posé dans l'arrêt du 15 juin 1821, et déclara simplement que l'article 365 n'était point applicable aux amendes et peines pécuniaires portées par des lois relatives aux matières qui n'ont pas été réglées par le Code pénal ; que cet article ne concernait que les délits ordinaires.

MM. Chauveau et Hélie se prononcèrent contre cette restriction apportée à l'article 365. Selon ces auteurs, l'article 365 renfermait un principe général absolu, s'appliquant à toutes les peines, dominant toutes les branches de la législation, « parce qu'il se fonde sur une raison d'équité qui se reproduit à l'égard de tous les délinquants : c'est qu'il est injuste et à la fois inutile de faire peser plusieurs peines sur un

1. S. 26, 1, 81. — S. 27, 1, 688.

prévenu, pour des infractions commises avant qu'il ait reçu le solennel avertissement d'une première condamnation. Or, ce motif s'élève aussi haut dans les matières spéciales que dans les autres matières [1]. »

M. Mangin [2], examinant cette solution de la Cour de cassation, distingue entre les lois en vigueur au moment de la mise à exécution du Code d'instruction criminelle et les lois postérieures. Il déclare que l'article 365 ne s'applique pas et ne peut pas s'appliquer aux premières. L'article 484 du Code pénal vient, en effet, placer les délits prévus par des lois particulières en dehors du nouveau Code criminel. Il prescrit aux tribunaux l'observation de ces lois et règlements particuliers; et, si ces lois et règlements particuliers ne renferment aucune disposition fondée sur le même principe que l'article 365 du Code instruction criminelle, les tribunaux ne sont pas autorisés à l'y introduire et à modifier ainsi la pénalité. Quant aux lois postérieures à la mise à exécution du Code d'instruction criminelle, si elles ne contiennent pas de dispositions contraires et expresses au principe de l'article 365, elles sont réputées avoir voulu s'y conformer. [3]

1. CHAUVEAU et HÉLIE, T. 1er, n° 132.
2. MANGIN, T. 1er n° 462, p. 339.
3. ORTOLAN, T. 1er, n° 1173. — Cet auteur repousse toute distinction entre les crimes prévus par des lois spéciales ou par le Code

La question fut de nouveau soumise à la Cour de cassation, le 11 novembre 1832 [1]. La Cour en revint à la théorie de l'arrêt du 15 juin 1821, et décida à nouveau que l'article 365 est spécial à la juridiction des Cours d'assises ; que les peines pécuniaires sont distinctes des peines corporelles ; qu'il n'y a aucun obstacle légal à cumuler les deux espèces de peines. Il doit en être surtout ainsi lorsqu'il s'agit de peines pécuniaires établies par des lois spéciales en dehors du Code pénal.

DEUXIÈME PHASE. — Le 3 octobre 1835, un revirement se produisit [2]. Dans deux arrêts, la Cour suprême décida : 1° que l'article 365 du Code d'instruction criminelle, portant qu'en cas conviction de plusieurs crimes ou de plusieurs de délits, la peine la plus forte doit être prononcée, s'applique aux matières criminelles comme aux matières correctionnelles ; 2° que sa disposition

---

pénal et entre les lois spéciales antérieures ou postérieures à la confection de l'article 365.

La Cour de cassation avait jugé, par un arrêt du 29 mai 1847, que l'article 365 n'est pas applicable aux infractions prévues par des lois spéciales, notamment par les lois antérieures à la promulgation du Code d'instruction criminelle. Par arrêt du 13 juillet 1860, elle a déclaré, conformément à l'avis d'Ortolan, que « l'art. 365 s'applique à toutes les infractions atteintes de peines criminelles et correctionnelles qui n'en ont pas été implicitement ou explicitement exceptées. » (S. 61. 1, 387.) — Voyez : BLANCHE, n° 310, 314 ; — CHAUVEAU et HÉLIE, n° 132 ; — Cassation crim , 28 janvier 1876 (S. 76, 1, 89).

1. S. 33, 1, 199. — D. 33, 1, 48. — BLANCHE, t. Ier, n° 302. — Pand., Amende, nos 369 et suivants. — DALLOZ, Peine, n° 148.

2. S. 35, 1, 678. — D. 35, 1, 123.

embrasse les peines pécuniaires aussi bien que les peines corporelles. La Cour, cependant, apporte une exception à cette généralité de l'article 365, et décide, avec M. Mangin, que la règle du non cumul ne s'applique pas à certaines matières régies par des lois particulières, et sur lesquelles il n'a point été statué par le Code pénal.

Cette interprétation extensive de l'article 365 fut admise par la doctrine et par de nombreux arrêts.[1] de jurisprudence. Cet article renferme, comme nous l'avons dit plus haut, un principe général, absolu, qui doit s'appliquer à toutes les peines. La jurisprudence antérieure, qui consacrait l'interprétation restrictive de l'article 365, ne reposait que sur des « pétitions de principe ».[2] Elle affirmait gratuitement que l'article 365 ne s'appliquait pas aux peines pécuniaires; elle affirmait, en outre, que la règle du non-cumul ne pouvait être invoquée devant une juridiction autre que la Cour d'assises. Il suffit de lire la disposition de l'article 365 pour réfuter la première affirmation. Elle est conçue en termes généraux, et ne

---

1. CHAUVEAU et HÉLIE, T. Ier, n° 170. — BERTAULD, p. 338. — MANGIN, T. II, n° 462. — LESELLYER, *op. cit.*, T. Ier, n° 254. — Crim. cass., 26 juillet 1855 (S. 55, 1. 849 ; D. 55, 1, 380). — 13 juillet 1860 (D. 60, 1, 467 ; S. 61, 1, 387). — 20 mars 1862 (D. 62, 1, 443 ; S. 62, 1, 902). — 21 novembre 1878 (Bull. crim., n° 219). — 24 avril 1885 (Bull. crim., n° 120).

2. BLANCHE, T. Ier, n° 302.

peut comporter aucune distinction [3]. Pour la
deuxième affirmation, il est vrai que l'article 365
est inséré sous le titre « affaires soumises au
jury ». Il est vrai également que, par les expressions dont il se sert dans son premier paragraphe, il paraît être restreint, dans son application,
aux arrêts rendus par les Cours d'assises. Mais
son esprit commande de l'étendre aux tribunaux
correctionnels [2] : c'est une règle essentielle de
raison, de morale et d'humanité. La cumulation
des peines les dénaturerait, et, en les aggravant,
les rendrait hors de proportion avec la faute.

Dans le système qui interprète restrictivement l'article 365, on arriverait à une inconsé-
quence. Si plusieurs délits à réprimer étaient,
en effet, jugés par une Cour d'assises, la Cour
ne pourrait prononcer qu'une seule peine, la

---

1. BLANCHE, n° 302, T Ier, p. 331. — GARRAUD, T. II, n° 172, b. —
ORTOLAN. T. II, n° 1641. — CHAUVEAU et HÉLIE, T. Ier, n° 132. —
Cass., 12 et 13 juin 1857 (D. 57, 1, 371). — 28 février 1857 (S. 57, 5,
244). — Pandectes, Amende, n°* 352 et suiv. — DALLOZ, v° Peine,
Suppl. 141.

2. Le principe du non-cumul doit être appliqué aussi bien en
police correctionnelle qu'en Cour d'assises. — BERTAULD, p. 337. —
LESELLYER, T. Ier, n° 295, op. cit. — MORIN, Répertoire, v° Cumul
de peines, n° 6. — GARRAUD, T. II, n° 173. — BLANCHE, T. Ier, n° 302.
— LABORDE, n° 659. — Crim. cass., 12 juin 1857 (D. 57, 1, 371). —
Un argument à l'appui de cette théorie nous est fourni par l'article
60 du Code de justice militaire pour l'armée de terre, du 9 juin 1857,
qui décide qu'en cas de concours de plusieurs infractions, dont
l'une est de la compétence des conseils de guerre, l'autre de la compétence des tribunaux ordinaires, s'il y a double condamnation, la
peine la plus forte sera subie. (Sic.: art. 135 même Code, 109, 165
C. justice militaire, armée de terre.)

plus forte. S'ils étaient jugés, au contraire, par le Tribunal correctionnel, le Tribunal devrait cumuler les peines, et on arriverait à ce résultat que la pénalité, pour les mêmes faits, dépendrait de la juridiction qui serait appelée à statuer. Bien plus, la pénalité dépendrait encore de la manière dont serait poursuivie l'infraction, en cas de cumul d'un crime et d'un délit, par exemple. Le coupable serait plus puni si le ministère public divisait les poursuites que s'il les réunissait. En effet, si le coupable comparaissait devant la Cour d'assises pour répondre à la fois du délit et du crime, la Cour ne devrait prononcer contre lui que la peine du crime. Si, au contraire, il était jugé d'abord pour le crime et ensuite pour le délit, il se verrait condamné à deux peines : ce résultat ne saurait être admis.

De même, si l'on acceptait l'interprétation restrictive, on serait forcé de reconnaître et de décider que le changement de juridiction, pour des infractions de même nature, peut changer la règle de pénalité, ce qui serait souverainement injuste. Le coupable serait en effet plus ou moins sévèrement puni, suivant la juridiction devant laquelle il serait traduit. Il faudrait admettre, par exemple, qu'un mineur de seize ans, poursuivi devant la Cour d'assises parce qu'il a des complices majeurs, pourrait invo-

quer et se voir accorder le bénéfice de l'article
365, tandis que, s'il était jugé par le tribunal
correctionnel, il se le verrait refuser. Cette
conséquence bizarre de l'interprétation restrictive de l'article 365 ne peut être admise. Elle
vient encore renforcer le principe posé par les
arrêts de 1835, principe aux termes duquel la
règle du non-cumul doit être appliquée aussi
bien en police correctionnelle qu'en Cour d'assises.

L'amende, peine principale, est donc soumise à la règle du non-cumul, d'après la théorie
de la Cour de cassation, dans la deuxième
phase de sa jurisprudence. Elle ne pourra donc
être prononcée lorsqu'une autre peine plus
forte, soit corporelle, soit pécuniaire, l'aura été
pour une autre infraction. Mais l'amende est
quelquefois attachée à une peine corporelle,
dont elle est ainsi l'accessoire : que faut-il
décider en ce cas ? Il y a lieu de distinguer :
ou bien la peine corporelle à laquelle elle est
attachée, est prononcée parce qu'elle est la plus
forte : l'amende devra être également prononcée ; ou bien la peine corporelle à laquelle
elle est attachée, ne peut être infligée parce
qu'elle se trouve absorbée par une peine plus
forte : l'amende ne pourra être infligée. Elle
se trouve absorbée également conformément à
la maxime qui relie l'accessoire au principal :

si l'on en décidait autrement, on admettrait un effet sans cause [1].

TROISIÈME PHASE. — Si l'article 365 est un principe général, absolu, s'appliquant aux peines corporelles et aux peines pécuniaires, sans distinction entre les juridictions qui sont appelées à statuer, il est néanmoins étranger aux contraventions.

Le 23 mars 1837[2], la Cour de cassation, considérant l'article 365 comme renfermant un principe de droit pénal général et absolu, déclara, dans son arrêt dudit jour, qu'il était applicable aux contraventions. Et cependant, les motifs qui avaient amené le législateur à édicter la règle du non-cumul, ne se rencontraient pas en matière de contravention. Les peines de simple police, soit d'amendes, soit d'emprisonnement, sont si minimes que, pour être efficaces et justes, elles doivent nécessairement être proportionnées au nombre et à la fréquence des contraventions commises. Le cumul de ces peines n'offrirait pas le même danger que celui des peines en

---

1. Pandectes (Amende), nᵒˢ 369, 372. — DALLOZ, Peine, nᵒˢ 147, 151, 153, et Suppl., nᵒ 145. — Lorsque les deux peines qui se trouvent en présence sont deux amendes, la peine la plus forte est celle qui a le chiffre le plus élevé, alors même qu'elle sanctionnerait l'infraction moins grave. — Pandectes (Amende), nᵒ 355. — CHAUVEAU et HÉLIE, nᵒ 132. — Cass., 23 août 1867 (S 67, 5, 312). — Cass., 11 janvier 1877 (Bull. crim., nᵒ 9). — 12 mai 1881 (ibid., nᵒ 121). — 11 janvier 1883 (ibid., nᵒ 10), et 7 février 1884 (ibid, nᵒ 31).

2. S. 37, 1, 365.

matières criminelle et correctionnelle : il ne les dénaturerait pas, et ne les rendrait pas hors de proportion avec la faute.

La Cour de cassation maintint cependant sa jurisprudence dans de nombreux arrêts[1]. Quels étaient les arguments qu'elle faisait valoir à l'appui de sa décision? Ils peuvent se résumer ainsi : le § 2 de l'article 365, disait-elle, ne peut et ne doit être considéré isolément; il doit être rapproché du § 1er du même article. Or, ce dernier paragraphe dispose que la Cour d'assises est tenue d'appliquer les peines prononcées par la loi pour le fait déclaré constant par le jury, quand bien même ce fait serait une simple contravention. Il faut donc entendre dans le même sens le paragraphe 2 et l'appliquer aux contraventions, parce que, dans ce paragraphe, le mot « délit », opposé au mot « crime », comprend les infractions qui ont un caractère de criminalité moins grave, c'est-à-dire les délits proprement dits et les contraventions. Aucun motif n'existe d'ailleurs pour que la peine du crime absorbe celle du délit, et n'absorbe pas celle de la contravention. Il n'y a aucune raison pour décider que la règle du non-cumul ne devra être observée que devant la Cour d'assises, et non devant les tribunaux correctionnels.

1. Cass., 15 janvier 1841 (S. 41, 1, 146). — Cass., 19 mars 1841 (2 espèces) S. 42 1, 241).— Cass., 148 mai 1841 (S. 41, 1, 519).

Le procureur général Dupin soutint la thèse contraire. Aux arguments donnés par la Cour, il répondait: l'article 365 ne renferme pas un principe général ; c'est une exception, au contraire, au principe admis en droit romain et dans notre ancien droit, qui veut que chaque délit soit puni de la peine qui lui est propre. C'est une exception qui a été établie pour une hypothèse spéciale [1], prévue par le § 1er de l'article 365, dont le § 2 ne peut être détaché; or, les exceptions sont de droit étroit.

En dehors donc du cas spécial visé par le § 1er, il n'y a plus aucune raison pour étendre la disposition du § 2. Outre ces arguments, il faisait valoir des considérations relatives au peu de gravité des peines sanctionnant les contraventions de police, et la nécessité de les cumuler pour arriver à une répression efficace.

---

1. L'hypothèse spéciale de l'art. 365 est la suivante : l'article suppose que les débats, sans cesser de porter exclusivement sur les faits compris dans l'acte d'accusation, ont forcé l'accusation à leur donner une autre qualification : l'accusé était-il poursuivi pour meurtre, les débats, par la déposition des témoins, réduisent ce crime à un simple délit de blessures volontaires ayant occasionné la mort sans intention de la donner. Le § 1er de l'article 365 décide alors que la Cour d'assises restera compétente pour juger ce délit. Le § 2 se réfère au § 1er: il suppose toujours que la Cour d'assises jugera tous les faits compris dans le même acte d'accusation, soit qu'ils aient gardé le caractère de crimes, soit qu'ils aient perdu ce caractère pour revêtir celui de délits. En ce cas, il décide que la peine la plus forte sera seule prononcée, s'il y a conviction de plusieurs crimes ou de plusieurs délits; mais il ne dispose pas pour le cas où les faits soumis à la Cour d'assises ont pris le caractère de simple contravention.

Cette thèse triompha définitivement dans un arrêt rendu en audience solennelle le 7 juin 1842 [1] Reprenant en grande partie les arguments du réquisitoire prononcé le 15 janvier 1841, le Procureur général Dupin ajoutait :

1° Par les expressions qu'il emploie, l'article 365 a un caractère exceptionnel : il ne parle que de délits et de crimes ; il ne parle pas de contraventions. Le silence gardé par le législateur à l'égard de ces dernières infractions est significatif, et vient démontrer que leur omission a été faite à dessein. L'argument tiré par la thèse contraire, relativement au sens du mot « délit », ne peut être maintenu en présence de la distinction bien précise, faite par notre Code, des infractions en 3 classes : crimes, délits, contraventions. A chacune de ces trois classes d'infractions, correspondent une définition, une division à part, des juridictions distinctes, des procédures et des pénalités spéciales et proportionnées à leur gravité ; il n'est donc pas permis de « confondre là où le législateur a distingué ». On ne peut, de plus, en présence de la place qu'occupe l'article 365, transporter aux tribunaux de simple police ce qui a été établi pour les Cours d'assises : l'article 365 est en effet placé sous le titre « Affaires soumises

1. S. 42, 1, 496.

au jury ». Suivant un principe constant dans l'interprétation des lois, on ne peut étendre l'application de cet article en dehors des cas réglés expressément par le titre sous lequel il est placé. On ne peut donc étendre aux contraventions le principe du non-cumul, qui n'a été édicté que pour les crimes et les délits.

2° Par la nature de ses dispositions, l'article 365 a encore un caractère exceptionnel. Le motif le plus sérieux pour en décider ainsi se tire de la différence qui existe entre les crimes et les délits, et les contraventions. Pour les premières infractions, « tout repose sur l'intention coupable de celui qui les a commises » ; pour les secondes, au contraire, le fait matériel est seul à considérer.

3° Admettre le non-cumul en matière de contravention, c'est encourager les contrevenants à en commettre. Si l'on décide, en effet, qu'une seule condamnation suffit pour réprimer toutes les contraventions commises, les contrevenants se sentiront protégés par cette unique condamnation ; et, entre la constatation de la contravention et son jugement, ils commettront d'autres contraventions, et se procureront ainsi des bénéfices certains, tout en ne courant le risque que d'une seule condamnation à l'amende. Cette unique condamnation leur accordera l'absolution générale de toutes les infractions [1].

4° Les règles générales applicables aux crimes et aux délits ne le sont pas aux contraventions. La preuve peut en être donnée par ce fait que les partisans du système des circonstances atténuantes refusaient l'application de l'article 463 du Code pénal aux contraventions, et qu'il a fallu promulguer la loi du 23 avril 1832 pour que ces dernières infractions jouissent du bénéfice de ce même article.

5° De plus, les amendes en matière de contraventions ont souvent le caractère de la réparation civile, et, à ce titre, doivent être cumulées. si l'on veut que le préjudice causé par la fréquence de ces contraventions soit entièrement réparé [2].

Tels étaient les nombreux arguments développés par le Procureur général Dupin. La Cour, toutes chambres réunies, adopta le sys-

1. C'est ce qui avait lieu à Paris. Malgré une première contravention relevée contre des entrepreneurs de travaux pour dépôt de matériel sur la voie publique, ceux-ci, jusqu'au jour du jugement de cette première contravention, s'appuyant sur la théorie du non-cumul, qui était alors admise, ne se faisaient pas faute de commettre une ou plusieurs contraventions par jour, certains qu'ils étaient de voir toutes ces infractions n'être sanctionnées que par une seule et même amende, dont le taux était dérisoire en présence du bénéfice par eux réalisé.

2. M. Mangin n'indique pas sur quoi il se base pour attribuer aux amendes prononcées en matière de contravention le caractère de réparation civile.

tème proposé, et, depuis, il a toujours été jugé que l'article 365 est étranger aux contraventions [1]. Il en serait de même s'il y avait cumul d'un délit et d'une contravention.

La doctrine [2] s'est prononcée dans le même sens.

La règle du non-cumul reçoit-elle son application dans le cas de concours de contraventions punies de peines correctionnelles, qualifiées par certains auteurs du nom de « *Délits-contraventions* ». Une jurisprudence avait étendu la règle du cumul à ces infractions, se basant sur ce que les contraventions-délits constituaient de simples contraventions matérielles, et qu'elles existaient indépendamment de l'intention coupable et de la bonne foi [3].

---

1. On trouve cependant un arrêt de 1853 (17 mars), Bull. crim., n° 95, dans lequel la Cour de cassation semble revenir au principe de l'arrêt du 15 juin 1821 : cet arrêt, vraisemblablement, ne renferme qu'une erreur de rédaction.

Cass., 30 décembre 1875 ; 6 janvier 1876 ; 7 janvier 1876 (S. 76, 1, 389). — Cass., 23 mars 1878 (S. 79, 1, 390). — 27 janvier 1883 (S. 85, 1, 403). — Cass. crim., 9 janvier 1890 (D. 90, 1, 239).

Toutefois, pour qu'il y ait lieu à l'application de plusieurs peines, il faut évidemment qu'il y ait plusieurs contraventions distinctes, et non pas plusieurs faits constituant une contravention unique. — Cass., 29 janvier 1885 (D. 86, 1. 43). — 23 janvier 1874 (D. 74, 1, 453). — DALLOZ, *Peine, Suppl.*, n° 126. — Cass., 28 décembre 1872 (S. 73, 1, 143). — 24 mai 1873 (D. 73, 5, 352). — 18 avril 1884 (D. 85, 1, 91).

2. ORTOLAN, T. Ier, n° 1172. — TRÉBUTIEN, T. Ier, p 326. — GARRAUD, T. II, n° 173 A, T. et note 11. — CHAUVEAU et HÉLIE, n° 132. — Pandectes, *Amende*, n° 357 à 359. — DALLOZ, *Peine*, n° 159 et *Suppl.*, n° 122 et suivants. — LESELLYER, T. Ier, n° 282.

3. Cass., 17 mai 1851 (D. 51, 1, 215).

Cette jurisprudence a été abandonnée, et l'on décide maintenant que la règle du non-cumul doit s'appliquer à ces délits-contraventions; sur ce point, comme sur celui de la solidarité, nous rejetons l'existence d'infractions qui seraient des délits–contraventions [1].

En résumé, nous voyons que :

1° En matière de contraventions, les amendes doivent se cumuler entre elles; il y a lieu de les cumuler avec les peines corporelles ;

2° Il y a lieu de cumuler les peines de contraventions avec la peine unique du crime ou d'un délit plus grave ;

3° L'amende, peine complémentaire d'une peine corporelle, peut être prononcée en même temps que cette peine corporelle ;

4° En matière de crimes ou de délits, les amendes ne peuvent se cumuler : l'amende la plus forte doit seule être prononcée, et on doit considérer comme amende la plus forte, non pas celle dont le chiffre est le plus élevé, mais celle qui sanctionne le délit le plus grave ;

5° L'amende attachée comme peine accessoire d'une peine corporelle qui se trouve absorbée comme étant la plus petite par une autre

---

1. Dalloz, *Peine*, n° 160, *Suppl.*, n° 128. — Chauveau et Hélie, n° 132, t. 1er. — Garraud, t. ii, n° 173, t — Pandectes, *Amende*, n° 361. — Cass., 16 novembre et 1er décembre 1877 (S 78, 1, 330). — Cass., 14 avril 1883 (Bull. crim., n° 98). (Voir page 32 et note 2.)

peine corporelle plus forte, suit le sort de cette peine corporelle et ne peut être prononcée.

LÉGISLATION COMPARÉE

Belgique. — Dans cette matière du concours d'infractions, deux systèmes ont été mis en présence. Le premier, qui est celui de la législation française, s'oppose au cumul des peines attachées aux délits concurrents ; la plus forte des pénalités absorbe les autres. Le second, au contraire, adopte la maxime du droit romain et de l'ancien droit français ; il veut qu'une peine soit appliquée à chaque délit ; à chaque délit sa peine : *Nullum delictum sine pœna.* Les peines doivent être cumulées, et, en cas d'impossibilité de les cumuler, on doit aggraver la peine la plus forte dans son exécution.

Le législateur belge admet ces deux systèmes. Il les applique tantôt sans restriction, tantôt en les tempérant dans leur application.

Dans le système du Code pénal belge, les peines encourues pour contraventions sont cumulées indéfiniment. (Art 58 C. pénal.) Il y a cumul illimité [1].

---

1. Il en serait ainsi pour le cas où les délits imputés aux prévenus seraient déférés aux tribunaux de simple police, à raison des circonstances atténuantes. (Cass. belge, 29 novembre 1869, Pasicrisie belge 1869, p. 162.)

Les articles 59 et 60 prévoient le cas de cumul limité.

En cas de concours d'un ou de plusieurs délits, le juge doit cumuler les peines d'emprisonnement et d'amendes ; mais une limite est fixée à cette accumulation. Si les délits sont de même espèce, c'est le double du maximum des peines attachées à cette espèce de délits que l'accumulation ne peut excéder ; si les délits sont différents, c'est le double du maximum de la peine la plus forte. (Art. 60.)

En cas de concours d'un ou de plusieurs délits avec une ou plusieurs contraventions, le juge doit cumuler les amendes encourues à raison de chaque délit et de chaque contravention. Il doit aussi cumuler l'emprisonnement qu'emportent les délits concurrents ; mais il ne doit pas cumuler l'emprisonnement de simple police, si les contraventions encourues en étaient passibles : l'emprisonnement de simple police est absorbé par l'emprisonnement correctionnel. Ainsi donc, il y a limitation qui porte, non seulement sur les peines d'emprisonnement correctionnel, mais aussi sur les amendes, soit correctionnelles, soit de police. Et, pour ces dernières, il n'y a pas à distinguer si elles viennent se joindre à une ou plusieurs amendes correctionnelles, ou si, les délits concurrents n'emportant que l'emprisonnement, elles sont seules prononcées. Dans tous les cas, la limitation indiquée par le législateur doit être appliquée : le juge ne peut prononcer, pour chaque peine, que le maximum du double de la plus forte. (Art. 59.)

En cas de concours de plusieurs crimes, la peine la plus forte est seule prononcée. Cette peine peut être élevée de 5 ans au-dessus du maximum, si elle consiste dans les travaux forcés, la détention à temps ou la réclusion [1].

Lorsque le crime concourt avec un ou plusieurs délits, ou avec une ou plusieurs contraventions, la peine du crime seule est prononcée. (Art. 61, 62.) Le principe dominant est celui de notre droit français : la peine la plus forte doit seule être prononcée ; mais le législateur belge l'admet, tantôt d'une manière absolue (art. 61), tantôt avec la faculté accordée au juge d'aggraver la peine la plus forte (art. 62).

Comment appliquer ces dispositions de la loi belge ?

En cas de concours de plusieurs contraventions, le juge doit condamner le prévenu séparément à raison de chacune d'elles. Il ne peut

---

1. L'art. 62 procédant par voie d'énumération, il en résulte que c'est seulement dans le cas où la peine la plus forte consiste soit dans la réclusion, soit dans les travaux forcés, soit dans la détention, qu'il peut y avoir aggravation. Il en résulte aussi que l'amende attachée au crime le plus grave ne peut être augmentée. (HAUSS., T. II, n° 915 à 922.)

prononcer une condamnation les englobant toutes; car, le total des amendes ne pouvant dépasser le maximum légal des peines de police, le juge commettrait un excès de pouvoir.

En matière correctionnelle au contraire (art. 59 et 60), le tribunal statue par un seul et même jugement. Il doit avoir eu soin de prononcer auparavant autant de peines distinctes et séparées qu'il y avait d'infractions à punir. Il doit toujours respecter la limitation indiquée par l'article 60; pour cela, il additionne les peines qu'il s'agit de cumuler, et retranche l'excédent qui peut être donné par l'addition, de manière à ne prononcer que le double du maximum de la peine la plus forte.

Italie. — L'article 75 du Code italien admet le cumul absolu des peines pécuniaires, avec cette restriction toutefois qu'il ne permet, en aucun cas, de prononcer une amende supérieure à la somme de quinze mille lires pour les délits et trois milles lires pour les contraventions.

Hongrie. — Le cumul absolu est la règle dans le code hongrois (art. 102). Il n'y a aucune limitation comme dans le droit belge; l'emprisonnement subsidiaire est seul limité.

Angleterre. — Le principe du cumul est appliqué d'une façon absolue.

Allemagne. — L'article 71 admet le cumul absolu des peines pécuniaires, non seulement

entre elles, mais encore avec les peines privatives de liberté. La seule restriction qu'il apporte
à cette disposition est relative à la durée de
l'emprisonnement subsidiaire. Cet emprisonnement ne peut dépasser deux ans en matière
d'amendes encourues pour crimes et délits, et
trois mois en cas d'amendes encourues pour
contraventions. (Art. 78, § 2.)

Hollande. — Le cumul de peines pécuniaires est admis; mais la peine prononcée ne peut
jamais dépasser le 1/3 du maximum de la
peine la plus forte.

CHAPITRE III

Nous avons étudié le caractère et les qualités de l'amende, ainsi que les griefs qui ont été contre elle formulés. Nous avons reconnu qu'elle était suffisamment afflictive par elle-même, et que c'était par une sage réglementation de son taux que l'on pouvait la rendre effective, l'empêcher d'être illusoire pour le riche, accablante pour le pauvre, c'est-à-dire la rendre égale pour tous.

L'égalité relative des amendes est un des problèmes les plus difficiles de notre législation pénale. L'appréciation d'une manière abstraite du mérite de l'amende n'est rien ; toute la difficulté consiste à en faire une bonne et juste application soit aux actes, soit aux personnes.

Et d'abord, que faut-il entendre par le mot « égalité » ? Peut-on dire qu'une amende dont le taux est fixé *a priori* à une même somme nominale pour tous les individus est égale ? Non, assurément : quel que soit le chiffre de cette somme, il y aura toujours une différence entre le riche et le pauvre. Le riche et le pauvre seront différemment affectés, le chiffre de l'amende paraissant à celui-là trop faible, à celui-ci trop élevé.

L'amende, pour être égale, doit être proportionnée aux ressources pécuniaires du coupable [1]. « La peine sera la même pour les « individus, dit Bentham, s'ils perdent la même « somme : non la même somme nominale, mais « la même proportion de leur capital. Entre « deux délinquants possédant, l'un cent livres, « et l'autre mille, pour les punir avec égalité, il « faut ôter à l'un dix livres, à l'autre cent [2]. » C'est aussi l'avis de Filangieri : « Les peines « pécuniaires doivent fixer, non la quantité de « la somme, mais la portion qu'on enlèvera à « l'accusé. Celui qui sera convaincu d'avoir « commis tel crime, sera puni par la perte du « tiers, du quart ou du cinquième de ses « biens [3]. »

Ainsi donc, pour atténuer le caractère d'inégalité que possède l'amende à un haut degré, on doit s'efforcer de la fixer à un chiffre qui soit proportionné à la fortune du délinquant.

Ceci étant observé, examinons les divers

---

1. Voyez le vœu II du congrès de Christiania. — Art. 27 du Code de Neufchâtel.

2. BENTHAM, lib. III, chap. IV, 1, 3°.

3. FILANGIERI, *La Science de la législation*, trad. 1784, T. IV, p. 68. — Voyez encore « de Pastoret », 3e partie, chap. X, T. II, p. 204.

modes de fixation du taux de l'amende qui ont été soit pratiqués, soit proposés.

Dans notre ancienne législation, les amendes, presque toujours accessoires, étaient ou fixes ou arbitraires. Les amendes arbitraires étaient fixées, non suivant le caprice et le bon plaisir du juge, mais tout au contraire suivant la qualité et la solvabilité du délinquant [1]. Le noble qui commettait un délit passible pour le roturier de 5 sols devait payer 60 sols. C'était, suivant les termes du procès-verbal de la réforme de Clermont, la mise en pratique de l'adage « noblesse oblige ». — La coutume de Ludunois avait des dispositions analogues : « Qui nie son seing manuel paiera, le roturier, 60, le noble, amende arbitraire. »

L'amende arbitraire était donc le droit commun.

L'amende fixe avait soulevé les énergiques protestations des jurisconsultes. Ceux-ci demandaient la disparition de ces amendes de nos lois, et voulaient laisser à l'arbitrage du juge le pouvoir de hausser ou de diminuer la peine, « suivant la puissance et chevaux du délinquant ».

Une ordonnance de Philippe le Bel (1292) consacra législativement ces principes généreux:

---

1 JOUSSE, *Justice criminelle*, T. 1er, p. 63.

elle gradua l'amende suivant le rang et la fortune du coupable[1].

Cet abandon des amendes à l'arbitrage du juge se retrouve dans plusieurs législations modernes.

Le code pénal autrichien déclare que l'amende doit être proportionnée aux moyens du coupable. La Grande Charte d'Angleterre (art. 25, 26, 27 et 28) proclame : « Que la peine pécuniaire doit être proportionnée aux facultés et à la situation du coupable; qu'elle ne doit jamais être assez forte pour obliger un fermier d'abandonner son champ, un marchand de cesser son trafic, et un laboureur de vendre ses instruments de travail[2]. » Les États de Bade, de Wurtemberg, la Belgique, l'Espagne, le Portugal ont des dispositions analogues.

Le législateur du Brésil (art. 55) pose un principe général ainsi conçu: « La peine de l'amende obligera les coupables au paiement d'une somme pécuniaire qui sera toujours réglée selon ce que les condamnés peuvent retirer chaque jour du revenu de leurs biens, emplois ou industries. »

Dans toutes ces législations, il est clair que l'amende cesse d'être illusoire pour le riche et

---

1. BOUCHEL, v° *Amende*.
2. C'est le seul principe qui régisse les amendes dans la législation anglaise.

ruineuse pour le pauvre; qu'elle les affecte également, et qu'ainsi se trouve résolue la question de la mesure des amendes.

Ainsi, dans notre ancienne législation, comme dans beaucoup de législations modernes, la fixation du chiffre de l'amende est laissée à l'arbitraire du juge, qui a la faculté, pour déterminer le chiffre de l'amende, de tenir compte et de la nature du crime et de la fortune du délinquant.

Quelle théorie avons-nous adoptée en notre droit pénal? On peut répondre qu'il n'y a pas de théorie raisonnée des amendes pénales. Celles qui ont été édictées l'ont été suivant le temps et les circonstances, sans vues générales, sans pensées systématiques. Sous une fausse apparence d'égalité, la loi a consacré une véritable inégalité des peines.

Le système de l'amende arbitraire a complètement disparu de notre droit [1]. Il était, en effet, contraire au principe d'égalité contenu dans la Déclaration des Droits de l'Homme du 26 août 1789 [2].

---

1. Il n'est plus permis d'appliquer aujourd'hui des amendes arbitraires, prononcées par d'anciens règlements pour contraventions à leurs prescriptions.—Conseil d'État, 11 août 1841 (S. 42, 2, 137).— Loi du 3 mars 1842.

2. « Nous avons voulu que la peine d'amende fût tarifée *a priori*, et, partant du principe si français de l'égalité, nous avons voulu que tout le monde payât la même amende; nous avons, dès lors, accepté un minimum très bas, mettant ainsi ce minimum au niveau des fortunes de la démocratie. ». LÉVEILLÉ, *Revue pénitentiaire* 1893, p. 878.

Ce système a, comme on vient de le voir, de grands avantages ; il permet en effet de graduer, la peine suivant la gravité de l'acte, la culpabilité du délinquant et l'importance de ses facultés pécuniaires. On ne peut cependant l'admettre : il aurait, en effet, pour conséquence de donner un pouvoir trop considérable au juge ; il lui permettrait même d'aller jusqu'à la confiscation. De plus, en présence du nombre considérable d'affaires que les juges ont à examiner et auxquelles ils doivent donner une solution dans chacune de leurs audiences, il est certain qu'ils n'auraient pas le temps nécessaire d'apprécier d'une manière indiscutable la situation sociale des inculpés, et n'arriveraient pas à une fixation satisfaisante de l'amende.

Étant donné que le législateur français a écarté de nos codes l'amende arbitraire, que faut-il décider quand la loi, prononçant une amende, a omis d'en fixer le chiffre ?

Par application de ce principe qui veut que le doute profite à l'accusé, les tribunaux doivent réduire l'amende au taux le plus faible, c'est-à-dire au taux des amendes de simple police [1].

La jurisprudence avait consacré cette opinion, notamment en matière d'exercice illégal de la médecine. L'article 18 de la loi du 30 novembre

1. CHAUVEAU et HÉLIE, T. 1er, p. 196.

1892 est venu combler la lacune de la loi du 19
ventôse de l'an XI. M. Garraud admet une
autre solution : le juge devrait prononcer une
amende de 16 fr. et de 1 fr., si, le caractère de
l'infraction reconnu, le fait est un crime ou un
délit ou bien une contravention. Ce ne serait que
dans le cas où il serait impossible de classer les
faits que le juge pourrait prononcer le minimum
de l'amende de police [1].

Sous l'empire de la loi de 1832, on se demandait quel était le maximum de l'amende
que les juges pouvaient substituer à l'emprisonnement, lorsque, le délit étant puni de cette
peine, les juges usaient du pouvoir que leur con-
férait l'article 463 ? Cet article, en effet, dispo-
sait que les tribunaux pouvaient substituer
l'amende à l'emprisonnement, sans qu'en aucun
cas elle pût être au-dessous des peines de
simple police. Le minimum était connu ; mais
on ne connaissait pas le maximum. Il n'y avait
d'abord aucun doute quand le Code prononçait
pour la répression du délit l'emprisonnement et
l'amende, soit cumulativement, soit facultativement. Le maximum était déterminé par le maxi-

1. Pand. (Amende), nos 248, 249, 405. — DALLOZ, Peine, n° 798,
Suppl., 510. — GARRAUD, Précis, 1er fascicule, n° 248.—Le système de
la jurisprudence est admis par la jurisprudence belge. Voyez: HAUSS,
T. 1er, n° 772; — Cass., 20 juillet 1833 (S. 33, 1, 536);—30 avril 1858,
(S. 58, 1, 572); — CHAUVEAU et HÉLIE, n° 135; — ORTOLAN, T. II,
n°; 1662.

mum qui était édicté par l'article. Mais, dans le
cas où l'emprisonnement seul est prononcé,
quid? Toujours par application du principe qui
veut que, dans le doute, les lois pénales doivent
recevoir l'interprétation la plus favorable au
prévenu, la jurisprudence décidait que le maximum ne pouvait dépasser celui des peines de
simple police. Aller au delà, c'eût été en effet
tomber dans l'arbitraire.

La question a été résolue législativement par
la loi du 26 octobre 1888, qui fixe à 3,000 fr. le
maximum de l'amende quand elle est substituée à l'emprisonnement par suite de l'admission de circonstances atténuantes. Cette loi du
26 octobre 1888, en comblant une lacune de
notre législation pénale, a créé une situation
bizarre. Suivant, en effet, que le délit sera puni
d'un emprisonnement et d'une amende, ou qu'il
ne sera puni que d'une amende, le juge, dans le
premier cas ne pourra condamner le coupable
qu'au maximum de la peine édictée; dans le
second cas, il pourra prononcer une amende de
3,000 fr. Il eût fallu dire que, dans tous les cas
où il y a possibilité de substituer l'amende à
l'emprisonnement, le maximum de 3,000 fr.
pourra être prononcé.

La Révolution de 1789 laissa subsister
l'amende parmi les peines correctionnelles et
de police. Elle dirigea et limita l'action des

magistrats. Quels furent les différents procédés de détermination du chiffre de l'amende adoptés par l'Assemblée nationale ?

Une loi des 19-22 juillet 1791, relative à l'organisation d'une police municipale et correctionnelle fixa les amendes encourues pour délits et contraventions, par elle prévus, sans aucune idée systématique. Elle n'obéit à aucune règle, et n'eut aucune théorie raisonnée. Dans cette loi de 1791, on trouve en effet des amendes fixes, des amendes ayant un maximum et un minimum fixes, et enfin, des amendes variables [1]. L'article 14 édicte une amende de 200 livres et, en cas de récidive, de 500 livres contre ceux qui, ayant formé des sociétés ou clubs, n'ont pas fait de déclaration préalable, au greffe de la municipalité, des lieux, jours et heures de leurs réunions ; de même, l'article 21 punit d'une amende de 100 livres la vente de médicaments gâtés.

Une amende ayant un maximum et un minimum fixes est prévue par l'article 15, pour infraction aux règlements de voirie.

Enfin, dans les articles 16 à 20 et dans

1. Mais le principe qui domine le C. p. en 1791 est celui de la fixité des peines. La loi ne laisse aucune latitude au juge pour leur application. Elle le force à prononcer la peine édictée, sans pouvoir l'abaisser ou l'élever selon les circonstances, et sans pouvoir tenir aucun compte des divers degrés de culpabilité et des causes qui peuvent la modifier.

l'article 22, l'amende est variable. Elle est réglée, en effet, tantôt sur la contribution mobilière ou le droit de patente, ou sur quelque autre signe pouvant indiquer les ressources pécuniaires du coupable. La quotité de l'amende est tantôt de la totalité, ou du quart ou de la moitié, ou du quart ou du tiers de la contribution mobilière ou du montant du droit de patente du délinquant (en cas d'infidélité des poids et mesures).

Il y avait là un effort tenté par le législateur pour rendre l'amende efficace à l'égard de tous et égal pour tous. Il tenait compte, dans la fixation du taux de l'amende, des facultés pécuniaires du coupable. La contribution mobilière et la patente sont en effet des signes extérieurs permettant, sans aucune inquisition, d'évaluer approximativement le degré de fortune du délinquant, de connaître sa situation sociale [1].

Un autre mode de fixation fut adopté par la

1. Dans l'application de ce mode de fixation, une difficulté se présenta en 1808, époque à laquelle la contribution mobilière avait été supprimée dans plusieurs grandes communes, et n'avait pas encore été établie dans des cantons nouvellement réunis au territoire français. Un décret impérial du 31 juillet 1806 résolut ainsi cette difficulté, et décida que, lorsque les lois prononcent une amende du quart, du tiers, de la moitié ou de la totalité de la contribution mobilière des délinquants, les juges les condamneront à une amende depuis trois francs jusqu'à deux cents francs. Lorsque les lois prononcent une amende plus forte que la contribution mobilière des délinquants, l'amende sera élevée et variera de cinquante à cinq cents francs.

loi sur la police rurale de 1791, et par le Code
des délits et des peines du 3 brumaire an IV.
Dans cette loi du 28 septembre 1791, et, dans le
code des délits et des peines, un troisième pouvoir est venu concourir à la fixation du chiffre de
l'amende, à côté du législateur et du tribunal.
Ce fut à la valeur de tant de journées de travail
que fut fixé le maximum de l'amende. Les
tribunaux, suivant la gravité des faits et la
culpabilité de leurs auteurs, déclaraient qu'il y
avait lieu à une amende de tant de journées de
travail, et avaient soin de ne pas dépasser les
limites indiquées par le minimum et le
maximum.

La valeur de cette journée de travail était
déterminée par le Directoire du département,
sur un tableau dressé d'avance annuellement,
tableau indiquant la valeur de la journée de
travail dans *chacune des communes* comprises
dans son étendue.

Ce système en tenant compte, pour graduer
l'amende, et de la gravité des faits, et de la
culpabilité et des ressources pécuniaires du
coupable, aurait été excellent, si la loi avait
confié au Directoire de département le soin
de déterminer la valeur de la journée de
travail pour *chaque individu* et non une *valeur
moyenne*. Rien n'est plus variable que la valeur
d'une journée de travail ; par suite, admettre

pour *chaque commune* un chiffre *fixe*, c'est aller contre tout principe d'égalité. Nous avons vu que le code pénal du Brésil a réalisé cette idée d'une manière très satisfaisante. Dans ce code, la peine pécuniaire est toujours en rapport avec ce que *le condamné* peut retirer chaque jour du *revenu de son travail personnel,* de ses biens, de son industrie.

La loi du 23 thermidor de l'an IV a consacré le système de la loi de 1791 et du Code de Brumaire, malgré ses défectuosités : c'est le Conseil général qui fixe actuellement la valeur de la journée de travail, depuis la suppression des directoires de département.

Arrivons à notre Code pénal actuel.

Les amendes fixes, si critiquées par les anciens jurisconsultes, si contraires au principe d'égalité des peines, mettant le juge dans l'impossibilité de tenir compte du degré de perversité et des moyens d'existence du coupable, ne se rencontrent dans notre législation que dans quelques lois spéciales [1].

---

1. Voyez notamment la loi du 17 juillet 1889, art. 6, sur les candidatures multiples. — Indépendamment des inconvénients que je signale, les amendes fixes ne peuvent suivre les fluctuations de la valeur de l'argent, et subissent les altérations qui naissent des variations de la richesse publique. « La rigueur des peines pécuniaires variera donc continuellement avec l'état de la richesse publique. Ces peines seront tantôt trop fortes, tantôt trop faibles ; rarement, elles seront en proportion avec la valeur de la richesse nationale. » (FILANGIERI, *La Science de la législation*, trad. 1784, Paris 1788, T. IV,

Les amendes arbitraires ont été supprimées en 1791 [1].

Quel système notre droit pénal consacre-t-il ?

La théorie du Code actuel a consisté à établir des amendes uniformes à l'égard de tous les délinquants. Il a fixé le chiffre des amendes en le graduant suivant la nature du délit. Il n'est pas venu à l'esprit du législateur de permettre au juge, pour l'application de la peine, d'avoir égard à la fortune du délinquant. Pour chaque délit, il n'a pas déterminé le chiffre de l'amende d'une manière absolue et invariable ; il s'est borné à indiquer un maximum et un minimum que le juge ne peut dépasser. Entre ces deux limites, le juge détermine le quantum de la peine, eu égard *aux circonstances et à la gravité seule du délit.* « La loi, disent MM. Chauveau et Hélie [2], n'a pas fait de la fortune du délinquant une circonstance aggravante de cette peine. » Cette opinion corroborait les paroles de d'Haubersart, président de la commission de législation chargée d'examiner le projet du comte Treilhard. « Le

C6 et 67, note 1.) Le code russe et le code des Lombards ont pris des dispositions pour remédier à cet inconvénient. (Code russe, art. 19, § 443. — Code des Lombards, lib. 1, tit. VII, § 15.)

1. C'était une réaction naturelle, mais cependant excessive, contre les vices de l'ancienne législation criminelle, qui, ainsi que nous l'avons vu, abandonnait à l'arbitraire du juge la punition d'infractions non prévues par les lois

2. CHAUVEAU et HÉLIE, T. Ier, n°

projet laisse au juge, disait–il, une certaine
latitude pour fixer la quotité de l'amende. Les
circonstances qui atténuent ou augmentent un
délit ne peuvent être toutes prévues par la loi ;
il faut donc accorder au juge de *proportionner
l'amende à la faute.* » Ainsi, c'est suivant le
degré moral de l'infraction que l'amende est
graduée. « La loi, disent MM. Chauveau et
Hélie [1], ne fait aucune acception de personnes. »

Ce système consacre une véritable inégalité;
il est, en effet, contraire au principe de toute
justice de frapper le riche et le pauvre de la
même amende. « Est-il égal, disait de Pastoret,
de condamner à payer cent pistoles un financier
opulent ou un ouvrier à qui son industrie jour–
nalière procure une honnête aisance, et un
homme sans richesse, sans état et presque sans
ressources ? Si le prix absolu de l'argent est
toujours le même, quelle variété n'a pas sa
valeur relative quand on l'applique à la misère
ou à l'opulence ! Cependant, une faute semblable
étant punie dans le riche et dans le pauvre de la
même valeur pécuniaire, ce dernier est puni
un million de fois plus que le premier. Aussi,
la loi redouble toujours de sévérité envers le
citoyen qui mérite le plus de bienveillance
publique [2]. »

---

1. CHAUVEAU et HÉLIE, T. Iᵉʳ, nᵒ
2. DE PASTORET, 3ᵉ partie, chap. X, art. 3, T. II, p. 204.

En adoptant même l'opinion de M. Bonneville de Marsangy, qui voit dans la fortune du
coupable une circonstance aggravante, en ce
sens « qu'elle doit motiver l'élévation relative de
la peine dans les limites du maximum et du
minimum », en tenant compte par suite de la
fortune du délinquant, le résultat recherché,
celui de l'égalité, ne serait pas atteint : le minimum serait toujours trop élevé pour le pauvre,
le maximum illusoire pour le riche. Nous savons
bien que, moyennant l'admission de circonstances atténuantes, le minimum peut être abaissé
à la modique somme d'un franc. Mais il y a lieu
de faire observer, d'une part, que l'article 463 du
Code pénal n'est applicable en matière correctionnelle qu'aux infractions prévues par le Code
pénal, et non, à moins de déclaration expresse,
aux infractions prévues par des lois spéciales
qui édictent des amendes dont le minimum est
assez élevé ; d'autre part, qu'il peut arriver que,
par suite des faits de la cause, les juges se
voient dans la nécessité de ne pas appliquer
l'article 463. Ils sont obligés alors de prononcer
le minimum légal.

Quant au maximum, il a été fixé à une
époque où l'argent avait plus de valeur qu'aujourd'hui. Il est devenu dérisoire même pour les
gens simplement aisés ; il n'est, en effet, que
de 15 francs en matière de contravention et

de 500 francs en général pour les délits. Ce n'est que depuis la loi du 26 octobre 1888, modificative de l'article 463, et encore dans des cas très rares, qu'il peut s'élever à 3.000 francs.

Tous les criminalistes sont d'avis d'élever le chiffre du maximum. A la Société des prisons, MM. Boullaire, Leveillé et Demy ont proposé de fixer le maximum au chiffre de 5.000 francs, et même 10.000 francs, chiffre adopté par le nouveau code italien [1].

Il est certain que le système du maximum et du minimum ne peut être considéré comme suffisant que si le chiffre du minimum est aussi bas que possible, et le chiffre du maximum aussi élevé que possible. Il doit y avoir un écart plus grand que celui qui existe actuellement entre les deux limites fixées par la loi : c'est alors seulement que le juge possède un pouvoir d'appréciation suffisant qui lui permet de graduer l'amende en tenant compte des divers éléments de culpabilité et de fortune du coupable.

Une variété du système du maximum et du minimum est encore employée dans notre Code pénal. Il est des cas où le montant de l'amende est calculé sur le dommage causé par le délit, ou bien est proportionnel au bénéfice que le coupable en a retiré. C'est ainsi que l'article 174

1. Congrès de Christiania, vœu III. (Revue pénitentiaire 1893, p. 708, 729, 807, 878.)

punit le coupable de concussion d'une amende
dont le maximum est le quart, et le minimum le
douzième des restitutions et des dommages-
intérêts [1].

L'article 135, § 2, punit celui qui a fait sciemment usage de pièces fausses, d'une amende
triple au moins et sextuple au plus de la somme
représentée par les pièces qu'il aura mises en
circulation [2].

Ce système, comme le précédent, est insuf-
fisant, et ne détruit pas l'inégalité dans la répression du riche et du pauvre. Il proportionne bien
l'amende à la faute, mais il a le grand tort de ne
tenir aucun compte de la responsabilité et de
l'étendue de la fortune du coupable.

En principe donc, le taux de l'amende devrait être proportionné aux ressources pécuniaires du délinquant. Comment déterminer
cette proportion ? Quels systèmes ont été proposés ?

Bentham et Filangieri ont proposé de déterminer, non la quotité de la somme, mais la portion de la fortune du prévenu qui lui serait
enlevée par la peine. « Veut-on établir une peine
pécuniaire, dit Bentham [3], qu'elle soit mesurée

1. Voyez encore art. 457, 164, 172, 175, 406, 423, 421 du Code pénal,
art. 4 loi 3 septembre 1807.
2. Voyez actes du congrès de Rome 1887.—Congrès de Christiania,
Berne, Brême.
3. Lib. III, chap. IV, T. Ier, p. 30.

sur la fortune du délinquant. Déterminez le
rapport de l'amende, et non pas sa quotité absolue : pour tel délit, telle quote-part des biens. »
« Les peines pécuniaires, pose en principe Filangieri [1], doivent fixer, non pas la quotité de la
somme, mais la portion qu'on enlèvera à la
fortune de l'accusé. Celui, par exemple, qui sera
convaincu d'avoir commis tel crime sera puni
par la perte du tiers, du quart, du cinquième de
ses biens. C'est ainsi que devrait être fixée la
valeur de la peine. »

Ce mode de détermination de l'amende, qui
paraît revêtu de la plus rigoureuse égalité, peut
être défectueux dans son application : comment
constater le revenu ou les biens du délinquant
sans se voir obligé de se livrer à des inquisitions toujours entourées de dangers [2] ? De plus,
ôter le 1/10 au possesseur de 10 millions, n'est-
ce pas une peine plus légère que celle qui enlève 1,000 fr. au possesseur de 10,000 fr. ?
Comment déterminer cette partie aliquote que

---

1. *Op. cit.*, p. 68.
2. La perspective des inquisitions empêche que l'impôt sur le
revenu n'entre dans nos lois : en sera-t-il de même relativement à
la détermination du taux de l'amende ? Les dangers de ces inquisitions ne seront-ils pas un obstacle à la réforme que l'on propose ?
Peut-être. « Eh bien, malgré cette raison de douter, dit M. Leveillé,
j'avoue que, dans notre cas, je serais décidé à passer outre, les
gens dont nous scruterions la fortune sont après tout des individus
ayant commis des infractions pénales pour avoir le droit de peser
ce qu'ils valent. » (Revue pénitentiaire 1893, p. 878.)

l'on devra enlever à la fortune du coupable pour
que la peine soit également ressentie et par le
riche et par le pauvre?

MM. Chauveau et Hélie, à l'exemple de M. Ch.
Lucas, proposaient, pour remédier à l'inégalité
du système de notre Code pénal, de n'établir
qu'un maximum pour les amendes, en donnant
au juge la faculté de les abaisser indéfiniment.
Au juge incomberait la mission d'appliquer le
principe de l'égale répartition des amendes.
Mais une difficulté se présente: comment fixer
le maximum? A quelles limites doit-il s'arrêter
pour, d'une part, ne pas dégénérer en confiscation, et ensuite pour ne pas être illusoire pour
le riche?

M. Livingstone, en l'article 90 du code de
la Louisiane, avait décidé que l'amende ne pouvait, dans aucun cas, excéder le quart de la fortune du délinquant. Dans le code pénal du
Brésil, au contraire, l'amende n'atteint que les
revenus du coupable. Cette dernière base est
plus conforme à la matière; il faut éviter en effet
que l'amende frappe le capital; s'il en était
autrement, elle dégénérerait en confiscation
partielle.

Rossi pense que le législateur doit se contenter d'une limite discrétionnaire, établie par
l'évaluation de la moyenne de fortune dans la
classe de citoyens que la peine pécuniaire doit

atteindre. Ce serait alors un maximum variable qui dépendrait du progrès de la richesse générale du pays. De plus, les revenus, dans une même classe de citoyens, sont loin d'être identiques ; par suite, l'amende basée sur l'évaluation moyenne de la fortune des individus d'une même catégorie serait encore inégale : telle somme serait illusoire pour l'un et ruineuse pour l'autre; il n'y aurait pas d'égalité dans le châtiment.

M. Ortolan, s'inspirant du système du Code de Brumaire an IV et de la loi de 1791, indique, comme moyen d'atténuer le caractère d'inégalité de la peine d'amende, de prendre pour unité de calcul, à l'égard de chaque condamné, une journée de son revenu. Les tribunaux auraient la faculté de se mouvoir entre un maximum de tant de journées de revenu, et un minimum de tant de journées de revenu. La loi pénale adopterait, pour prononcer les amendes, cette formule : « Tant de journées de revenu, tant de mois, tant d'années de revenu. »

Ce mode de détermination du chiffre de l'amende aurait incontestablement le grand avantage de proportionner la peine aux moyens d'existence du coupable. Il ne serait pas l'objet du reproche adressé au système consacré par l'article 50 du code de la Louisiane. En effet, avec un pareil mode de fixation du taux de

l'amende, on respecterait le capital, et on évite-
rait ainsi le danger d'une confiscation totale ou
partielle des ressources pécuniaires du délinquant.

Mais qui fixerait la valeur de cette journée
de revenu ? D'après l'éminent jurisconsulte [1], ce
serait au juge, « auquel la loi donnerait, pour
l'appréciation du revenu de chaque condamné,
un large pouvoir d'appréciation, d'évaluation
approximative, d'après les principaux éléments
de preuve en quelque sorte ostensibles, et, au
besoin, d'après la commune renommée, sans
l'astreindre à rechercher une détermination
rigoureusement exacte, suivant des vérifications
minutieusement imposées. »

Tels sont les divers projets des jurisconsultes. En 1894, un député, M. Mirman, déposa le
24 avril, à la Chambre des députés, une proposition de loi « *tendant à restituer à l'amende
son caractère d'égalité* [2]. » Quelle en est l'économie ?

M. Mirman, s'inspirant des idées émises
par M. Ortolan, adopte comme base de l'amende,
comme unité d'amende, ce qu'il appelle « *la
journée d'amende.* » Le Code, dit-il, portera que

---

1. ORTOLAN, T. II, p. 43.

2. Dépôt à la Chambre, le 24 avril 1894. (Doc. parl., n° 566.
Rapport sommaire par M. Escange le 19 juillet 1894, annexe 855.) —
Prise en considération le 13 novembre 1894. (Doc. parl., n° 1839.)

tel délit entraîne une condamnation de cinq à vingt journées d'amende. Il conserve le système du maximum et du minimum du Code pénal.

Qu'est-ce donc que la « journée d'amende ? » Comment et par qui est-elle fixée ?

La journée d'amende est d'une façon générale la valeur du revenu journalier que le condamné retire normalement de ses rentes, de son emploi, de son travail, quel qu'il soit. S'agit-il d'un mineur n'ayant ni fortune personnelle ni emploi, c'est d'après la fortune des parents qu'est réglée la valeur de la journée d'amende.

La journée d'amende du projet Mirman est donc la journée de revenu du système de M. Ortolan ; les expressions sont seules différentes.

L'auteur de la proposition retire au juge la mission que lui avait attribuée M. Ortolan. Le juge ne fixera pas la valeur pécuniaire de la journée d'amende.

M. Mirman confie la détermination de cette valeur à une commission permanente, nommée dans le canton où l'intéressé a son principal domicile. Cette commission est composée de cinq membres. Le percepteur en est membre de droit. Deux conseillers municipaux et deux électeurs la complètent ; ces quatre derniers membres sont désignés pour un an par le conseil municipal du chef-lieu de canton, et sont rééligibles. Ils doivent habiter le canton depuis plus de cinq ans.

La commission, que le projet qualifie de « Commission cantonale des amendes », doit procéder à ses opérations sans investigations vexatoires ni minutieuses. Ce lui sera du reste facile de satisfaire à cette recommandation, puisque, d'après le projet de loi, elle doit être composée « d'hommes connaissant autant que possible le condamné et le milieu et les conditions dans lesquels il vit. »

Pour arriver à la détermination de la valeur de la journée d'amende, elle s'entourera de tous renseignements, acceptera du condamné les pièces qu'il croira utile de lui soumettre ; mais elle ne pourra exiger que la communication officielle du loyer, du rôle des contributions et des patentes. Ces éléments, déclare M. Mirman, concourent à donner une idée, au moins approximative, de la fortune des contribuables.

Elle devra tenir compte des charges de famille, et s'efforcera de ne pas fixer pour la journée d'amende une valeur trop forte ; mais, en aucun cas, cette valeur ne sera inférieure à un franc.

Comment fonctionnera cette commission cantonale ?

C'est sur l'avis d'un jugement définitif contre un des habitants ayant dans le canton sa prin-

cipale résidence ou son domicile que le percepteur, auquel a été adressé cet avis, convoque la commission. Cette convocation a lieu
chaque semaine à la mairie.

Pour être valable, toute délibération de la
commission doit avoir été prise par trois membres. L'intéressé, convoqué deux jours avant
celui de la réunion de la commission, et sans
frais, n'assiste pas au délibéré. Les séances ne
sont pas publiques, mais les décisions sont affi-
chées à l'intérieur de la mairie.

Les décisions de cette commission sont-elles
définitives ?

Le projet prévoit la constitution d'une commission d'appel. Le plus ancien juge de paix
de l'arrondissement dans lequel habite le condamné est président. Il est assisté de quatre
électeurs, nommés de la même manière que
ceux de la commission cantonale, et rééligibles. Ces quatre derniers membres ne doivent
pas faire partie de la commission fiscale de
leur canton; ils doivent être âgés de plus de
vingt-cinq ans, et avoir au moins cinq ans de
résidence dans l'arrondissement.

Toutes les décisions de la commission cantonale ne sont pas susceptibles d'appel; il n'y a
possibilité d'appel que si la condamnation prononcée par le tribunal dépasse trois journées
d'amende.

L'appel ne peut être formé qu'après la demande qui en est faite au juge de paix président. Cette demande doit être parvenue dans les quarante-huit heures de la décision de la commission cantonale.

Le juge de paix convoque les membres de la commission d'appel dans la quinzaine, et, au jour fixé, la commission d'appel juge en dernier ressort.

Une sanction est édictée contre celui qui succombe dans son appel : la valeur de la journée d'amende est augmentée du tiers de la valeur qui lui avait été attribuée par la commission cantonale.

Le juge de paix transmet la décision de la commission d'appel au percepteur, qui avise aux mesures de recouvrement.

Tels sont la composition, le fonctionnement, l'étendue des pouvoirs de la commission cantonale des amendes et de la commission d'appel prévues par le projet Mirman.

Mais, en supposant adoptée l'unité d'amende, comment appliquer, dans notre Code pénal actuel, le système que nous venons d'exposer ? Comment remplacer les chiffres d'amendes, indiqués en francs, par un chiffre de journées d'amende ? M. Mirman, qui est, nous croyons, plus célèbre mathématicien que célèbre jurisconsulte, répond : Pour évaluer en journées

d'amende une somme indiquée dans le Code
actuel, on divisera celle-ci par 5. Ce chiffre 5
est, en effet, un diviseur commun à tous les
montants des amendes du Code, sauf cependant
le minimum correctionnel, seize francs. Dans
ce dernier cas, l'interprétation devant être la
plus favorable au prévenu, il y aura lieu de
remplacer 16 par 15. Un article du Code pénal,
par exemple, condamne-t-il un individu à une
amende variant de 16 à 300 francs, l'article
modifié d'après le projet, le condamne à un
nombre de journées d'amende variant entre
3 et 60.

Quant aux amendes de contravention,
amendes dont les jurisconsultes ne se préoccu-
paient pas, étant donné qu'elles constituent
moins des peines que de simples avertissements,
et qu'à ce titre, leur valeur pécuniaire est négli-
geable, M. Mirman fixe ainsi la mesure de ces
amendes, toujours divisées en trois classes :

Les amendes de la première catégorie (de
1 à 5 francs) seront remplacées par une demi-
journée à une journée d'amende ; celles de la
seconde (6 à 10), par une journée et demie
d'amende à 2 journées ; celles de la troisième
(11 à 15), par deux journées et demie à trois
journées d'amende.

Telle est, dans son entier, l'économie du
projet de M. Mirman, projet qui a fait l'objet

d'un rapport de M. Escanyé le 19 juillet 1894,
et qui a été pris en considération le 13 novembre
suivant.

De même que nous ne partageons pas les idées
socialistes émises par M. Mirman, de même nous
n'approuvons pas entièrement son projet. L'unité
d'amende choisie est excellente, la base est
équitable; mais les rouages auxquels la détermination de la valeur de la journée d'amende est
confiée, sont trop compliqués. A ce point de
vue, le système est d'une application difficile,
très difficile. Nous ne voyons pas, dans les campagnes, les cultivateurs élus par le conseil municipal, abandonnant leurs charrues et leurs
champs pour aller s'occuper, chaque semaine, à
la mairie, des questions que le projet veut leur
confier sans aucune rémunération. Nous ne pensons pas que l'on trouve des citoyens assez dé-
sintéressés pour sacrifier leur temps et leur argent
à un service public, qui peut ne leur rapporter
que des ennuis. De plus, peut-on assurer que les
décisions de la commission cantonale et de la
commission d'appel seront de la plus grande
impartialité? Nous savons bien que le percepteur
est membre de droit de la première; que le plus
ancien juge paix de l'arrondissement est président de la seconde, et que la présence de ces
deux fonctionnaires peut garantir, jusqu'à un
certain point, l'exécution des prescriptions de la

loi et la régularité des décisions prises dans l'une et l'autre de ces commissions. Mais une décision peut être régulière et légale et, malgré cela, être entourée de partialité. Nous nous expliquons : la valeur de la journée d'amende est, nous l'avons dit, fixée d'après l'avis de la majorité des membres qui composent la commission des amendes. Les quatre citoyens qui sont adjoints au percepteur ou au juge de paix, forment la majorité dans ces commissions. Ces quatre membres ne verront-ils pas, dans le délibéré auquel il est nécessaire de recourir pour déterminer la valeur de la journée d'amende, une occasion de manifester leur sympathie ou leur haine pour ou contre le condamné ? N'est-il pas à craindre que les opinions politiques de l'individu condamné ne soient d'un grand poids dans la décision de la commission des amendes ? N'est-il pas à craindre encore que ces décisions ne soient empreintes d'une indulgence excessive ? D'un autre côté, les membres de la commission cantonale n'auront-ils pas à redouter le ressentiment du condamné, mécontent de la décision intervenue contre lui ? Nous estimons en outre que la détermination postérieure de la valeur de la journée d'amende est un système défectueux. Elle enlève en effet toute autorité aux jugements de condamnation.

Nous serions plutôt partisan du système de

M. Ortolan, qui consiste, comme nous l'avons dit
plus haut, à donner au juge, pour l'appréciation
du revenu de chaque condamné, un large pouvoir
d'appréciation, qui lui permet, pour la détermination de ce revenu journalier, de s'entourer de
tous renseignements. Ce système serait d'une
application facile. Dans les procès-verbaux qui
parviennent aux parquets, des renseignements
sont fournis par la gendarmerie ou la police sur
la moralité et la conduite habituelle des coupables. Pourquoi ne pas exiger, dans ces procès-
verbaux, des renseignements sur leur situation
de fortune ? Sera-t-il difficile de les obtenir, nous
ne disons pas d'une manière exacte, mais tout au
moins d'une manière approximative ? Non, assurément. N'existe-il pas, en effet, des éléments de
preuve en quelque sorte ostensibles ? N'a-t-on
pas le prix du loyer, n'a-t-on pas le rôle de la
contribution mobilière, la patente ? Nous voulons
bien que ces éléments ne soient pas proportion-
nels à la fortune du contribuable; mais tous concourent, suivant les termes du projet Mirman,
à en donner une idée au moins approximative.
Ne peut-on pas également avoir recours à la
commune renommée ? De plus, les parquets
pourront s'adresser aux maires des communes
où habitent les coupables, s'ils désirent com-
pléter et vérifier les renseignements fournis par
la gendarmerie ou la police.

Nous n'aurons pas ainsi besoin d'une commission des amendes, ni des modifications que
le projet Mirman apportait aux dispositions du
Code pénal.

A l'appui du système que nous avons exposé,
nous pourrions invoquer, comme argument, l'article 192 du Code civil. Aux termes de cet article :
« Si le mariage n'a point été précédé des deux
publications requises, ou s'il n'a point été obtenu
de dispenses permises par la loi, ou si les inter-
valles prescrits dans les publications et
célébrations n'ont point été observés, le Procureur du roi fera prononcer contre l'officier public
une amende qui ne pourra excéder trois cents
francs, et contre les parties contractantes, ou
ceux sous la puissance desquels elles ont agi,
une amende proportionnée à leur fortune ». Or,
nous ne sachons pas que le Code civil ait organisé de commissions des amendes pour déterminer la fortune du coupable. C'est donc d'après
les moyens d'investigation indiqués ci-dessus
que les juges pouvaient arriver à faire cette détermination : ce qui est possible en droit civil doit
l'être également en droit pénal.

CHAPITRE IV

RECOUVREMENT DES AMENDES

Nous avons vu que c'est en règlementant sagement le taux de l'amende, et en le proportionnant à la fortune du délinquant que l'on peut rendre l'amende efficace à l'égard de tous et égale pour tous. Nous avons relaté les efforts faits par les jurisconsultes et le législateur pour atteindre ce but.

Nous ajouterons que la détermination du taux de l'amende, telle que nous l'avons indiquée, ne suffit pas; il faut encore assurer le recouvrement de la peine pécuniaire, si l'on ne veut pas voir son efficacité anéantie. Quel effet pourra produire la condamnation à une amende, si l'individu qui fait l'objet de cette condamnation est assuré de pouvoir se soustraire à toute exécution ?

L'efficacité de l'amende dépend donc encore des moyens employés pour son recouvrement. Il est de toute nécessité que ces moyens soient suffisamment rigoureux pour que la condamnation à l'amende ne redevienne pas illusoire.

Examinons donc les modes actuels de recouvrement, leurs résultats, et recherchons si on ne pourrait pas arriver à mieux faire.

§ 1er

AGENTS DE RECOUVREMENT

Depuis la loi du 29 décembre 1873, les percepteurs des contributions directes sont substitués aux receveurs de l'enregistrement pour le recouvrement des amendes et condamnations pécuniaires.

La loi des 5-9 décembre 1790 (art. 19) avait chargé la régie de l'enregistrement de recouvrer les amendes et peines pécuniaires. La loi du 4 brumaire de l'an IV avait maintenu ces dispositions, et la loi du 18 germinal an VII y avait joint la perception des frais de justice, dont elle ordonnait le remboursement par les condamnés. L'article 197 du Code d'instruction criminelle, confirmé plus tard par les articles 1er et 174 du décret du 18 juin 1811 et par l'ordonnance du 30 décembre 1823, avait décidé également que la recette des amendes et peines pécuniaires aurait lieu par les soins de l'administration de l'enregistrement.

Jusqu'en 1873, c'était donc à cette administration qu'incombait la charge du recouvrement des amendes. A cette époque, une loi du 29 décembre vint substituer les percepteurs des contributions directes aux receveurs de l'enregistrement. « On a considéré, dit l'exposé des motifs, que le percepteur, plus rapproché des contribuables et connaissant mieux leur situation pécuniaire, pouvait assurer le recouvrement d'une manière plus efficace que les receveurs de l'enregistrement, dont les fonctions sont essentiellement sédentaires [1]. »

L'article 25 de cette loi est ainsi conçu : « A partir du 1er janvier 1874, les percepteurs des contributions directes seront substitués aux receveurs de l'enregistrement pour le recouvrement des amendes et condamnations pécuniaires autres que celles concernant les droits d'enregistrement, de timbre, de greffe, d'hypothèque, de notariat et de procédure civile [2].

1. DALLOZ, v° *Peine*, n° 763, *Suppl.* — Les amendes forestières continuaient d'être recouvrées par les receveurs d'enregistrement et des domaines.

2 L'art. 25 de la loi du 29 décembre 1873 déclarait qu'un règlement d'administration publique déterminerait les mesures nécessaires pour assurer son exécution. Dans ce but, l'administration des finances publia, le 20 septembre 1875, une instruction traçant dans ses grandes lignes la marche que devaient suivre les agents de recouvrement. Mais, par suite de nombreuses modifications et d'améliorations apportées postérieurement à 1875, l'instruction du 20 septembre de cette même année n'était plus suffisante, et était surtout très difficile à consulter. Pour remédier à cet inconvénient, une autre instruction a été publiée le 5 juillet 1895, instruction qui a procédé à la refonte de l'ancienne, en éliminant les articles dont l'application était devenue caduque, et en y introduisant des réformes

En Algérie, le recouvrement est effectué par les receveurs des contributions diverses, sous le contrôle des directeurs et la responsabilité des receveurs des contributions diverses [1].

La direction du recouvrement des amendes et condamnations pécuniaires [2] est entre les mains des trésoriers payeurs généraux et des receveurs particuliers des finances qui les représentent. Ils sont responsables de cette direction.

Les percepteurs [3] sont seuls chargés d'effectuer le recouvrement des amendes (Loi du 29 décembre 1873); mais il ne faut pas conclure de là qu'ils sont exempts de toute responsabilité. Bien au contraire, ils ont leur responsabilité personnelle engagée, parce qu'ils ont la direction des poursuites nécessaires pour arriver au recouvrement de l'amende. Leur rôle ne se borne pas à recevoir les titres de recouvrement,

commandées par l'expérience. Cette instruction du 5 juillet 1895 est la base actuelle de la matière qui nous occupe, et c'est à cette instruction que je me référerai dans le cours de l'étude de ce chapitre.

1. Décret du 17 octobre 1874.

2. Il y a lieu d'entendre par « amendes et condamnations pécuniaires, non seulement les amendes que l'administration a réunies sous le nom d'amendes de condamnation, mais encore tous les autres éléments de condamnation résultant de jugements ou arrêts rendus par les tribunaux répressifs. » (Voyez art. 3 inst. min. 5 juillet 1895.)

3. Dans les grandes villes, le service des amendes est confié à des percepteurs spéciaux. (Voyez décrets minist. 10 février 1874, 8 mai 1874, 27 novembre 1874, 15 décembre 1874, 20 juin 1876, 1er octobre 1886, 13 mars 1890.)

à encaisser les sommes reçues, et à les rendre
à leurs supérieurs hiérarchiques ; ils ont encore
à faire preuve d'initiative dans l'emploi des
moyens de recouvrement qu'exigent les circonstances et les situations diverses des débiteurs.

Avant la loi du 29 décembre 1873 et le
décret du 17 octobre 1874 (pour l'Algérie), la
mission d'établir les titres de recouvrement et
celle d'effectuer ce recouvrement se trouvaient
entre les mains des préposés de l'administration de l'enregistrement. Le receveur des
finances et les percepteurs n'ont plus aujour-
d'hui qu'à procéder au recouvrement des
amendes, et ce, en vertu d'un titre de perception établi par une administration distincte,
titre qu'il leur est interdit de modifier. Ils n'ont
plus maintenant à constater les droits dus au
Trésor ; c'est le titre qui leur est remis qui les
constate.

Le titre de perception pour les comptables est
l'extrait du jugement ou de l'arrêt rendu par les
tribunaux compétents. Cet extrait constitue un
titre complet. Même non revêtu de la formule
exécutoire, il emporte exécution parée [1].

Ces extraits de jugement sont rédigés par le
greffier. Ils doivent contenir la désignation
exacte des noms, prénoms, professions et domi-

1. Cass., arrêts, 28 janvier 1825, 26 décembre 1839 (S. 25, 1, 30
et DALLOZ, *Jugement*, n° 859).

ciles des condamnés, et ceux des personnes
civilement responsables. Ils doivent indiquer la
juridiction qui a statué, la date et les motifs de la
condamnation et, en outre, tous les éléments
financiers qui se rattachent à la sentence. Ils
doivent faire mention du montant de l'amende,
en ayant soin de faire une distinction entre le
principal et les décimes, ainsi que l'étendue de la
solidarité, la durée de l'emprisonnement et de la
contrainte.

Tous les extraits de jugement sont vérifiés et
visés par le Procureur de la République, qui doit
dater son visa [1].

En matière de simple police, tous les jugements rendus, qu'ils soient susceptibles d'appel
ou d'opposition, qu'ils soient définitifs, donnent
lieu à la délivrance d'extraits de jugement qui
portent le nom soit d'*extraits* provisoires [2], soit

1. Circulaires Chancellerie aux procureurs généraux (21 décembre 1874, 11 janvier 1882, 9 août 1889, et 14 février 1891). Il n'y a
pas lieu de distinguer les extraits d'arrêts de cours d'appel, les
extraits de jugements correctionnels et les extraits de jugements
de simple police ; ces derniers doivent être également visés par le
procureur de la République, sauf à Paris, où le greffier les transmet directement au receveur central de la Seine, après avoir été
visés par le commissaire de police délégué.

2. La création des extraits provisoires a remplacé les relevés
sommaires qui étaient en usage depuis 1833 (circul. justice, 15 décembre 1833) pour le recouvrement des amendes. Ces relevés sommaires étaient adressés aux receveurs des finances, qui les trans-
mettaient aux percepteurs ; les percepteurs donnaient avis alors aux
condamnés de s'acquitter, sans qu'il fût besoin de faire signifier le
jugement de condamnation.

d'extraits définitifs. Toutefois, ne donnent pas lieu à la délivrance d'extraits provisoires les jugements de simple police contradictoires de 1 à 5 francs d'amende sans peine corporelle, les jugements dont la signification est obligatoire et, depuis une circulaire de la comptabilité publique du 30 avril 1897 (n° 1708, chapitre VII), tous les jugements contradictoires même susceptibles d'appel.

En matière criminelle et correctionnelle, seuls les jugements définitifs donnent lieu à la délivrance d'extraits.

Le recouvrement des amendes ne peut être poursuivi que si le jugement qui les prononce est devenu définitif. L'opposition, l'appel, le pourvoi en cassation sont suspensifs ; il y a donc lieu, pour les jugements rendus en matière correctionnelle, pour les arrêts rendus en matière criminelle, de faire signifier le jugement ou l'arrêt pour faire courir les délais des voies de recours.

Ce n'est qu'à l'expiration des délais que les extraits sont envoyés aux agents des finances.

Une dérogation a lieu cependant relativement aux jugements par défaut dont la signification n'a pas été faite à personne. Bien que l'opposition contre de pareils jugements soit recevable jusqu'à l'expiration du délai de la prescription de la peine (art 187 du Code pénal, modifié par la loi du 27 juin 1866), les greffiers doivent néanmoins adresser les extraits de ces jugements dans les cinq jours de la signification faite au Parquet et non à personne. Le jugement par défaut constitue, en effet, un titre exécutoire en vertu duquel les poursuites peuvent être commencées.

Seuls les jugements de simple police ne donnent pas lieu à la signification. Exception toutefois est faite pour les jugements en matière d'ivresse : ces jugements doivent être signifiés pour la constatation de la récidive. (Circ. just. 10 octobre 1876).

Le greffier envoie les extraits de jugements ou d'arrêts au receveur des finances ou au trésorier payeur général, selon les cas, dans les délais suivants : les extraits provisoires, dans les huit jours à partir du prononcé du jugement ; les extraits définitifs de jugements et d'arrêts contradictoires, dans les cinq jours de l'enregistrement des jugements, c'est-à-dire dans les vingt-cinq jours du prononcé de la sentence (loi du 22 frimaire an VII, art 20) ; les extraits des jugements en matière d'ivresse ou rendus par défaut, et ceux qui sont signifiés sur état de retardataires, dans les dix-huit jours de la signification.

Dès la réception des extraits provisoires et définitifs, le percepteur donne immédiatement

avis aux condamnés des condamnations qui
ont été contre eux prononcées, et les invite à
payer. De deux choses l'une : ou le condamné
paie, ou il ne paie pas.

Dans le premier cas, tout est terminé. S'il y
a eu délivrance d'extrait provisoire, celui-ci
tient lieu d'extrait définitif. Il peut arriver aussi
que le condamné, rempli de bonne volonté,
n'ait pas à sa disposition immédiate la somme
nécessaire pour se libérer : le percepteur, en
ce cas, peut recevoir des acomptes. (Instruct.
minist.) Si le redevable ne s'acquitte pas en une
seule fois, l'acompte versé est appliqué tout
d'abord au remboursement des frais avancés
par le Trésor, ensuite aux frais de justice et aux
dommages-intérêts, s'il en a été alloué, et enfin
à l'amende proportionnellement au principal et
aux décimes.

Dans le second cas, il y a lieu de recourir
aux moyens d'exécution ; mais ici une observation doit être faite pour les condamnés faisant l'objet d'un extrait provisoire. En cas
d'abstention de la part de ces condamnés, le
percepteur dresse « *l'état des retardataires* », et
l'envoie, dans le délai d'un mois de l'avis qu'il a
adressé, au juge de paix ou commissaire de police auquel incombe le soin de faire signifier le
Jugement. Les extraits provisoires, en matière
de simple police, ont remplacé, on le sait, les

relevés sommaires des condamnations par défaut ; et, pour éviter des frais, la signification de
ces jugements, susceptibles d'un recours, n'est
pas exigée. Si donc, après l'avis gracieux du
percepteur, le condamné faisant l'objet d'un
extrait provisoire s'abstient de se libérer dans
le délai qui lui est imparti, il est nécessaire,
avant de procéder à toute exécution, de signifier
le jugement qui le concerne. L'état des retardataires, contenant les divers renseignements
sur la solvabilité des condamnés, est retourné
par le juge de paix ou le commissaire de police
au receveur des finances, après avoir eu soin
d'indiquer les suites données à chaque jugement par défaut par ces mots : « Signifié ou non
signifié. » C'est après cette formalité et après
l'expiration des délais que le recouvrement peut
être poursuivi. (Art. 79 à 83 inclus. Instruct.
minist.)

§ 2

POURSUITES

Supposons donc remplies toutes les formalités prévues ; les condamnés n'ont pas répondu
à l'avis que leur a adressé le percepteur : il est
nécessaire alors de recourir aux mesures de
recouvrement prescrites par loi.

Les poursuites ont lieu à la requête des percepteurs ou des receveurs des contributions directes ; elles sont faites soit par les huissiers, soit par les porteurs de contraintes. La loi du 29 décembre 1873 a substitué les porteurs de contraintes aux huissiers ; mais cette substitution est facultative.

Depuis la loi du 29 décembre 1873, les instances relatives au recouvrement des amendes ne sont plus instruites et jugées suivant les formes spéciales prescrites par la loi du 22 frimaire an VII (art. 65) et la loi du 27 ventose de l'an IX (art. 17), qui dispensaient les parties du ministère des avoués, et qui remplaçaient, pour l'instruction des instances, les plaidoiries par de simples mémoires respectivement signifiés. La loi du 29 décembre 1873 a fait rentrer ces instances dans le droit commun.

Les agents des poursuites agissent en vertu de la sentence exécutoire de justice, sans contrainte [1].

Les degrés de poursuites sont établis ainsi qu'il suit : A°) poursuites sur les biens ; B°) poursuites sur la personne.

A. — *Poursuites sur les biens.*

Le premier degré de poursuite est le com-

---

1. La contrainte est supprimée en matière d'amendes. (Décis. minist. 7 février 1893.)

mandement, le second la saisie, le troisième la vente des biens du redevable.

a) COMMANDEMENT. — A défaut de paiement dans les huit jours de l'envoi de l'avertissement fait par le percepteur au condamné, un commandement est adressé au débiteur. L'acte de commandement comporte la notification du titre de créance, motivant la poursuite et la formule de l'exploit de commandement. Toutes les formalités prescrites pour les actes ordinaires doivent être remplies et, en plus, élection de domicile doit être faite en la demeure du percepteur à la requête duquel ont lieu les poursuites. Le commandement est signifié à personne ou domicile. Si, sur ce commandement, le débiteur consentait à se libérer, l'huissier pourrait recevoir le montant de la dette ; le porteur de contraintes n'aurait pas qualité et devrait surseoir à l'exécution [1].

b) SAISIE. — La saisie est un acte d'exécution ou une mesure conservatoire, suivant les objets auxquels elle s'applique.

1° Saisie-arrêt. — C'est une mesure conservatoire qui devient mesure d'exécution à partir de la dénonciation. Elle n'a pas besoin d'être précédée d'un commandement; elle est

---

1. Cette observation s'applique à tous les cas de poursuite.

soumise aux formalités prescrites pour les
saisies-arrêts en matière ordinaire.

2° Saisie mobilière. — Cette mesure d'exécution doit être précédée d'un commandement
fait à personne ou domicile, un jour au moins
avant la saisie [1]. L'agent de poursuites doit se
conformer aux prescriptions du Code de procédure civile relatives à cette voie d'exécution [2].

3° Saisie immobilière. — Elle n'est employée
qu'avec les plus extrêmes réserves. (Art. 286,
Inst. minist. 1895.) L'autorisation de l'administration supérieure est du reste nécessaire. Si la
saisie immobilière est autorisée, l'on ne doit y
procéder qu'après avoir averti à nouveau le
débiteur de la conséquence que son refus de
paiement va entraîner. Huit jours après cet
avis, si le débiteur ne satisfait pas à la demande de l'administration, un commandement
lui est adressé, et, trente jours après, la saisie
immobilière est pratiquée. (Art. 674 C. P. C.)

4° Vente. — Lorsque les débiteurs ne se
sont pas exécutés sur les actes de poursuite

---

1. Sous l'empire de l'instruction de 1875, le délai était de trois
jours. Ce délai s'expliquait par ce fait que l'instruction astreignait
les porteurs de contraintes à agir comme en matière de contributions directes ; il en est autrement aujourd'hui.

2. La saisie-brandon, la saisie de navires, la saisie des rentes
constituées sont opérées conformément aux prescriptions du droit
commun. (Art. 628 C. pr. c., 198-551 C. com., 636-656 C. pr. c.,
modifiés par la loi du 24 mai 1842.)

ci-dessus indiqués, l'administration peut faire procéder à la vente de tous biens mobiliers et immobiliers. Toute vente peut être faite huit jours après la saisie.

Le percepteur doit être présent à la vente ou doit s'y faire représenter. Lorsque le produit de la vente est suffisant pour payer le montant des condamnations pécuniaires, la vente peut être discontinuée. (Art. 622 C. p. c. — Règlement du 21 décembre 1839, art. 81.) Si les deniers ne sont pas suffisants, on doit procéder à une distribution par contribution.

Lorsque les biens immobiliers d'un débiteur sont grevés d'hypothèques ou de privilèges, il y a lieu de recourir à la procédure d'ordre pour arriver à la distribution du prix de vente. L'administration doit se faire assister ou représenter par l'avoué du Trésor dans les opérations de la procédure d'ordre amiable et judiciaire, et dans les incidents de cette procédure.

Indépendamment de ces voies d'exécution, qui permettent au Trésor d'obtenir le recouvrement des amendes et condamnations pécuniaires, ce recouvrement est garanti par l'hypothèque judiciaire qu'entraîne tout jugement de condamnation. L'inscription hypothécaire sur les biens du condamné doit être requise, quel que soit le chiffre de la condamnation, dans le délai de deux mois à compter du jour du jugement. Une restriction est faite cependant : si les débiteurs ne sont pas actuellement propriétaires, mais sont appelés à le devenir, l'inscription ne doit être prise au profit du Trésor que si la somme due est supérieure à trente francs. (Inst. minist. 5 juillet 1895.)

B. — *Poursuites sur la personne*

Contrainte par corps

Ces poursuites ont lieu exceptionnellement. Elles sont réglementées par la loi du 22 juillet 1867, sur la contrainte par corps, et par la loi du 19 décembre 1871, qui y a apporté une modification.

La contrainte par corps ne peut être exercée que pour le recouvrement des amendes, restitutions et dommages-intérêts; il faut ajouter à cette énumération, qui est limitative, le recouvrement des frais de justice depuis la loi du 19 décembre 1871.

Elle est attachée de plein droit à la condamnation à l'amende ; elle doit être prononcée d'office, en cas de condamnation à des dommages-intérêts, sans que la partie civile ait besoin d'y conclure formellement [1]. Il n'est donc

---

1. BLANCHE, T. Iᵉʳ, nᵒˢ 364 et suivants. — CHAUVEAU et HÉLIE, T. Iᵉʳ, nᵒ 188. — DALLOZ, *Peine,* nᵒ 820. — Cass., 14 juillet 1853. (Voyez BLANCHE, nᵒ 365.)

pas utile que les juges la prononcent. Cependant, s'ils ont omis de la prononcer, les comptables sont dans l'obligation de signaler l'omission au ministère public, et celui-ci doit se pourvoir devant la juridiction compétente. Le silence d'un jugement relativement à la durée de la contrainte par corps peut être réparé par une décision postérieure. Ce système a été admis par la Cour de cassation et par les Cours d'appel[1], et, tant qu'une décision ultérieure n'est pas intervenue, la contrainte par corps ne peut être exécutée. Cette opinion n'a pas été admise sans critiques de la part des auteurs. MM. Aubry et Rau estiment notamment que le silence du juge quant à la durée de la contrainte par corps, équivaut à une condamnation au minimum établi par la loi[2]. Toutefois, ils exigent une condition : pour que leur système soit applicable, il faut que la décision à laquelle l'omission est reprochée ne soit pas susceptible d'être réformée. L'instruction ministérielle du 5 juillet 1895 semble admettre les deux systèmes. En effet, dans un article 320, elle dispose que : « Si les juges ont omis de fixer la durée de la con-

---

1. Cass., 31 janvier 1873 (D. 73, 1, 44). — Bastia, 28 février 1873 (D. 74, 2, 94). — Bourges, 21 novembre 1879, *affaire Javellon.* — BLANCHE, T. 1er, n° 369 — DALLOZ, *Suppl., Peine,* n° 73. — Cass., 11 mai 1836 (S. 36, 1, 784). — 12 juin 1857 (S. 57, 1, 721.)

2. AUBRY et RAU, T. VIII, § 780, p. 489, note 69. — DARBOIS, n° 73 et suivants. — Paris, 11 janvier 1859 (D. 59, 2, 34 et 35 ; 62, 5, 84). — Cass., 31 mai 1872.

trainte par corps, il appartient aux comptables
de signaler la lacune au ministère public, et de
l'inviter à se pourvoir devant la juridiction
compétente. » C'est l'application du premier
système. Elle ajoute : « mais, si le jugement ou
l'arrêt est passé en force de chose jugée, on
appliquera au condamné le minimum de la
contrainte fixée par l'article 9 de la loi de 1867. »
Cette disposition n'est que l'application de la
restriction du système de MM. Aubry et Rau.
La jurisprudence de la Chancellerie est constante sur ce point [1].

Ainsi donc, toutes les fois que l'appel ou le
pourvoi seront possibles, le ministère public
devra poursuivre la fixation omise de la durée
de la contrainte par corps, par la voie de la
réformation de la décision incomplète. Ce n'est
que dans le cas contraire que la contrainte par
corps peut être exercée, jusqu'à concurrence du
minimum légal fixé par l'art. 9 de la loi de 1867.

En matière correctionnelle et criminelle, la
contrainte par corps peut durer de 2 jours à
2 ans ; en matière de simple police, elle ne peut
excéder cinq jours. La durée de la contrainte
se calcule sur le total des différentes condamnations énoncées dans le jugement ; exception
cependant est faite pour la valeur des armes et

1. Lettres de justice 1er avril 1875 et 8 mai 1876.

engins de chasse et pêche prohibés. (Art. 315, Inst. Minist.) On doit également faire entrer en ligne de compte le principal et les décimes de l'amende [1].

La loi de 1867 n'est pas applicable à tous les condamnés d'une manière absolue. Il y a en effet des exemptions absolues, des exemptions partielles et des exemptions temporaires.

Le mineur de moins de seize ans ne peut être contraint par corps. (Art. 13, loi de 1867.)

Le sexagénaire voit la durée de la contrainte, fixée par le jugement, réduite de moitié.

On s'était demandé si le failli pouvait être contraint par corps. D'après l'instruction ministérielle du 5 juillet 1895, la faillite ne fait que suspendre l'exercice de la contrainte ; la faillite une fois close, elle peut être exercée. Cette décision est conforme à l'article 455 du Code de commerce, et à ce principe qu'à partir du jugement déclaratif de la faillite, toute poursuite individuelle de la part des créanciers est suspendue. Mais il n'y a aucun obstacle à ce que l'incarcération du failli soit requise à la requête du procureur de la République, suivant le mode tracé pour l'exercice de la contrainte par corps contre les débiteurs insolvables [2].

---

1. Cass., 16 janvier 1872 (S. 72, 1, 13).
2. Avis du contentieux, 31 mars 1893.

Les faillis concordataires sont assujettis à la contrainte : le concordat intervenu entre le failli et ses créanciers ne modifie nullement le caractère de l'amende à laquelle il a été condamné. L'amende conserve toujours le caractère de peine, nonobstant la déconfiture du condamné. Elle ne peut jamais être remise par d'autres moyens que par la voie de la grâce [1].

La contrainte par corps ne peut être exercée simultanément contre le mari et contre la femme (art. 16) ; son exécution peut être différée, si le contraignable justifie qu'il est le seul soutien de sa famille. Le jugement de condamnation peut accorder un délai d'un an, et ce n'est qu'après ce délai que la contrainte peut être poursuivie.

Les personnes civilement responsables, les héritiers, la partie civile pour ses frais, ne peuvent être l'objet de la contrainte par corps ; de même, l'amende substituée à l'emprisonnement par suite d'une décision gracieuse du chef de l'État, n'est pas recouvrable par corps [2].

---

1. Pandectes, n° 558. — Tribunal de Montargis, 13 décembre 1848, — de Pont-l'Évêque, 6 mai 1850. — Inst. minist., article 326.

2. Un arrêt qui condamne à la peine de mort ou à une peine privative de liberté perpétuelle ne peut contenir de disposition relative à l'exécution de la contrainte par corps. — BLANCHE, n°s 386 et 388. — GARRAUD, T. II, p. 70 et 71.—GARRAUD, *Précis*, 2e fascicule, p. 875. — DALLOZ, *Contrainte par corps*, n°° 693 et suivants, et *Suppl.*,

L'exécution des jugements emportant contrainte par corps ne peut être poursuivie que
cinq jours après un, commandement adressé au
débiteur, sans aucune distinction entre les
condamnés solvables et les condamnés insolvables, sans distinction entre les délits ordinaires et les délits forestiers.

L'exploit de commandement contient signification du jugement de condamnation, si le
jugement n'a pas été signifié au débiteur ; il
donne la durée de l'incarcération que le condamné
devra subir en cas de non-paiement. Le commandement est périmé le délai d'un an expiré.

Si le condamné ne se libère pas dans les
cinq jours que lui a accordés le commandement,
son incarcération est requise.

L'initiative de l'incarcération varie, selon
qu'il s'agit d'un condamné solvable ou d'un
condamné insolvable.

Dans le premier cas, c'est à l'administration
qu'il appartient de requérir l'application de la
contrainte. Dans ce but, elle libelle une demande
d'incarcération qu'elle adresse au Procureur de
la République. Cette réquisition d'incarcération
est obligatoire pour le ministère public .
Néanmoins, les magistrats du Parquet, confor-

---

eod. verb., n° 88. — Cass., 20 juillet 1882 (D. 82, 5, 129). — Cass.,
6 mai 1892 (D. 93, 1, 560). — Cass., 25 mars 1881 (S. 82, 1, 143). —
Code pénal hongrois, art. 53.

mément aux instructions de la Chancellerie,
peuvent accorder un sursis à tout condamné,
pourvu qu'il soit digne d'intérêt. Ce sursis n'est
accordé que si le débiteur verse immédiatement
au Trésor un acompte, qui varie de la moitié au
cinquième, suivant l'importance de sa dette[1].
Mais, si le condamné qui a obtenu un sursis ne
remplit pas ses engagements, la contrainte est
exercée contre lui, et aucun nouveau délai ne
peut être par lui obtenu.

Dans le second cas, c'est au procureur de la
République qu'il appartient de désigner les individus insolvables contre lesquels la contrainte
sera exécutée. Cette désignation est faite d'après
le relevé trimestriel que doit adresser au Parquet le receveur des finances, relevé trimestriel
qui comprend tous les condamnés dont l'insolvabilité a été constatée.

En vertu des réquisitions qui leur sont
transmises par le Procureur de la République,
les agents de la force publique procèdent à l'arrestation du débiteur[2].

Le débiteur incarcéré peut faire cesser la
contrainte, s'il paie ou s'il fournit caution, et

---

1. Il doit verser un acompte fixé à la moitié, si la dette est inférieure à 30 fr., au tiers si elle est de 30 à 60 fr., au quart si elle est
de 60 à 100 fr., au cinquième si elle est de plus de 100 fr.
2. Il n'y a plus lieu à arrestation mais à *recommandation*, si le
débiteur est détenu pour autre cause au moment des poursuites.

enfin s'il justifie de son état d'indigence. Dans ce dernier cas, il ne subit que la moitié de la durée de la contrainte.

L'administration a le droit de renoncer à l'exercice de la contrainte par corps, lorsqu'elle reconnaît que son emploi constitue une charge pour l'État. C'est d'ailleurs une mesure à laquelle on ne doit recourir que si tous les autres moyens d'exécution sont inefficaces.

De ce que l'administration peut renoncer à la contrainte par corps, elle peut en régler et en modérer l'exercice. Le trésorier général a le droit de faire cesser la contrainte ; il use de ce droit pour les condamnés solvables, s'ils lui fournissent des garanties suffisantes de paiement, et pour les condamnés insolvables, s'ils méritent quelque intérêt, et s'ils sont dignes de considération.

Dans ce dernier cas, la mise en liberté doit être concertée avec le Procureur de la République. Celle des condamnés solvables doit

---

Les comptables peuvent s'opposer à ce qu'il soit élargi, tant qu'il n'aura pas subi, en sus de sa détention actuelle, la contrainte par corps que comportent les condamnations pécuniaires prononcées contre lui. La recommandation est soumise aux mêmes formes que la contrainte. Le percepteur, sur l'autorisation du receveur des finances, auquel un rapport est adressé, fait commandement au débiteur ; le commandement est ensuite transmis au procureur de la République, qui prend les mesures nécessaires pour faire exécuter la contrainte.

avoir été autorisée par le directeur de la comptabilité publique.

Le condamné qui a obtenu son élargissement après avoir subi la contrainte, ne peut plus être détenu ou arrêté pour une condamnation pécuniaire antérieure, à moins que celle-ci ne soit d'une quotité plus forte que celle pour laquelle le condamné a subi la contrainte. En ce cas, la durée de la contrainte subie est comptée dans le calcul de la durée de la nouvelle incarcération.

Caractère de la contrainte par corps [1]

On admet généralement que le caractère de la contrainte par corps est variable suivant qu'elle est exercée contre un individu solvable ou contre un individu insolvable. Elle serait un moyen d'exécution dans le premier cas, tandis qu'elle serait une pénalité subsidiaire dans le second, et cette pénalité subsidiaire remplacerait la peine pécuniaire, devenue illusoire par suite de l'impossibilité de recouvrement.

Les arguments en faveur de ce dernier caractère peuvent se résumer ainsi :

---

[1] Pandectes (*Amendes*), n° 559. — CHAUVEAU et HÉLIE, n°⁵ 191 et 192 — BENTHAM, lib. III, chap. IV. — Troisième moyen, GARRAUD, T. II, n° 41, p. 61.

1° Si la contrainte par corps n'était qu'un moyen d'exécution pour arriver au recouvrement, la justification de l'insolvabilité d'un condamné devrait le mettre à l'abri de l'exercice de la contrainte. Or, il n'en est pas ainsi : l'insolvable subit la contrainte ; c'est donc qu'elle est une véritable pénalité subsidiaire.

2° La loi de 1867 n'a pas fixé pour la contrainte par corps une durée proportionnelle au chiffre de l'amende. Cette durée est déterminée en tenant compte de la culpabilité du condamné. Pour chaque cas, elle a fixé en effet un maximum et un minimum. On ne peut comprendre les dispositions de la loi de 1867 que si l'on considère la contrainte par corps, non comme un moyen d'exécution, mais bien comme une pénalité subsidiaire ; car la fixation d'un maximum et d'un minimum ne peut avoir lieu que quand il s'agit d'une peine.

3° La contrainte par corps est exercée à la requête du ministère public : l'intervention de ce magistrat dans l'exécution de la condamnation indique bien l'intention de la faire considérer comme une peine.

4° L'individu qui a subi la contrainte ne peut plus être incarcéré à propos de l'amende pour laquelle on a exercé contre lui la contrainte par corps. C'est donc qu'il y a eu conversion de l'amende en emprisonnement.

12

5° L'exposé des motifs de la loi du 24 juillet 1867 porte que : A l'égard des condamnés insolvables, la contrainte est, sous quelques rapports, la substitution d'une peine à une autre. Aussi, comme je l'ai dit plus haut, le Ministère public est-il chargé de l'application de la contrainte.

Voici, d'un autre côté, les arguments que l'on a fait valoir à l'appui de l'opinion qui ne voit, dans la contrainte exercée contre les insolvables, qu'un simple moyen d'exécution, qu'un simple mode de paiement :

1° D'après l'article 26 de la loi des 28 septembre-6 octobre 1791, la contrainte était une véritable peine, destinée à remplacer les peines pécuniaires irrécouvrables. Or, dans nos lois actuelles, aucun texte ne range la contrainte parmi les peines ; ce n'est donc pas une peine d'après le principe *Nulla pœna sine lege* ; nulle peine sans texte.

2° L'article 26 de cette même loi de 1791, donnant à la contrainte par corps le caractère d'une peine, avait admis que l'insolvabilité constatée ne serait pas une excuse, et que l'insolvable devrait subir le temps intégral de la contrainte prévue par ses dispositions. Rien de semblable dans nos lois ; au contraire, l'insolvabilité justifiée par un certificat d'indigence permet au condamné d'être

élargi, après avoir subi seulement la moitié de
sa peine.

3° La fixation d'un maximum et d'un minimum, a-t-on dit, n'a lieu que quand il s'agit
d'une peine. Il en est ainsi pour la contrainte,
dont la durée est fixée eu égard à la culpabilité
du condamné. Un moyen de recouvrement ne
peut jamais varier suivant la culpabilité, mais
seulement sur le montant de la somme à recouvrer. Il faut répondre que la fixation d'un
maximum et d'un minimum a lieu tout aussi
bien quand elle concerne des individus insolvables que des individus solvables ; or, pour
ces derniers, elle est considérée comme un
moyen de paiement. L'argument ne tient donc
pas.

4° C'était le receveur de l'enregistrement
qui, autrefois, était chargé d'ordonner l'application de la contrainte par corps. Or, le receveur
de l'enregistrement était, comme aujourd'hui,
un simple agent fiscal ; ce n'était pas un magistrat chargé de faire exécuter les peines. C'est
donc qu'à cette époque la contrainte était un
simple moyen de recouvrement, comme elle est
actuellement pour les condamnés solvables.
Elle n'a pas changé de caractère.

5° Enfin, dernier argument : un avis du
Conseil d'État du 15 novembre 1832 avait décidé
que le condamné ne serait pas libéré de l'amende

après l'exercice de la contrainte[1]. C'était dire que les condamnations pécuniaires n'étaient pas remplacées par l'emprisonnement.

La jurisprudence est divisée sur cette question. Un arrêt de Paris du 27 juin 1881 considère la contrainte par corps comme un moyen de paiement. Il en tire cette conséquence que le failli, ne pouvant payer, ne peut être soumis à la contrainte. La Cour d'Alger la considère comme une mesure pénale, et décide qu'il n'est plus possible de recourir à ce mode d'exécution dès qu'une loi d'amnistie est intervenue[2].

Nous estimons que la contrainte exercée contre les insolvables revêt un caractère mixte : elle participe de la nature de la peine, tout en restant une épreuve de solvabilité. Elle ne prend ce caractère que quand elle est exercée par le ministère public pour le paiement de l'amende et non pour le paiement des frais. Si elle est exercée par la partie civile, elle ne constitue qu'un moyen de paiement, la partie civile n'agissant et ne pouvant agir que dans un inté-

---

1 Le condamné est libéré par l'exercice de la contrainte en matière forestière et en matière de pêche fluviale. (Décision ministérielle finances, 2 avril 1829.) — LEPOITTEVIN, *Dictionnaire formulaire des parquets*, vᵒ *Forêts*. — DALLOZ, *Peine, Suppl.*, nᵒ 25.

2. Cass , 26 juin 1829 (D. 74, 5, 28). — Voyez DOMENGET, *Revue critique de législation*, 1871, T. XXXII, p. 475. — Alger, 27 février 1882 (S. 83, 2, 17).

rêt privé et non, comme le ministère public, dans l'intérêt de la vindicte publique. La doctrine, comme la jurisprudence, est partagée sur cette question [1].

LÉGISLATIONS ÉTRANGÈRES

Belgique. — Le code pénal belge organise un emprisonnement subsidiaire qu'il ne faut pas confondre avec la contrainte par corps. Si l'amende n'est pas payée dans le délai légal, elle peut être remplacée, sur la réquisition du ministère public, par un emprisonnement dont la loi fixe la durée maxima. (Art. 40 et 41.) Cet emprisonnement n'est applicable qu'aux personnes condamnées par les tribunaux de répression. Il n'est pas un mode particulier d'exécution comme la contrainte par corps : « L'emprisonnement subsidiaire assure le paiement comme la clause pénale garantit l'exécution de l'obligation principale. »

L'emprisonnement subsidiaire est facultatif. La durée, fixée par le jugement ou l'arrêt de condamnation, ne peut excéder six mois pour les

---

1. CHAUVEAU et HÉLIE, T. Ier, n° 191. — DALLOZ, *Peine, Suppl.*, n°* 6 et 25. — Pandectes (*Amende*), n°s 559, 560. — LE BALLEUR, *Dictionnaire de l'enregistrement et des amendes*, v° Contrainte par corps. — DURIEU, T. II, p. 61, n° 41.

condamnations à raison de crime ; trois mois pour les condamnations à raison de délits, et trois jours pour les contraventions.

Le condamné qui a subi l'emprisonnement subsidiaire est libéré de l'amende [1].

Allemagne. — Les articles 28 et 29 font une distinction entre les amendes criminelles et les amendes de simple police. Le condamné à une amende criminelle ou correctionnelle peut être détenu d'un jour à un an dans la prison correctionnelle. Dans le cas d'une amende de simple police, il peut être détenu d'un jour à six semaines dans la prison de police. Une journée de prison subsidiaire équivaut à une amende variant entre trois et quinze marks. La durée de l'emprisonnement subsidiaire ne peut être plus longue que la peine principale d'emprisonnement prononcée facultativement à côté de l'amende.

Italie. — L'amende est convertie en détention, à raison d'un jour de prison par dix lires ou fractions de dix lires. La durée de cette détention ne peut dépasser un an. (Art. 19 et 24.)

Autriche. — L'article 260 du code pénal de 1852 ne prévoit pas d'emprisonnement subsidiaire, mais seulement la substitution à

---

1. Voyez HAUSS., T. II, n°s 777 et suivants.

l'amende d'arrêts de police, à raison d'un jour d'arrêt par 5 florins d'amende. Cette substitution a lieu quand le juge estime que la peine pécuniaire serait de nature à préjudicier à la situation de fortune du condamné ou à ses moyens d'existence. L'amende n'est pas prononcée contre les indigents ; en cas de non-paiement, l'amende se convertit en arrêts d'après un tarif légal, arrêts dont la durée est fixée par jugement.

Législation hongroise. — L'amende irrécouvrable est remplacée par un emprisonnement subsidiaire, dont la durée est déterminée par le jugement même qui condamne à l'amende. Un jour de détention équivaut à une somme de 1 à 20 florins. Quant à la durée maxima de cette détention subsidiaire, elle varie selon que l'amende a été prononcée comme peine principale ou comme peine accessoire. Dans le premier cas, la durée de la peine privative de liberté ne peut dépasser six mois, et trois mois dans le second. L'amende est convertie en prison, si elle a été prononcée comme peine principale, et, dans le second cas, elle est convertie en celle des peines privatives de liberté à laquelle le coupable a été condamné outre l'amende. Il n'y a pas lieu à conversion de l'amende en peine privative de liberté, si la peine dont elle est l'accessoire est la maison de force à perpétuité, ou 15 ans de maison de force ou de prison d'État [1]. (Art. 53.)

Quant à l'amende prononcée en matière de contravention, elle est convertie en arrêts. Le taux de la conversion éventuelle est fixé par le jugement de condamnation dans les proportions suivantes : une amende de 2 florins est convertie en 12 heures d'arrêts ; celle de 2 à 10 florins en 2 jours d'arrêts ; au-dessus de 10 florins, un jour d'arrêts par 10 florins. (Code pénal, *Contravention*, art. 15, 20, 22.)

Espagne. — La législation espagnole organise également l'emprisonnement subsidiaire. En cas d'insolvabilité, et si l'amende est l'accessoire d'une peine privative de liberté, le condamné voit sa détention s'augmenter dans la proportion d'un jour par cinq pesetas, sans toutefois que cette détention, qui est subie dans une forteresse, puisse dépasser un tiers de la peine principale, et être supérieure à une année. Si l'amende est prononcée comme peine principale, en cas d'insolvabilité, cette amende est transformée en détention, subie dans la prison de l'arrondissement et dans la même proportion que ci-dessus. La durée de la détention ne peut dépasser 6 mois en cas de crime, et 15 jours en cas de contravention.

---

1. Code pénal hongrois, 1878-1879.

Législation portugaise. — En cas d'insolvabilité, le code portugais du 16 septembre 1886 convertit l'amende en prison dans la proportion d'un jour de détention par 500 reis.

Législation des Pays-Bas. — Faute de paiement dans les 2 mois après que la condamnation est devenue définitive, l'amende, d'après l'article 38 du code pénal des Pays-Bas du 3 mars 1881, est convertie en un emprisonnement subsidiaire dont la durée maxima est, dans certains cas, de six mois, dans d'autres cas de huit mois. Si le condamné à l'amende a été détenu préventivement, chaque jour de la détention préventive lui est compté pour une somme déterminée, qui vient diminuer le chiffre de l'amende encourue.

Les législations norvégienne, suédoise, danoise, roumaine, grecque, adoptent, elles aussi, la conversion de l'amende en emprisonnement subsidiaire, en cas d'insolvabilité.

La contrainte par corps est elle une bonne institution ?

On a formulé contre elle plusieurs reproches qui sont tous fondés, à notre avis, surtout quand elle est appliquée à des insolvables. Exercée contre eux, elle consacre d'une façon choquante le caractère d'inégalité résultant de l'organisation actuelle de l'amende. Elle énerve le sentiment de l'égalité, et fait mieux sentir au pauvre le poids de sa misère. Le riche se sous-traira facilement à la contrainte par corps en payant le montant de sa condamnation pécu-niaire ; il jouira de la liberté que lui procure et lui garantit son or, pendant que le pauvre, dont l'existence est remplie de vicissitudes, se verra obligé de payer de sa personne, ne pouvant payer de sa bourse. La contrainte est une injustice ; partant, elle est inégale. Elle change de plus la nature de la peine infligée par le juge : elle substitue à l'amende une peine d'emprisonnement, et cette substitution est d'autant plus injuste que dans notre législation, à la différence des législations étrangères qui admettent l'emprisonnement subsidiaire, le condamné qui a subi la contrainte n'est pas libéré du paiement de l'amende qu'il a encou-rue. S'il a payé de sa personne, il doit encore payer de sa bourse, et tous les efforts sont faits par l'administration pour arriver, sur ses biens, au remboursement des amendes et condamna-tions pécuniaires prononcées contre lui.

Il faut, à notre avis, repousser la contrainte par corps et l'emprisonnement subsidiaire comme moyens d'arriver à l'exécution de la condamnation. La prison pour dettes est de courte durée ; la contrainte par corps a donc tous les inconvénients et les dangers des

courtes peines de prison. De plus, elle a le
grave défaut d'infliger le déshonneur à un individu que les tribunaux avaient considéré
comme digne d'une certaine clémence, et
comme ne méritant pas la prison. « La prison,
substituée à l'amende, n'est pas seulement un
danger de démoralisation pour le condamné,
mais, ainsi transformée, la peine ne remplit pas
son but, puisque la dette dont l'État est devenu
créancier par le fait de la condamnation n'est
pas acquittée [1]. »

La contrainte par corps est en effet une
mesure désastreuse pour le Trésor. Si on l'applique à un individu insolvable, on ne peut
songer obtenir de lui le paiement du montant
des condamnations pécuniaires, même au
moyen d'acomptes. L'État ne reçoit donc rien ;
il est, de plus, obligé de nourrir et d'entretenir
les insolvables incarcérés. Et ces dépenses
considérables, ainsi faites par l'État pour la
nourriture et l'entretien des contraints par
corps, restent toujours à sa charge, et viennent
s'ajouter au montant irrécouvrable des amendes
et condamnations pécuniaires. Les individus
contraints par corps ne sont pas astreints au
travail pendant la durée de leur détention, et,

1. Voyez E. PILON, *Des Corvées pénales*. (Discours de rentrée.
Conférence des avocats stagiaires du barreau de Caen, 1898,
p. 3.)

s'ils consentent travailler, le pécule qu'ils amassent leur appartient exclusivement. L'État n'a aucun droit sur ce pécule. C'est ce qui a fait dire à M. Drioux : « L'application de la loi de 1867 revient à ouvrir aux insolvables, pour un certain temps, un atelier dans lequel ils gagnent peu, mais sont défrayés de tout. Ensuite, ils sortent avec un petit pécule qui ne doit rien à personne : n'est-ce pas l'État-Providence, celui qui enrichit ainsi ses débiteurs [1] ? »

Nous sommes loin de l'époque où les créanciers de l'Inde, pour le paiement de leurs créances, se rendaient à la porte du domicile de leurs débiteurs, et se condamnaient à un jeûne complet jusqu'au jour où leur débiteur consentirait à les payer [2].

C. — *Résultats obtenus*

Les statistiques criminelles donnent d'une façon incomplète les résultats obtenus par les modes actuels de recouvrement de l'amende et des condamnations pécuniaires. Elles n'indiquent pas, en effet, le montant des sommes

---

1. *Revue pénitentiaire* 1893, p. 1032. — Voyez avis de M. BRUEYRE, p. 733.
2. DARESTE, *Études*, p. 84.

recouvrées par les poursuites sur les biens des individus solvables, et la proportion de ces sommes recouvrées avec le montant des amendes et frais avancés pour parvenir à l'exécution de la condamnation [1].

La poursuite sur les biens est-elle efficace ? Elle est d'une efficacité réelle quand elle a lieu contre des individus riches, et quand l'adminis-tration est encouragée par le chiffre élevé de l'amende. Comme le constate M. Greffier, l'administration, en présence d'une amende importante, sait bien comment il faut agir pour la faire recouvrer [2]. Mais, quand l'administration a des doutes sur la solvabilité du condamné, elle se montre hésitante à faire les avances des frais, et, pour se conformer aux instructions qu'elle reçoit, elle ne poursuit pas, de telle sorte que la condamnation devient illusoire [3].

---

1. Il y aurait lieu, à mon avis, d'indiquer dans les statistiques le résultat des poursuites sur les biens. Je sais bien que ces poursuites sont exercées par l'administration des contributions directes, admi-nistration qui ressortit du ministère des finances. Bien qu'il en soit ainsi, les résultats devraient figurer dans les statistiques dressées sur l'initiative du ministre de la justice ; car tous les actes d'exécu-tion que comprennent les poursuites sur les biens sont faits au nom du Procureur de la République, et tendent tous à l'exécution d'une condamnation pénale.

2. *Revue pénitentiaire* 1893, p. 887.

3. Des renseignements que j'ai obtenus m'ont démontré que la poursuite sur les biens est absolumennt inefficace, et que la propor-tion des condamnés qui se libèrent sur de telles poursuites ne dépasse pas cinq pour cent.

Quels sont les résultats obtenus par la contrainte par corps ?

D'après les chiffres indiqués par le *Journal officiel* de 1893, pour l'année 1890 [1], il était dû à l'État, pour frais à recouvrer, une somme de 7.537.006 francs, et pour amendes 5.117.422 francs, soit en chiffres ronds un total de 12.700.000 francs. La contrainte par corps a été exercée contre 18.151 condamnés, dont 14.316 insolvables. On a recouvré pour les frais 3.030.936 francs et pour les amendes 2.093.276 francs. C'est donc une proportion de 40 °/₀ pour les frais, et de 41 °/₀ pour les amendes.

En 1894, la contrainte a été exercée contre 32.056 condamnés, dont 26.052 insolvables. On a recouvré 4.009.180 francs pour les frais et 3.018.148 francs pour les amendes, qui s'étaient élevées à 7.722.327 francs en principal et décimes.

Si l'on compare les résultats obtenus en 1890 et ceux obtenus en 1894, on verra que la proportion, qui était en 1890 de 41 °/₀ pour les amendes, n'est plus que de 39 °/₀ en 1894. C'est donc un résultat absolument négatif. Peut-on arriver à de meilleurs résultats ? On l'a affirmé. M. Boullaire, notamment dans un rapport lu à la Société générale des prisons [2], a prétendu que le recou-

1. *Journal officiel* 1893, p. 5375.
2. *Revue pénitentiaire* 1893.

vrement de l'amende pouvait être fait d'une
façon plus sérieuse. Il appuyait cette affirmation
sur des documents qui lui avaient été confiés
par un ancien procureur général à Riom,
M. Berr, conseiller à la Cour de Paris. Ce
magistrat, dit-il, était parvenu à élever la proportion des amendes recouvrées de 42 °/₀ à 56 °/₀.
Pour cela, il avait exigé de ses substituts un concours plus actif et plus efficace pour faciliter les
recherches des agents de recouvrement. Il avait
exigé en outre plus de zèle de la part des agents
des contributions directes dans leurs opérations,
et avait mis à la disposition des percepteurs
tous les renseignements qu'on trouve dans les
dossiers des condamnés, renseignements qui
n'ont rien de confidentiel. Certes, la proportion
obtenue par M. Berr, dans le ressort de la Cour
d'appel de Riom, est digne d'être prise en considération ; mais elle n'est pas encore suffisante.
Nous ne pouvons accepter que des individus se
soustraient à l'exécution des condamnations qui
ont été prononcées contre eux ; nous n'admettons
pas un recouvrement partiel des amendes : nous
voulons arriver à un recouvrement intégral.

M. Berr, par les moyens qu'il préconise et
qu'il dit avoir employés pour relever sensiblement la proportion des sommes recouvrées à
titre d'amendes, semble par là indiquer que les
parquets et les agents de recouvrement agissent

avec légèreté. Nous ne pouvons être de son avis. Les parquets agissent, au contraire, avec méthode, et après une étude sérieuse de chaque cas particulier de contrainte qui leur est soumis; et, si les résultats donnés par corps sont négatifs, c'est bien à l'institution même de la contrainte par corps qu'il faut les imputer, non à ceux qui sont chargés de faire exécuter les condamnations pécuniaires et à ceux qui sont chargés d'en faire recouvrer le montant.

L'application de la contrainte par corps est faite d'une façon très sérieuse ; les résultats que l'on constate dans les statistiques sont les seuls auxquels on puisse arriver. Ce n'est pas en faisant un usage plus grand de la contrainte que l'on en obtiendra de meilleurs. La contrainte par corps est et restera toujours injuste et inutile à l'égard des insolvables, en même temps qu'onéreuse et désastreuse pour le Trésor. Pour les individus solvables, elle leur permettra de ne pas être affectés par la peine pécuniaire ; elle leur procurera le moyen de ne pas être atteints dans leurs ressources pécuniaires, de conserver ce qu'ils considèrent comme un bien beaucoup plus précieux que leur liberté, leur patrimoine. Contre ces individus solvables, il vaudrait mieux exercer des poursuites plus rigoureuses sur leurs biens que de mettre à leur disposition un moyen de conserver leur argent. En agissant ainsi, ces individus, étant frappés dans leur patrimoine, seraient sensiblement affectés par la peine, et les intérêts du Trésor seraient protégés. L'amende serait en effet payée, et l'État n'aurait eu aucunes dépenses à faire pour la nourriture et le logement de ses débiteurs pendant la durée de leur détention.

§ 3

MODIFICATIONS PROPOSÉES

Corvées pénales

On peut remarquer que les amendes qui sont payées en fait sont les fortes amendes prononcées contre les riches, et les amendes minimes, les amendes de simple police prononcées contre n'importe qui. Seules ne sont pas recouvrées les grosses amendes, et les amendes moyennes prononcées contre les personnes ayant peu d'aisance et contre les personnes pauvres. Que conclure de cette observation? C'est que l'une des causes de non—recouvrement des amendes se trouve dans la fixation de leur taux. Si le chiffre de l'amende est déterminé de manière qu'elle ne soit excessive pour personne, toutes les condamnations pécuniaires seront exécutées. Il en sera ainsi si l'amende est fixée proportionnellement aux ressources pécuniaires du coupable.

Supposons donc admis le système que nous

13

avons étudié plus haut; supposons l'amende
proportionnée aux moyens d'existence du délinquant : il n'y aura plus en ce cas d'amendes
excessives ; toutes devront être recouvrées.
Quels sont alors les moyens de recouvrement
qui pourront être employés? Une distinction
s'impose nécessairement : ou l'individu est solvable, ou il ne l'est pas.

I

L'individu est solvable. De deux choses l'une:
ou il est de bonne volonté, et, au simple avertissement que lui adresse le percepteur, il consen-
tira à payer les amendes et condamnations
pécuniaires dont il est l'objet; ou bien, ne
voulant pas exécuter l'obligation qu'il a con-
tractée, il cherchera à se soustraire à l'exécution
de la condamnation.

Dans le premier cas, si le condamné paie
immédiatement, il n'y a plus à s'occuper de lui.
Le percepteur encaissera le montant de la condamnation qui lui sera versé. Mais il peut arriver que, rempli de bonne volonté, le condamné
n'ait pas à sa disposition immédiate l'argent
nécessaire pour arriver à sa libération. Il
demandera alors des délais, et promettra
d'éteindre sa dette par acomptes[1]. Dans cette

1. Dans un rapport fait au congrès de Brême en 1895, le docteur
Felisch déclare que, pour arriver à l'égalité dans la répression, il

hypothèse il y aura intérêt pour le Trésor à accueillir favorablement la demande de son débiteur, et à lui accorder des délais suffisants pour se libérer. Il serait utile qu'un règlement précis intervînt pour faciliter le paiement par fractions des amendes à tous les débiteurs qui ne possèdent pas des ressources immédiatement réalisables.

Ce système des acomptes et des délais ne peut donner que de bons résultats [1] : il permettra de recouvrer les amendes sans que le Trésor

---

faut que tout le monde paie l'amende qu'il a encourue. Dans ce but, il recommande le paiement par acomptes : il n'y aurait qu'à s'entendre avec les patrons ou les comités de patronage pour recevoir des acomptes sur le salaire touché à chaque paye hebdomadaire.

Il préconise également l'introduction de timbres pour frais de justice, apposés par le débiteur lui-même sur un carnet qui lui serait remis lors de la condamnation, et qui indiquerait le montant de la dette. Ce carnet serait contrôlé périodiquement par des inspecteurs.

Si le débiteur était en retard, on pourrait lui interdire la fréquentation des auberges et cabarets.

Dans le projet de loi élaboré pour les Indes néerlandaises, on permet au juge d'accorder au condamné le paiement de son amende par termes, et avec des délais fort prolongés.

En 1891, l'Union internationale de droit pénal, réunie à Haal-sur-Saale, recommandait le paiement de l'amende par acomptes.

1. Le système du paiement par acomptes, en rappelant à chaque paiement partiel au coupable la peine encourue, augmente considérablement la valeur éducative de l'amende. (Thèse du professeur Von Listz, Congrès de Christiania, B. U. I. D. P, 3e année, no 2, p 314.)

M. Mumm, au contraire, prétend que le système du paiement par acomptes donne bien au coupable des facilités de paiement, mais il ne garantit pas que l'amende sera payée. (B. U. I. D. P., 3e année, no 2. p. 308.)

ait à avancer aucune somme pour frais de poursuites ou pour frais de nourriture et de logement
de son débiteur. Il éloignera des prisons un
grand nombre d'individus qui auraient été
obligés de subir l'affront de l'emprisonnement,
si le montant de leur dette avait dû être payé
intégralement en un seul versement. La plupart,
en effet, des individus sont solvables, mais leurs
ressources pécuniaires sont minimes. Un
acompte mensuel ne paraît pas au maigre
budget de ces condamnés, tandis que le versement unique d'une somme, quelque peu élevée
qu'elle soit, est toujours pour eux très dur et très
sensible [1].

Nous sommes absolument partisan de cette
faculté accordée aux condamnés de se libérer
par acomptes. Mais qui sera chargé des questions relatives au recouvrement ? Donnerons-
nous à l'administration des contributions
directes la mission d'apprécier le bien fondé de
la demande formée par les débiteurs ? Lui don-

---

1. Le système des acomptes et des délais a été mis en pratique
dans le ressort de la cour d'appel de Cologne. M. Hamm, procureur général de Cologne, au congrès de 1893, tenu à Brême, a
déclaré que, depuis qu'on a autorisé le débiteur à se libérer par
acomptes, depuis qu'on lui a accordé des délais, qui dépassent même
six mois, les amendes ont été recouvrées presque intégralement.

Ce n'est pas ce qui se passe en France : les condamnés pro-
mettent bien de se libérer par acomptes ; ils versent même un
premier acompte, quelquefois un second, puis un troisième ; mais
jamais ils n'exécutent complétement l'engagement qu'ils ont pris.

nerons-nous le soin d'examiner si la situation du condamné mérite quelque bienveillance ?

Nous ne pensons pas que l'administration des contributions directes soit à même d'examiner et d'apprécier les divers points que nous avons ci-dessus posés. C'est en effet une administration fiscale qui ne cherche qu'à sauvegarder les intérêts du trésor, et qui, dans le cas qui nous occupe, n'aurait pas les ménagements désirables pour mener à bien la mission qui lui serait confiée. De plus, ce n'est pas elle qui est chargée de faire exécuter les peines ; cette charge incombe au ministère public. Or la faculté de se libérer par acomptes est une modalité apportée à l'exécution de la peine. Cette faculté ne peut être accordée par suite que par le ministère public : c'est lui qui contrôlerait et apprécierait la demande formée par les condamnés. A cet effet, il pourrait se servir de tous les renseignements qu'il aurait obtenus sur le condamné avant la condamnation. Le percepteur resterait comme comptable ; il n'aurait nullement à intervenir dans l'instruction de la requête formée par le débiteur.

Nous pouvons maintenant nous trouver en présence d'un individu solvable, mais de mauvaise volonté. Il faut nous rappeler que l'amende est une peine et que, comme telle, elle doit causer une souffrance au coupable ; elle n'est recom-

mandable que dans la mesure où elle s'exécute
comme peine pécuniaire. Il y aura lieu de ne
rien négliger pour assurer son recouvrement.
Qu'importe si la somme avancée pour frais de
poursuite dépasse le montant de l'amende, il
ne faut pas hésiter à poursuivre. Il faut que le
condamné soit affecté par la peine, et c'est
en le frappant dans son patrimoine qu'il
sera le plus gravement atteint. Les administrations se montrent hésitantes à faire des dépenses,
si elles ne sont pas certaines d'arriver au recouvrement. Elles se conforment en cela aux
instructions qu'elles reçoivent ; elles agissent
selon les intérêts du Trésor. C'est parce que
l'administration se préoccupe trop de l'intérêt
du Trésor, et pas assez du but que doit avoir
toute peine, que l'on devrait donner au ministère public seul l'initiative des poursuites en
matière d'amendes.

Un dernier cas est à considérer ; il peut en
effet arriver que le condamné solvable soit parvenu à soustraire sa fortune à toute poursuite
des agents de l'administration. Il faut ici recourir nécessairement à la contrainte par corps.
La transformation de la peine pécuniaire en
prison n'aura pas les inconvénients que les
adversaires de la contrainte par corps font
valoir contre cette institution. Il y a bien là une
substitution d'une peine à une autre, d'une peine

de prison à une peine pécuniaire ; mais cette pénalité subsidiaire est imposée par la nécessité
d'exécuter toutes les peines, et par ce fait que le
condamné a augmenté sa faute par cela même
qu'il se refuse à la réparer.

II

Supposons que nous nous trouvons en présence d'un insolvable. Et, par insolvable, entendons ici l'individu qui ne peut se libérer immédiatement du paiement de l'amende faute
d'argent, et n'entendons pas par insolvable celui
pour lequel l'amende prononcée est excessive.
Il n'y a plus, en effet, avec le système de fixation du taux de l'amende que nous avons admis,
aucune amende excessive, puisque toutes ces
amendes sont déterminées proportionnellement
aux ressources pécuniaires du condamné. Mais
la plupart des insolvables n'ont que le produit
de leur travail journalier pour subvenir à leurs
besoins : comment agirons-nous contre ces individus pour arriver au recouvrement de l'a-
mende ? Distinguons ici, comme précédemment,
si le condamné est de bonne ou de mauvaise
volonté, s'il veut vraiment acquitter sa dette ou
s'il cherche à se soustraire au châtiment, à
l'exécution de la condamnation.

Dans le premier cas, exercerons-nous la contrainte par corps contre cet insolvable de bonne volonté ? Nous avons indiqué plus haut les motifs qui nous ont fait repousser ce moyen de rigueur : la contrainte par corps est injuste parce qu'elle est inégale ; elle est contraire à la saine morale, aux droits de l'homme et aux vrais principes de liberté. De plus, elle crée une charge considérable pour le Trésor et pour cela est antiéconomique.

Quel moyen alors employer à l'égard de cet individu pour arriver au recouvrement de l'amende ?

Autrefois, le créancier pouvait forcer son débiteur à acquitter en travail la dette qu'il ne pouvait payer en argent : c'est cette idée qui doit nous donner la solution de la question que nous nous sommes posée. Nous permettrons au débiteur insolvable de s'acquitter du montant des condamnations pécuniaires dont le recouvrement est sur lui poursuivi, en faisant des corvées, des prestations de travail au profit de l'État, du département ou de la commune. Autrement dit, nous remplacerons la contrainte par corps par des corvées pénales sans détention.

L'avantage de ce système est incontestable. La peine pécuniaire, qui, ainsi que nous l'avons dit, n'est recommandable que si elle s'exécute

comme peine pécuniaire, ne sera pas transformée en emprisonnement. Elle restera toujours peine pécuniaire, ne sera pas une charge
pour l'État, et frappera également tous les condamnés.

Un autre système avait été proposé. Il consistait à rendre pour les contraints par corps le
travail obligatoire. Le produit du travail, au lieu
d'appartenir exclusivement au condamné, venait
en déduction de l'amende, après toutefois que
les dépenses pour nourriture et logement avaient
été réglées. C'était là l'application de cette idée
ancienne que le débiteur « abattait de sa dette
ce qu'il desservait de son labeur ». Toutefois, ce
système, qui tendait à une réforme très sage,
avait le grave inconvénient de ne pas supprimer
l'emprisonnement. C'était pendant leur incarcération que les condamnés contraints par corps
devaient en effet travailler. Il n'échappait donc
pas au reproche adressé à juste titre à l'institution de la contrainte par corps relatif aux dangers des courtes peines de prison.

Étudions donc le système des corvées pénales [1]. Indiquons d'abord les étapes diverses
qu'il a parcourues ; nous discuterons ensuite sa
valeur, et rechercherons les moyens pratiques
d'application.

1. Voyez, sur les corvées pénales, le discours de M. E. Pilon à la
conférence des avocats stagiaires à la Cour d'appel de Caen, 1898.

La question d'assurer le recouvrement des amendes pénales contre les insolvables par un travail forcé sans détention remonte à 1872. Ce fut au congrès tenu à cette époque à Londres qu'elle fut posée pour la première fois, et défendue par M. de Foresta. Les membres du congrès, devant les difficultés d'application du système, ne donnèrent aucune solution à cette question ; mais ils furent tous d'accord pour l'utilité de la substitution de ce mode de recouvrement aux autres modes employés.

En 1887, la question se pose à nouveau devant tous les criminalistes du monde réunis en congrès à Rome ; elle fit l'objet d'une longue et intéressante discussion. A ce congrès, on donna connaissance des enquêtes faites auprès des comités locaux d'Italie. Tous furent contre l'adoption du système des corvées pénales, et basèrent leurs décisions sur les difficultés d'application du système [1]. La question n'eut pas encore à ce congrès de solution, et son étude fut renvoyée à la session suivante.

Cette session fut tenue à Bruxelles le 7 août 1889 [2]. MM. Von Listz et Garofalo avaient

1. Comités locaux de Fermo, Bacerata, Palerme. Le comité d'Udine se prononça pour l'adoption des corvées pénales. (Actes du congrès de Rome, т. Ier, p. 179 et suiv., т. II, p. 417 et suiv.)

2. Cette session était le premier acte officiel de l'Union internationale de droit pénal, due à l'initiative de M. le professeur Von Listz de Marbourg. (Revue de droit international et de législation com-

été chargés de faire le rapport sur la question proposée au congrès de Rome. Comme dans les deux congrès précédents, l'étude de la réforme projetée fut renvoyée à une prochaine session.

Les jurisconsultes des Pays-Bas réunis à Zutphen en 1890 étudièrent également le problème soumis aux précédents congrès.

Lors de la seconde session de l'Union internationale de droit pénal à Berne en 1890, la question du travail forcé sans détention, comme moyen de recouvrement des amendes, figure encore au programme des travaux de cette assemblée. Les rapporteurs étaient MM. Baugmarten, procureur du roi à Budapest, et M. Zürcher. Aucun résultat ne fut encore donné à la solution de la question qui nous intéresse; l'ajournement fut décidé, les moyens pratiques d'application du système n'étant pas suffisamment connus et étudiés [1].

En 1891, le congrès de Christiania eut à s'occuper de la question. Deux rapports y furent discutés; mais le renvoi fut encore demandé et décidé. Une commission fut cependant nommée, avec mission de proposer pour la prochaine

parée, année 1890, p. 284. — Rapport Von Listz, B. U. I. D. P. 1889, p. 44 et suiv.— Rapport Garofalo (B. U. I. D. P. 1889, p. 52 et suiv.
1. Compte rendu de cette 2e session (B. U, I. D. P., 2e année, p. 53 et suiv. et 16), — Discussion, p. 218.

séance un rapport sur l'organisation pratique des prestations de travail.

Au quatrième congrès, tenu à Paris en 1893 on ne s'occupa pas plus de la question que si elle n'existait pas. Il en fut de même à Anvers en 1894 et à Lisbonne en 1896.

Dans l'intervalle, la Société générale des Prisons de Paris avait accueilli favorablement cette idée d'assurer le recouvrement des amendes par un travail forcé sans détention.

Enfin, au congrès de Brême, en 1895, sur le rapport du docteur Felisch, un vœu est formulé, aux termes duquel, sauf le cas d'incapacité chronique du débiteur, les amendes contre les insolvables ne doivent plus être converties en emprisonnement, mais acquittées en travail, l'obligation de paiement en argent étant transformée en obligation de fournir du travail en valeur équivalente.

Le système des corvées pénales ne fait pas partie de la théorie pure. L'idée sur laquelle il repose a pris naissance en France en 1859. Lors de la revision de l'article 210 du Code forestier, par la loi du 18 juin 1859, la disposition suivante y fut insérée : « L'administration pourra admettre les délinquants insolvables à se libérer des amendes réparations civiles et frais au moyen de prestations en nature, consistant en travaux d'entretien et d'amélioration dans les forêts ou sur les chemins vicinaux. Le Conseil général fixe par commune la valeur de la journée de prestation. La prestation pourra être fournie en tâche. Si les prestations ne sont pas fournies dans le délai fixé par les agents forestiers, il sera passé outre à l'exécution des poursuites. Un règlement d'administration publique déterminera aux ayants droit des prestations autorisées par le présent article. »

Nous retrouvons une disposition analogue dans plusieurs législations. En Suisse, la loi du 17 mars 1875 (art. 7) édicte que, si l'amende est indépendante de toute autre peine, le condamné qui ne peut ou ne veut la payer en argent, peut se faire inscrire chez le receveur (percepteur des contributions directes) de l'État pour être employé à des travaux publics ; avis en est donné à l'agent voyer du district et à l'inspecteur forestier de l'arrondissement, qui peuvent requérir le condamné pour des ouvrages d'entretien ou de construction de route, d'endiguement ou de sylviculture, et l'admettre à acquitter son amende sous leur surveillance et leur contrôle, à raison de trois à six francs par journée, suivant la valeur de son travail. A ce défaut ou si le condamné n'exécute pas le travail qui lui est assigné, l'amende, sur la déclaration de non-paiement délivrée par le receveur, et en vertu d'une ordonnance du directeur du travail du

district, est transformée en emprisonnement à
raison d'un jour de détention pour trois francs
d'amende »[1].

Il faut encore citer le Code forestier prus-
sien[2] du 15 avril 1872, le code pénal italien[3]
du 30 juin 1890, le code pénal russe de 1885,
qui ont suivi l'exemple du législateur français
de 1859.

Le 12 mai 1885[4], une proposition de loi
signée de MM. Michaux, Naquet, Schœlcher,
Beral, Mazeau et Tolain, sénateurs, adoptait
dans son article 5 l'application du système des
corvées pénales. Cette proposition n'aboutit à
aucun résultat. L'article 5 est ainsi conçu :

1. L'avant-projet du code pénal suisse, dont le texte est publié
par la Revue de droit international et de législation comparée,
année 1897, p. 130, étend le système des corvées pénales pour le
recouvrement des amendes à toutes les amendes ; il organise les
corvées pénales obligatoires : il décide, en effet, que le condamné
insolvable sera astreint à acquitter sa dette en faisant, pour le compte
de l'État, des travaux autant que possible en rapport avec ses
aptitudes.

2. Voyez B. U. I. D. P., 3e année, p. 304 et suiv., art. 14. — Au
lieu de la peine de prison prévue par l'art. 13, le condamné peut
être, pendant la même période de temps, sans être enfermé dans un
établissement pénitentiaire, astreint à des travaux forestiers ou com-
munaux en rapport avec ses forces et sa condition.

3. Art. 19, § 5. Le législateur italien admet la corvée pénale
comme mesure de droit commun pour le paiement de l'amende ; il
conserve la prison comme peine subsidiaire de l'amende, mais il
permet au condamné de demander à remplacer les journées de
détention par des journées de travail au profit de l'État, de la commune et de la province.

4. *Journal officiel* 1885, session ordinaire Sénat, annexe, n° 137,
p. 525.

« En prononçant une condamnation à l'amende, les tribunaux peuvent ordonner que le paiement en sera fait par fractions, moyennant telle garantie ou caution qu'ils détermineront. Ils pourront aussi convertir l'amende en journées de travail, si le condamné le demande ou s'il est insolvable, sans que le nombre de ces journées puisse toutefois dépasser le nombre de jours de contrainte par corps qu'aurait subi le condamné en cas de non-paiement de l'amende. »

Pourquoi ne pas dès maintenant insérer cet article 5 du projet Michaux dans notre Code pénal ? Tous les criminalistes sont unanimes à approuver l'idée sur laquelle il est fondé ; ils en reconnaissent la valeur. Le recouvrement de l'amende par le travail du condamné ne peut avoir que de grands avantages, et ne peut être l'objet des nombreux reproches adressés à la contrainte par corps.

Il existe un point cependant sur lequel les criminalistes ont émis des opinions différentes. Ils sont d'accord sur l'idée même du système des corvées pénales. Mais le travail sera-t-il forcé, sera-t-il obligatoire comme l'impose l'avant-projet du code pénal suisse, ou bien sera-t-il facultatif ? Donnerez-vous ou ne donnerez-vous pas la faculté d'option au condamné entre les prestations de travail et la contrainte par corps ?

Il faut répondre que la corvée pénale, pour
être une réforme efficace, doit être obligatoire.
Si l'on admettait la corvée pénale avec un caractère facultatif, « l'administration se heurterait
à l'inertie des condamnés qui préférent au travail l'emprisonnement plus ou moins pro-
longé [1] ». On serait alors obligé de recourir à
l'emprisonnement, et tous les dangers des
courtes peines de prison qui forment l'un des
griefs formulés contre la contrainte par corps,
ne seraient pas évités. La corvée pénale doit
être obligatoire : l'individu insolvable de bonne
volonté devra (et non pourra) acquitter son
amende par un travail équivalent, mais sans
détention.

Mais nous pouvons nous trouver en présence
d'un individu insolvable et de mauvaise volonté?

Dans ce cas, l'individu insolvable qui refu-
sera de travailler sera incarcéré jusqu'à ce que
le montant de son salaire ait acquitté sa dette
vis-à-vis de l'État. Il sera astreint au travail, et
sa détention durera, non plus, comme dans le
système actuel, un nombre de jours proportionnel au montant de l'amende, mais jusqu'à ce
que le produit de son travail ait remboursé intégralement ce montant [2].

1. Voyez *Actes du congrès de Rome* 1887, p. 187, т. 1er, paroles
de M. F. Dreyfus, et т. ii, p. 671.
2. « Si l'homme n'ayant pas voulu payer ne veut pas davantage
travailler, qu'on l'enferme, non parce qu'il ne paie pas, mais parce

Ainsi donc, pour le condamné insolvable de bonne volonté, travail obligatoire sans détention ; pour le condamné insolvable récalcitrant travail obligatoire, mais avec détention. Dans le premier cas, on diminue la population des prisons, et on substitue un travail utile à une détention inféconde[1]. Dans le second cas, on met à la charge du condamné ses frais de nourriture et d'entretien ; on le force à payer l'amende : double avantage par conséquent pour le Trésor.

Malgré la valeur indiscutable du principe des corvées pénales obligatoires, de nombreuses objections ont été formulées dans les congrès dont nous avons relaté plus haut les travaux.

Le travail, a-t-on dit, devenant une obligation pénale, sera le pire et le plus immoral des devoirs imposés à l'individu par la société, puisque le travail, qui est « la source de la prospérité du genre humain, ne doit jamais être traité comme une peine ».

Il y a une divergence profonde, ajoute-t-on entre cette obligation au travail que l'on impose et qui est une peine, et l'obligation au travail à

qu'il se refuse au travail. » (Aschrott, au congrès de Christiania, B. U. I. D. P., 3e année, p. 315, — et von Listz, *eod. loc.*, p. 308.) — En refusant d'exécuter la condamnation, le condamné augmente sa faute ; on ne peut critiquer, par suite, le régime plus sévère auquel il est soumis. (Voyez conclus. Garofalo, Dr Felisch, au congrès de Brême, 1895.)

1. Cf. conclusions du comité local d'Udine au congrès de Rome.

laquelle sont soumis les condamnés dans les prisons. Appliqué aux prisonniers, le travail obligatoire n'est qu'un moyen de moralisation et non une peine. On émet ensuite des doutes sur l'efficacité des prestations de travail : les délinquants les plus honorables, dit-on, préféreront l'isolement et le secret de la prison à la honte de ce travail èn public.

Cette première objection renferme une erreur, et prouve que ceux par qui elle a été faite se sont mépris sur le sens de la réforme proposée. La corvée pénale obligatoire ne constitue pas une peine, n'est pas une peine substituée à l'amende ; ce n'est qu'un mode d'exécution de la peine primitive.

A ceux qui voient dans ce travail obligatoire une peine plus déshonorante que la prison, nous répondrons qu'il n'y a rien de dégradant dans cette obligation au travail imposée au débiteur pour acquitter ses dettes. En somme, qu'est-ce que l'argent ? C'est du travail transformé ; l'argent représente le travail. Les condamnés ne peuvent-ils donner d'argent ? eh bien, ils fourniront l'équivalent ; ils donneront du travail. Qu'y a-t-il de déshonorant dans cette manière de se libérer ? N'est-ce pas plutôt ce qui se passe actuellement qui dégrade la condition du citoyen ? Le pauvre n'est-il pas en effet obligé d'aller en prison, de payer de son corps, alors que le riche jouit de la liberté, parce qu'il peut facilement payer l'amende ? Le travail sans détention doit plutôt être considéré comme un bienfait [1] et non comme une punition.

Malgré cette critique, la supériorité des corvées pénales est incontestable. Elles ne peuvent se voir adresser les reproches dont a été l'objet la contrainte par corps lors de la discussion de la loi de 1867. A la différence de la contrainte par corps, elles n'entachent pas l'honneur ; elles ne relâchent pas les liens de la famille ; elles ne font pas perdre l'habitude du travail ; bien au contraire, elles l'encouragent et le protègent.

Plusieurs autres objections ont été formulées. Elles ont trait soit aux difficultés d'organisation pratique du système des corvées pénales, soit à l'inégalité de ce système dans l'exécution, soit aux dangers du travail en commun, soit enfin à la concurrence faite au travail libre. C'est en étudiant les moyens d'organisation pratique du système des corvées pénales que nous rencontrerons toutes ces objections, et que nous les discuterons.

Nous avons vu qu'au congrès de Londres, et à la deuxième session de l'Union internationale du droit pénal à Berne, l'étude de la question

---

[1]. C. Zurcher, congrès de Berne (B. U. I. D. P., 2e année, p. 219). — Seuffert, eod. loc., p. 221. — Nocito et de Foresta, congrès de Rome, T. Ier, p. 189-196.

des corvées pénales avait été ajournée, parce que les membres du congrès et de l'Union n'étaient pas suffisamment renseignés sur les moyens d'application pratique du système proposé. Pour beaucoup de criminalistes, l'objection décisive qui les forçait à repousser l'idée de ces corvées pénales, c'était les difficultés d'organisation pratique [1]. Ces difficultés sont-elles si grandes qu'on ne puisse arriver à surmonter l'obstacle? Nous ne le croyons pas; l'obstacle n'est pas insurmontable.

Il suffit de se rappeler ce qui existe en matière forestière et de s'inspirer de l'article 210 du Code forestier pour déterminer les moyens d'application des prestations de travail. Or, l'article 210 du Code forestier admet les délinquants insolvables à se libérer des amendes et autres condamnations pécuniaires par des prestations en nature, consistant en travaux d'entretien et d'amélioration dans les forêts ou sur les chemins vicinaux. Qu'existe-t-il encore pour le paiement des contributions? Les contribuables peuvent les acquitter en faisant des travaux de voirie. N'est-ce pas la journée de travail qui forme la base des condamnations pécuniaires

---

1. Observations de MM. Foinistky et Dreyfus au congrès de Rome, — Observations des comités locaux de Fermo, Palerme Bacerata. (*Actes du congrès de Rome*, T. 1er, p. 183 et 203.)

Proposition de M. Prinz au congrès de Berne. (B. U. I. D. P., 2ᵉ année, p. 218 et suiv.)

prévues par le Code de brumaire an IV et par la loi du 28 septembre 1791 ?

Pourquoi alors ne pas admettre de pareilles dispositions dans notre Code pénal ? Pourquoi ne pas permettre à tout condamné à l'amende de se libérer en faisant des travaux, soit pour le compte de l'État, soit pour le compte du département ou de la commune ?

Dans les campagnes, les condamnés pourraient être employés à la construction, à l'entretien, à la réfection des routes, aux travaux de petite et de grande voirie.

Dans les villes, on permettrait aux condamnés qui ont un métier, une profession, de les mettre pendant un certain temps à la disposition soit de l'État, soit du département. Le maçon serait, par exemple, condamné à réparer les murs de l'édifice municipal ; le charpentier à renouveler et à consolider les charpentes. Dans les villes également, on pourrait employer les condamnés insolvables aux travaux d'entretien et de construction des routes, à la condition toutefois que ces travaux ainsi exécutés n'eussent rien de dégradant. Il faut se rappeler, en effet, que la corvée pénale est un moyen d'acquitter l'amende ; elle ne doit pas être, par suite, plus dégradante que la peine pécuniaire.

Aux travaux de voirie, on pourrait ajouter les travaux de sylviculture, d'endiguement, de défrichement, de desséchement des marais.

En somme, il y aurait toujours quelque travail à fournir aux condamnés insolvables. On a prétendu le contraire [1]; c'est là une erreur. Une enquête a été faite en Allemagne près des bourgmestres et des conseillers de province ; cette enquête a permis aux membres du congrès de Brême en 1895 de se prononcer pour les corvées pénales [2]. Ce qui est possible en Allemagne l'est également en France. M. E. Pilon déclare qu'il serait très facile, dans les campagnes, aux condamnés insolvables de s'acquitter en prestations de travail ; il y voit même un double profit pour les communes. La contrainte par corps, en même temps qu'elle est une charge pour l'État, est une charge pour la commune. Il cite l'exemple d'un ouvrier vivant de son travail journalier, obligé de subir pendant deux mois la contrainte par suite d'une condamnation à l'amende. Pendant les deux mois de sa détention, la commune fut obligée de nourrir la femme et les enfants. « Il y aurait eu donc tout avantage, dit-il, pour la commune et pour la famille du condamné, à l'employer à des travaux de voirie un ou deux jours par semaine,

1. Critiques de MM. Garofalo et Foitnistky au congrès de Rome.
2. Voyez compte rendu du rapport du Dr Felisch, par M. Rivière, *Revue pénitentiaire* 1895, p 1377.

de façon que, tout en travaillant pour nourrir
les siens, il pût en même temps acquitter son
amende. C'est là, ajoute-t-il, une combinaison
du système des délais avec celui des corvées
pénales qui pourrait donner de très bons résultats [1]. »

Mais les travaux peuvent venir à manquer.
D'un autre côté, tous les insolvables n'étant pas
valides, les uns étant momentanément incapa-
bles de travailler, les autres n'ayant qu'une
capacité réduite, d'autres enfin n'étant aptes à
aucun travail manuel, tous les travaux ne peuvent convenir. Il y aurait lieu alors d'ouvrir
des maisons de travail, distinctes des prisons,
qu'il faudrait se garder de transformer en
prisons, sous peine de revenir aux inconvénients de la contrainte par corps et, d'une façon
générale, aux courtes peines d'emprisonnement. Dans ces maisons de travail [2], chaque
condamné exécuterait le travail en rapport avec
ses aptitudes physiques et ses capacités. Dans
le cas où cette réforme serait admise, les condamnés pourraient rentrer, chaque soir et chaque
jour férié, au sein de leur famille. Bien mieux,
en présence d'une situation digne d'intérêt,

1. E. PILON, *op. cit.*, p. 50.
2. La création de maisons de travail remonte au XVIIe siècle ; il
y en avait à Hambourg et en Saxe. A Mantoue, on pratiquait à la
même époque le travail forcé sans internement.

tout condamné pourrait obtenir la faculté de ne venir travailler qu'une ou deux fois par semaine. On concilierait ainsi le système des délais avec celui des prestations de travail.

Mais, dit-on, le principe des corvées pénales admis, l'application du système organisée, il vous faut avoir recours à un personnel pour la surveillance de ces prestataires, la direction et la distribution des travaux ? Vous allez par suite être obligés de créer de nouveaux fonctionnaires et, partant, augmenter les dépenses de l'État.

En admettant que la création de nouveaux fonctionnaires soit nécessaire, nous pensons que cette création n'aurait aucune conséquence désastreuse pour le budget de l'État; car, avec le mode d'acquittement des amendes tel que nous l'entendons, presque toutes seraient payées intégralement. Les dépenses qu'il aurait été indispensable de faire seraient donc compensées par ce paiement intégral des condamnations pécuniaires.

Quant à la nécessité d'avoir recours à un nouveau personnel, elle n'existerait pas. Nous n'aurions, en effet, qu'à appliquer aux corvées pénales le système suivi en matière forestière et dans le canton de Vaud.

Pour les travaux de voirie, par exemple, le condamné, en présence de son insolvabilité, ferait part au percepteur chargé du recouvrement de l'amende de l'impossibilité dans laquelle il serait d'acquitter sa dette en argent. Il demanderait alors à l'acquitter en prestations de travail ; le percepteur aviserait l'agent voyer ; et c'est ce fonctionnaire qui distribuerait et surveillerait le travail, de la même manière qu'en matière de paiement de contributions.

Pour les autres travaux, avis de la déclaration du condamné serait transmise, soit au directeur des ateliers de l'État, où le condamné pourrait travailler concurremment avec les ouvriers libres, soit au directeur d'ateliers spéciaux, créés soit par l'État, soit par la municipalité, soit même par les particuliers. Quant à la surveillance de ces ateliers, on ne peut songer à la confier aux gendarmes ou aux gardes champêtres. Les premiers ont déjà beaucoup trop d'occupations ; les seconds n'ont pas assez d'autorité. Nous pensons qu'elle pourrait être confiée « à quelques-uns de ces employés du ministère de l'intérieur chargés du service pénitentiaire, qui le plus souvent sont inoccupés et qui, en voyant travailler les autres, prendraient, eux aussi, l'habitude du travail [1] ». Ne faudra-t-il pas un grand nombre de surveillants ? Un ou deux gardiens suffisent dans une maison d'arrêt pour obtenir le silence et faire respecter

1. E. Pilon, *op. cit.*, p. 53.

la discipline. Mais, dans les colonies agricoles, dans les chantiers où les condamnés travailleront, la surveillance sera beaucoup plus difficile. La présence de ces condamnés n'est-elle pas à redouter des habitants des campagnes et des villes ? N'y a-t-il pas à craindre pour la sécurité publique ? Nous ne le pensons pas. Le législateur ne l'a pas pensé non plus, puisque, dans deux textes de lois, il a autorisé le travail extérieur des prisonniers. Le premier texte est le décret du 25 février 1852, qui, dans son article 4, déclare que le ministre de l'intérieur pourra, à titre d'essai, employer un certain nombre de condamnés à des travaux extérieurs. Le second texte est l'article 9 de la loi du 4 février 1893, relative à la réforme des prisons pour courtes peines. D'après cette loi, le ministre de l'intérieur peut créer des chantiers pénitentiaires pour utiliser la main-d'œuvre pénale à la construction ou transformation des prisons.

Il résulte de ces textes que l'emploi de la main-d'œuvre pénale en dehors des prisons est possible, et sans danger pour la sécurité publique ou la discipline.

Ce qui est possible pour des condamnés à l'emprisonnement et à la réclusion, condamnés dont la moralité est inférieure à ceux qui peupleront les chantiers, doit être également possible *a fortiori* pour les insolvables.

En ce qui concerne l'exécution du travail, les criminalistes ont émis des opinions diverses. Les uns veulent que le travail soit à la journée, les autres que le travail soit à la tâche. Si le travail est à la tâche, dit-on, on procure un avantage à l'ouvrier plus habile au détriment de l'ouvrier inexpérimenté; on crée par suite une inégalité. Le travail à la journée, répond-on, ne permet pas, comme le travail à la tâche, d'adapter l'ouvrage aux facultés physiques et intellectuelles de chaque individu. Il est certain que l'ouvrier le plus habile terminera sa tâche plus vite, mais chacun travaillera alors de son mieux. Le travail à la tâche a donc un effet éducatif; il stimule l'intérêt personnel.

Quelle sera la rémunération du travail? Devons-nous la fixer à un prix très bas, comme le proposait M. Zurcher au congrès de Berne? Le travail sera-t-il rétribué à un taux inférieur à celui qui est payé à l'ouvrier normal, comme le croit nécessaire M. Merkel? Nous rémunérerons le travail fourni par chaque condamné suivant le prix du salaire en usage dans les localités, sous déduction d'une certaine fraction déterminée. Ce salaire sera réduit à ce qui est strictement nécessaire pour les premiers besoins de la vie. Il ne sera pas directement versé au condamné; l'administration retiendra le montant du produit du travail, déduction faite des frais de nourriture et de logement : le montant des retenues opérées viendrait en déduction de la dette du condamné.

Il existe une objection qui consiste à dire : en imposant au condamné l'obligation de travailler, et en le rémunérant de son travail, on fait une concurrence au travail libre. La concurrence que fait au travail libre le travail dans les prisons est déjà trop importante pour que, par un nouveau système, on vienne encore l'aggraver ?

Cette objection ne peut être admise. Nous la comprendrions si la rémunération du travail était fixée à un taux inférieur au taux normal des salaires ; mais il n'en est pas ainsi. Nous forçons le condamné à travailler, nous le rémunérons de son travail, c'est vrai ; mais nous lui donnons un salaire dont le taux est égal au taux normal de celui des ouvriers libres. La concurrence existe au même degré que si le condamné travaillait librement chez lui. En tout cas, son travail augmente la fortune publique, puisqu'il lui sert à acquitter l'amende encourue, et il ne saurait, à ce point de vue, être considéré comme un mal [1].

Enfin reste une dernière objection :

Les corvées pénales, a-t-on dit, créent une

[1]. Observations de M. Seuffert au congrès de Berne. (B. U. I. D. P., 2e année, no 1, p. 221.)

inégalité dans l'exécution de la peine, inévitable à cause de la distance à parcourir depuis le domicile des condamnés à l'atelier et cette inégalité serait encore plus grande pour les classes agricoles dispersées dans les campagnes.

Il faut répondre que l'inégalité de la peine entre les différents condamnés n'existe pas plus que dans l'emprisonnement; d'autant plus que ce travail peut s'exécuter, pour les habitants des campagnes, dans une colonie agricole où chacun trouverait à s'occuper selon ses facultés, ses forces physiques et ses aptitudes [1].

Tel est le système des corvées pénales, système qui ne porte aucune atteinte à la sécurité sociale, qui évite l'encombrement et la démoralisation des prisons, et dont la valeur morale est considérable. C'est une réforme utile au condamné, utile à sa famille et à l'État et qui présente un caractère de justice indiscutable.

Aussi sommes-nous d'avis de la voir adopter par le législateur français.

En France, la faculté accordée par l'article 210 du Code forestier a produit de bons résultats. Si l'on consulte en effet le *Journal officiel* de 1893 (page 5375), nous verrons que la moyenne des condamnés insolvables, qui était de 1.256 en 1860, est tombée à 382 en 1890.

---

1. Actes du congrès de Rome, T. 1er, p. 187.

En Suède, on a plusieurs fois eu recours aux prestations de travail sans détention. Le travail était fait pour le compte de l'État ou de l'Église, ou même d'un simple particulier qui payait l'amende, et la récupérait par le profit qu'il retirait du travail du condamné.

En Norvège, les prestations de travail ont été instituées pour assurer le paiement des dettes d'aliments. M. Beichman, au congrès de Christiania, a donné les chiffres suivants : de 1878 à 1882, il y a eu en moyenne par an 130 travailleurs dans les prisons, 92 dans les maisons de travail, 4 ou 6 chez des particuliers. Comme résultat direct, il n'y en a pas. Il est illusoire : sur 10.000 couronnes à récupérer sur le travail, 2.000 seulement ont été obtenues. Par contre, le résultat indirect était considérable; car, sur 900 ordres de dépôt, 100 seulement ont été exécutés; 800 individus ont payé devant la menace d'un travail forcé.

§ 4

QUI PEUT POURSUIVRE EN RECOUVREMENT DE L'AMENDE

La société ayant seule le droit de punir, ayant seule le droit de demander aux tribunaux de prononcer une peine contre le coupable, a seule le droit de faire exécuter la peine. Elle délègue l'exercice de ce droit à son mandataire ordinaire, le ministère public. (Art. 197 du Code d'instruction criminelle.)

Les condamnations pécuniaires sont exécutées à la requête de la partie qui les a obtenues. Le recouvrement des amendes a lieu et ne peut avoir lieu que par l'intermédiaire du ministère public. L'article 197 du C. I. cr. spécifie, en effet, que les poursuites pour le recouvrement des amendes seront faites au nom du Procureur du Roi. Malgré cette disposition formelle, la régie avait essayé de soutenir et même avait soutenu qu'elle pouvait poursuivre en son nom propre le recouvrement des amendes. Elle ne voyait dans l'amende qu'une dette envers le Trésor, et non un châtiment imposé au coupable. La Cour de cassation, dans un arrêt du 8 janvier 1822, a déclaré que le Trésor ne peut agir que par l'intermédiaire du ministère public, et que l'administration ne peut poursuivre en son nom le recouvrement des amendes [1].

Les poursuites contre un condamné pour le recouvrement des amendes doivent être faites à la requête du percepteur, agissant au nom du ministère public, et non à la requête du ministère public, poursuites et diligences du percepteur.

[1]. Pandectes, *Amende*, n° 526 (S. 7, 1, 15). — DALLOZ, *Peine*, n° 812, *Suppl.*, n° 773.

De ce que l'administration des contributions directes n'a pas reçu de la loi le pouvoir de poursuivre en son nom, en matière criminelle, le paiement des amendes, il ne s'ensuit pas qu'elle ne puisse, en son nom, user des voies de recours contre les décisions des tribunaux civils qui ont été appelés à statuer sur les difficultés contentieuses survenues dans l'exécution. C'est ainsi qu'il a été jugé le 17 juin 1835[1] par la Cour de cassation (affaire Pascault) que, si, sur l'opposition à ses poursuites. il intervient un arrêt qui condamne l'administration aux frais, elle peut se pourvoir en son nom contre cet arrêt.

Le droit d'exercer des poursuites en recouvrement de l'amende est un privilège de la société. Il en résulte que le condamné qui paye la totalité de l'amende et des frais dont il était tenu solidairement avec ses complices, n'est pas subrogé aux droits de la régie. Il peut exercer un recours contre ses coauteurs ou complices, recours qui, comme on l'a vu, n'a rien d'illicite, mais qui ne lui permet de réclamer à chacun que la part de l'amende à laquelle il a été condamné.

Un Français pourrait-il être, en France, poursuivi sur ses biens pour arriver au paie-

1. S. 35, 1, 875. — Pandectes, *Amende*, n° 517. — Dalloz, *Peine*, n° 814.

ment de l'amende à laquelle il aurait été condamné par les tribunaux d'un État étranger ?
Il faut répondre par la négative. Le droit de
punir le coupable qui se trouve dans un État est
un attribut de la souveraineté de cet État. Ce
serait empiéter sur cette souveraineté que de
permettre à un État étranger de venir exécuter
dans un État voisin le jugement rendu par ses
tribunaux.

Le Français pourra donc échapper à toutes
poursuites. Il ne pourra être l'objet de la contrainte par corps, et ses biens ne seront pas
grevés de l'hypothèque judiciaire.

Les jugements des tribunaux étrangers ne
peuvent être, en effet, revêtus de l'exequatur
du moins pour leur partie pénale. La Cour de
Paris a même jugé, le 30 novembre 1860, que
l'exequatur ne pouvait être accordé pour les
jugements correctionnels étrangers, même pour
les dispositions qui condamnent les coupables
à des dommages-intérêts contre une partie
civile [1].

1. GARRRAUD, *Précis*, 1er fascicule, p. 110. — FAUSTIN-HÉLIE,
n° 1042. — WEISS, *Traité de droit international privé*, lib IV,
chap. III, tit. II, p. 959, note 5 (S. 62, 2, 539).—Cependant, par suite
d'une convention passée à Lille entre la France et la Belgique, le
12 août 1843, et d'un arrangement intervenu après la loi du 29 décembre 1873, il a été convenu que les percepteurs français et les
receveurs de l'enregistrement belges feraient toutes démarches
nécessaires pour assurer le recouvrement des condamnations pécuniaires dues par des individus domiciliés dans l'un des deux États,

§ 5

Un principe qui domine tout notre droit pénal est celui de la personnalité des peines. Comme conséquence de ce principe, on ne peut prononcer de condamnations à une peine que contre l'individu même qui est convaincu de crime ou de toute autre infraction à la loi. Les peines sont personnelles. Elles ne doivent atteindre que les coupables.

Une autre conséquence logique du principe, c'est que la peine ne peut être exécutée que contre un condamné. Le recouvrement des amendes doit être poursuivi contre ceux qui en sont débiteurs, et, par débiteurs, il ne faut pas entendre la partie civile ou les personnes civilement responsables; ces personnes ne seront donc nullement inquiétées, ni dans leurs personnes ni dans leurs biens.

Faut-il comprendre, au nombre des débiteurs contre lesquels le recouvrement peut être

ou y résidant, qui auraient été condamnés par les tribunaux de l'autre ; mais tant les percepteurs français que les receveurs de l'enregistrement belge n'agissent envers les condamnés que par voie d'avertissement, et sans accomplir aucun acte exécutoire. (Voyez Pasquale FIORE, *Traité de droit international*, n° 151, sous la note 3 *bis*.)

poursuivi, le mari à raison des amendes de sa femme, la femme à raison des amendes de son mari [1] ?

En principe, le mari n'est pas civilement responsable. L'article 1384 du Code civil ne le comprend point au nombre des personnes responsables du dommage causé par autrui. De plus, d'après l'article 1424 du Code civil, le recouvrement des amendes prononcées contre la femme ne peut être poursuivi que sur la nue propriété de ses biens personnels tant que dure la communauté, ce qui semble indiquer que le mari n'est pas responsable. D'autre part, quand le législateur a voulu le rendre responsable, il l'a formellement déclaré, notamment en matière forestière. Donc, à moins de disposition expresse, on doit s'abstenir de poursuivre contre le mari.

Quel sera l'effet du décès du condamné quant au recouvrement des amendes ? Le recouvrement peut-il être poursuivi contre la succession du condamné ?

Pour l'examen de cette question, il faut supposer que le décès du condamné est survenu après que le jugement a acquis l'autorité de la chose jugée. S'il en est autrement, si la décision qui a prononcé l'amende n'est pas définitive au

1. Cass., 9 juillet 1808 (S. 2, 1, 408).

moment du décès du débiteur, les condamnations qui portent le caractère de peines proprement dites sont effacées ; elles ne peuvent recevoir aucune exécution. Les délais qui permettent au condamné d'enlever à la décision son caractère d'irrévocabilité n'étant pas expirés au moment de son décès, il en résulte que le condamné est mort innocent. De même que l'action publique est éteinte par le décès du coupable, de même l'exécution de la peine ne peut être poursuivie après le décès du condamné, mort *integri status* : ce n'est que l'application de l'article 2 du Code d'instruction criminelle.

Nous supposons donc qu'une amende a été prononcée par un jugement devenu définitif avant le décès du condamné : pourra-t-on poursuivre les héritiers en recouvrement ?

L'affirmative est unanimement professée [1]. Ses partisans argumentent de la tradition de l'ancien droit et de la discussion de l'art. 2 du C. I. C. au conseil d'État.

Les anciens auteurs étaient partagés sur cette question. Quelques-uns voulaient faire profiter les héritiers de l'événement survenu

---

1. MANGIN, T. 1ᵉʳ, nº 281. — LESELLYER, *op, cit.*, T. v, p 536. — ORTOLAN, T. ii, nº 1673. — Inst. minist., 5 juillet 1895. — CHAUVEAU et HÉLIE, T. 1ᵉʳ, nº 131 — DALLOZ, *Peine*, nº 772, *Suppl.*, 735 et 106. — Pandectes (*Amendes*), nº 316. — BLANCHE, T. 1ᵉʳ, nº 300. — *Contra*: PARINGAULT, *Revue critique*, année 1857, p. 305. — RAUTER, T. 1ᵉʳ, p. 227.

par le décès de leur auteur. Celui-ci pouvait espérer obtenir sa grâce jusqu'aux derniers moments de sa vie. Il n'aurait point été tenu, en ce cas, du paiement de l'amende. Il ne faut donc pas, par suite, que son décès soit un motif pour forcer les héritiers à acquitter une dette que leur auteur n'aurait peut-être pas été contraint de payer.

Cette opinion ne ralliait que la faible minorité des jurisconsultes ; la plupart des interprètes de l'ordonnance de 1670 faisaient retomber l'amende à la charge des héritiers en cas de décès de leur auteur survenu après le jugement définitif. A l'appui de leur opinion, ils argumentaient du droit canonique, qui voulait que les héritiers soient tenus de décharger la conscience du défunt [1]. En en décidant ainsi, ils ne faisaient qu'une sage, stricte et véritable application du principe qui dominait alors en matière d'amendes. Comme nous l'avons vu dans un chapitre précédent, l'amende, à cette époque, n'avait jamais eu le caractère de peine. Elle participait à la fois et du caractère de réparation civile et de l'idée de peine ; mais son caractère dominant était celui d'une indemnité due au roi et aux seigneurs pour les « frais qu'ils sont

---

1. JOUSSE, T. Ier, p. 72. — BOURGUIGNON, *Manuel de justice criminelle*, art. 2.

obligés de faire pour la poursuite des criminels »[1]. On se rappelle, en effet, que, sauf dans
le cas où une partie civile était en cause, les
frais et dépens étaient toujours à la charge du
roi et des seigneurs. Le condamné n'en était
point tenu ; l'arbitration de l'amende était alors
faite de manière à permettre aux seigneurs et
au roi de recouvrer les frais par eux avancés
pour l'administration de la justice.

Il en est tout autrement dans notre législation actuelle : l'amende est mise au nombre des
peines ; elle est distincte des dépens ; elle n'est
nullement une indemnité civile au profit de
l'État. Son caractère dominant est celui d'une
peine, depuis surtout que le remboursement
des frais dus à l'État est venu s'adjoindre à la
condamnation à l'amende.

Un second argument, invoqué comme le
premier dans le silence de la loi par les partisans de l'affirmative, consiste à dire : le Conseil
d'État, dans sa séance du 31 mai 1808, lors de la
discussion de l'article 2 du Code d'instruction
criminelle, s'est prononcé pour l'affirmative, et a
admis, en conséquence, que le recouvrement de
l'amende pouvait être poursuivi contre les héritiers du condamné. Le passage sur lequel
s'appuient les auteurs partisans de cette solu-

---

1. MUYART DE VOUGLANS, *Lois criminelles*, p. 84.

tion est le suivant, rapporté par Locré [1] : « M. de Cenac demanda si l'héritier est affranchi du paiement de l'amende et des autres condamnations pécuniaires. MM. Cambacérès et Treilhard répondirent que l'art. 2 du C. I. C. n'éteint que l'action publique. M. Merlin distingua entre le cas où l'amende est prononcée et celui où elle ne l'est pas : Dans le premier cas, dit-il, la condamnation doit avoir ses effets ; dans le deuxième, la mort du prévenu, le faisant réputer innocent, empêche qu'aucune peine, même pécuniaire, ne puisse lui être appliquée. Cambacérès dit que c'étaient là les vrais principes. L'explication de Merlin, ajouta-t-il, étant consignée dans le procès-verbal, lèvera les doutes, et fixera le sens de l'art. 2. Il sera bien entendu que le jugement qui prononce l'amende recevra son exécution nonobstant la mort du condamné. »

Cet argument en faveur de la première opinion ne doit pas être pris en considération. Comme le dit M. Paringault : « L'argument qu'on tire de la discussion au Conseil d'État se rétorque par une date. » En effet, au moment de la discussion, en 1808, de cet article 2 du Code d'instruction criminelle, le Code pénal, qui seul s'occupe de l'amende et qui l'a placée parmi les

---

1. LOCRÉ, T. XXV, p. 118. Cf. CHAUVEAU et HÉLIE, T. 1er, n° 131.

peines, n'était pas encore adopté. De plus, dans le Code d'instruction criminelle, il n'est point parlé de l'amende une seule fois comme peine. Il en résulte que, dans la discussion au conseil d'État, Merlin et Cambacérès se sont reportés aux principes qui dominaient l'ancienne législation, et ont pu ainsi formuler l'avis que nous avons ci-dessus relaté, avis qui se trouvait en contradiction flagrante avec les nouveaux principes que le législateur venait d'admettre.

La théorie de droit contre laquelle nous nous sommes élevé ne s'appuie sur aucun texte ; elle ne peut se justifier. Dans notre droit pénal, le principe dominant, avons-nous dit, est la personnalité des peines. La personnalité est de l'essence des peines, des peines corporelles aussi bien que des peines pécuniaires ; il n'y a pas à distinguer. Personne n'admet que la peine corporelle passe aux héritiers, et que ceux-ci sont obligés de la subir : pourquoi en décider autrement pour l'amende, qui est une véritable peine et dont le but est, non pas de rendre l'État créancier d'une somme d'argent, mais d'infliger une souffrance au coupable ?

On dit encore, dans l'autre opinion, que, par suite de l'irrévocabilité du jugement, l'administration avait, non seulement une simple action mais un droit acquis. Elle était devenue créancière du condamné par l'effet du jugement, et

dès lors elle a conservé contre ses héritiers,
après son décès, le droit qu'elle avait contre lui-
même de son vivant. Du reste, l'article 2093 du
Code civil déclare que les biens du débiteur
sont le gage de ses créanciers, sans distinguer la
nature ou l'origine de la dette. Les héritiers
n'ont reçu les biens que grevés de cette charge;
ils ne peuvent s'y soustraire.

Nous ne partageons pas cette manière de
voir. A la vérité, la condamnation passée en
force de chose jugée a constitué le condamné
débiteur du fisc. Le recouvrement de la dette
pourra être poursuivi contre lui sur tous ses
biens, mais de son vivant; ils sont, en effet, le
gage de tous les créanciers. Mais cette dette ne
grève plus le patrimoine après le décès du condamné. Il est bien vrai que, par suite de la condamnation, l'amende est devenue une dette,
mais elle n'a jamais cessé d'être une peine. Et,
si l'on admettait que les biens du condamné
entrent dans le patrimoine de ses héritiers grevés
de la charge d'acquitter le montant de l'amende
prononcée contre lui, on arriverait à dire que la
responsabilité pénale est transmissible : les
héritiers seraient pénalement responsables du
délit de leur auteur.

Nous devons décider que les héritiers ne
peuvent être tenus de payer les amendes
prononcées contre leur auteur, même lors-

que le jugement de condamnation a acquis l'autorité de la chose jugée du vivant du condamné.

Le code belge (art. 86), le code italien (art. 85) ont adopté cette opinion. Le code allemand (art. 30), le code du canton de Neufchâtel (1ᵉʳ juillet 1891) et le code hongrois des délits et des crimes admettent au contraire l'opinion que nous avons repoussée.

L'administration pourra-t-elle poursuivre solidairement, contre un des condamnés solidaires, le recouvrement de la totalité des condamnations pécuniaires prononcées, sans faire une déduction de l'amende encourue par l'un des condamnés solidaires décédé ?

Il y a lieu de décider que l'amende du défunt est anéantie, et que les coauteurs, ou complices du même fait ne peuvent être poursuivis solidairement que sous déduction de l'amende infligée contre le condamné solidaire décédé.

L'aliénation mentale peut ne se manifester qu'après la condamnation : l'exécution de la peine sera-t-elle suspendue ? MM. Chauveau et Hélie enseignent l'affirmative: « Du moment où la condamnation est devenue définitive, disent-ils, il y a un droit acquis pour l'État ; c'est une dette qui frappe les biens du condamné. Sa démence postérieure ne peut pas mettre plus d'obstacle que si cette dette avait sa source dans toute autre obligation pécuniaire [1]. »

1. CHAUVEAU et HÉLIE, T. 1er, nos 366 et 131. — DALLOZ, *Peine*, nos 396, *Suppl.*, no 383.

CHAPITRE V

Dans l'ancien droit, l'amende était attribuée à la partie lésée, en réparation du préjudice qui lui avait été causé. Il n'en est plus ainsi actuellement : l'amende a perdu le caractère de réparation civile qu'elle avait autrefois ; c'est une peine infligée par la société ; elle ne peut être attribuée à d'autres qu'à la société. Il est vrai que la société répartit le produit des amendes dans différentes caisses, soit de personnes morales, soit de personnes physiques ; mais ce n'est qu'à elle seule que le coupable la doit et doit la verser.

Le Code rural des 28 septembre–6 octobre 1791 (titre Ier, section VII, art. 3) avait attribué les amendes encourues par les auteurs de délits ruraux aux communautés pour leur permettre de payer le salaire des gardes champêtres. Un arrêté du 26 brumaire an X rétablit les communes dans la jouissance des amendes de police, qui leur avait été accordée par la loi des 28 septembre–6 octobre 1791 . Elles étaient

destinées au paiement des charges commu-
nales.

En 1809, un décret du 17 mai règle ainsi
qu'il suit la répartition des amendes prononcées, non seulement en matière rurale et de police, mais aussi en matière correctionnelle : les
deux tiers du produit pour les communes, et
l'autre aux hospices du chef-lieu du département.
Un avis du Conseil d'État du 9 novembre 1814,
statuant sur les difficultés créées par l'article
466 du Code pénal, déclara que les amendes de
police correctionnelle continueraient d'appartenir aux communes, et que, comme pour les
amendes de contravention, elles seraient attribuées aux communes dans lesquelles le délit
aurait été commis. Une ordonnance du 30 décembre et du 10 février 1824 distingua entre les
amendes de simple police, dont le produit était
versé dans la caisse des communes dans lesquelles les contraventions avaient été commises, et les amendes criminelles, dont l'État se
réservait le produit, et enfin l'amende correctionnelle, qui était destinée à constituer un fonds
commun.

Ainsi qu'on peut le constater par le tableau
succinct des diverses lois qui ont réglé la
répartition des amendes, le système de cette
répartition était très compliqué. Aujourd'hui,
une loi de finances l'a complètement unifiée.

Au termes de l'article 11 de la loi du
26 décembre 1890, modifié par l'article 45 de la
loi de finances du 28 avril 1893, le produit des
amendes et condamnations pécuniaires prononcées par les tribunaux de répression, et
dont le recouvrement a été confié aux percepteurs, est attribué comme suit : 20 % pour l'État,
80 % pour le fonds commun ; les décimes sont
acquis à l'État. La répartition a lieu annuellement, et dans chaque département.

Sur les ressources alimentant le fonds commun, on doit prélever tous les frais de poursuite, toutes les gratifications dues aux agents
verbalisateurs, les droits dus aux greffiers.
Ces prélèvements opérés, le reste du fonds
commun est attribué, savoir : un quart aux
enfants assistés (service départemental), trois
quarts aux communes suivant la répartition
faite par la commission départementale sur
l'avis et les propositions du Préfet.

Il faut noter deux dérogations qui ont été
apportées aux dispositions de l'article 11 de la
loi de 1890 et 45 de la loi de 1893, par deux lois
du 11 avril 1891 et 9 août 1893. L'article 11 de
la loi du 11 avril 1891, sur les collisions en
mer, dispose que toutes les amendes prononcées pour contraventions à la loi sont, après le
recouvrement opéré par le percepteur, versées
dans la caisse des Invalides. La loi du 9 août

1893 sur le séjour des étrangers en France, établit que le produit des amendes sera attribué à la caisse de la commune de la résidence de l'étranger qui en sera frappé.

Ainsi, dans notre droit, nous ne trouvons aucune disposition [1] affectant tout ou partie de l'amende à la réparation du préjudice causé par l'infraction que ces amendes punissent. C'est la confirmation du caractère pénal de l'amende. Et cependant, l'attribution de l'amende ou d'une partie de l'amende à la partie lésée, sans enlever à l'amende le caractère de peine qui lui est reconnu, serait une conception très généreuse de notre droit criminel. Aussi, dans les diverses discussions à la Société générale des prisons [2], a-t-on proposé de modifier en ce sens le régime de l'amende. La société doit punir toute infraction à la loi ; elle doit, par l'affliction d'une peine, empêcher que le délinquant ne renouvelle sa mauvaise action. Elle doit aussi provoquer la réparation du préjudice et du mal qui ont été faits.

Cette idée étant admise, examinons, dans notre législation, si la loi offre à la victime des moyens suffisants pour obtenir la juste répara-

---

1. Une loi du 15 ventôse an XIII, art. 3, avait attribué aux maîtres de poste la moitié des amendes prononcées pour contraventions aux règlements sur les postes.

2. *Revue pénitentiaire*, 1893.

tion du tort qui lui a été causé. On peut dire
dès maintenant que, non seulement la loi n'offre
aucun moyen aux parties lésées pour arriver
à être indemnisées du dommage qu'elles ont
souffert, mais encore qu'elle s'efforce de les
empêcher de l'obtenir. Les victimes d'un délit
ne peuvent, en effet, saisir la justice en matière
criminelle : en matière correctionnelle, la seule
ressource qui leur est offerte est de se porter
partie civile, et encore, en ce cas, courent-elles
de grands risques. On sait, en effet, que c'est à
la partie civile qu'incombent les frais du procès,
sauf son recours contre l'auteur du délit, s'il y
a condamnation. Mais, si ce dernier est insolvable, leur action n'aboutira à aucun résultat ;
si, d'un autre côté, l'acquittement est prononcé,
elles ont à payer les frais du procès, et, de plus,
elles peuvent être poursuivies pour dénonciation
calomnieuse et être condamnées à des dommages-intérêts.

Ces considérations démontrent que sur ce
point la législation française est mal organisée.
Diverses propositions ont été faites. Une première consiste à permettre au ministère public
de requérir contre le prévenu une condamnation, non seulement à l'amende prévue par la loi
comme sanction du délit, mais encore une condamnation pécuniaire civile envers la victime.
M. Leveillé a repoussé ce système ; nous ne

l'approuvons pas non plus : il aurait cette conséquence de faire du ministère public le mandataire des parties lésées. Aussi propose-t-il un
autre système : il distingue entre les personnes
pauvres et les personnes ayant une certaine
aisance. Pour les premières, les amendes pénales tomberaient d'elles-mêmes dans une
caisse spéciale destinée à les secourir. « Ce
dédommagement, dit-il, ne constituerait pas
l'acquittement de dette vis-à-vis des victimes ; ce
dédommagement serait accordé par l'État à titre
de secours, non à titre de dette [1]. »

Pour les secondes, leurs ressources pécuniaires leur permettant de poursuivre l'auteur
du délit et de se porter partie civile, il y aurait
lieu de décider que les frais envers l'État ne
seraient pas à leur charge, si elles succombaient
dans leur action. Elles n'en seraient pas tenues,
même en cas d'acquittement, pourvu néanmoins
qu'elles n'aient été que partie jointe dans la
poursuite exercée par le ministère public.

M. Renacle a enfin proposé de mettre une
nouvelle condition à l'obtention du bénéfice de
la loi du 26 mars 1891 : le sursis ne serait accordé
qu'aux personnes qui auraient désintéressé les
victimes de leurs délits. C'est l'idée sur laquelle

---

1. Voyez, sur ce point, *Revue pénitentiaire* 1893, p. 879, 881, 882,
805.

est basée l'obtention de la réhabilitation en matière commerciale et criminelle. Le commerçant failli ou déclaré en liquidation judiciaire, le condamné à une peine d'amende ou à une peine corporelle ne peuvent voir leurs demandes en réhabilitation accueillies que s'ils justifient, le premier qu'il a désintéressé tous ses créanciers, le second qu'il a payé l'amende et les frais du procès et subi sa peine.

Dans le droit pénal allemand, on rencontre deux amendes : une amende pénale proprement dite et, à côté, une amende spéciale qui porte le nom de *Busse*. Cette amende spéciale est prononcée par le tribunal de répression, et est attribuée à la partie lésée en réparation du préjudice qu'elle a souffert. Elle n'existe que pour certains délits particuliers, injures, lésions personnelles, etc. [1] (Art. 186, 187.)

M. Garofalo, au congrès de Rome, proposait de substituer à l'emprisonnement de courte durée, dont il demandait la suppression, une double amende, l'une au bénéfice de l'État, l'autre au bénéfice de la partie lésée. L'amende au profit de l'État était destinée à faire payer au délinquant, qui ne devait être ni vagabond ni récidiviste, le trouble qu'il avait occasionné ; l'amende à la partie lésée, dans les attentats

---

1. Voyez Thèse de M. Petitcuenot, p. 110.

contre la personne et la propriété, avait pour
but de calmer les ressentiments de l'offense et
de rendre peu lucratifs les délits de cupidité.
C'était une application de ce qui se passait en
droit romain. Il proposait en outre de créer une
caisse des amendes destinée à secourir les
victimes des délits commis.

Nous pensons que le projet de réforme de
M. Leveillé est très sage, et que le législateur,
en l'adoptant, ferait œuvre de justice.

CHAPITRE VI

LIBÉRATION DE L'OBLIGATION DE PAYER L'AMENDE

La libération de l'amende encourue peut résulter du paiement, de la grâce ou de la remise de l'amende, de l'amnistie, de la prescription.

Le débiteur pouvant toujours se libérer de sa dette, même lorsqu'il a terme, les percepteurs ne sauraient se refuser à recevoir le paiement qu'offrirait un condamné aussitôt après sa condamnation et avant la réception de l'extrait de jugement.

L'amende étant une peine, le droit d'en faire la remise totale ou partielle appartient exclusivement au Président de la République. Ce droit résulte des termes mêmes de la Constitution et d'une règle constante. Il consiste dans le pouvoir exclusif de remettre ou modérer les peines prononcées par les tribunaux judiciaires et administratifs. Le Président de la République exerce ce droit en vertu d'une délégation du pouvoir législatif.

Les amendes de 5 francs et au-dessous ne peuvent faire l'objet d'une décision gracieuse. Le chef de l'État peut faire au condamné, soit une remise totale, soit une remise partielle de l'amende. En cas de remise partielle, le condamné est libéré dans les limites fixées ; en cas de remise totale, le condamné est pleinement libéré, mais il ne peut répéter ce qu'il a payé, la grâce n'ayant pas d'effet rétroactif. Les amendes précédemment acquittées ne sont jamais restituables. Exception est faite, bien entendu, dans le cas où un comptable n'aurait tenu aucun compte de la grâce accordée au condamné, et aurait exigé le paiement par erreur : on restituerait au condamné les sommes indûment perçues.

D'après la théorie qui fait retomber à la charge des héritiers l'amende encourue par leur auteur, décédé après que le jugement a acquis l'autorité de la chose jugée, l'amende, perdant son caractère pénal, ne peut faire l'objet d'une décision gracieuse. (Décision finances, 2 décembre 1856.)

Les demandes en grâce, rédigées conformément à l'article 12 de la loi de brumaire an VII, sont adressées au chef de l'État, qui les transmet au ministre compétent chargé de l'instruction du recours en grâce.

L'instruction du recours en grâce se fait par l'intermédiaire du procureur de la République de l'arrondissement du condamné. Avis de la réception de la demande en grâce est donné par ce magistrat au receveur des finances ou au trésorier payeur général, selon les cas. Celui-ci accuse réception de l'avis ; le procureur de la République transmet ensuite au garde des sceaux le recours en grâce qui lui avait été adressé, avec son avis sur la décision à intervenir.

Le recours en grâce n'est pas suspensif [1] C'est de la part du garde des sceaux et du ministre des finances une décision purement gracieuse, une mesure de bienveillance qui n'a point l'efficacité d'une loi, et qui ne concède pas un droit au condamné [2]. Il est cependant d'usage de suspendre toute poursuite en cas de recours formé avant paiement.

L'amnistie est un acte souverain émanant du Parlement, effaçant la condamnation pour le passé et pour l'avenir ; elle supprime par conséquent l'amende encourue. L'amnistie, comme la grâce n'a pas d'effet rétroactif ; elle ne s'étend pas aux amendes recouvrées.

Les amendes se prescrivent, savoir : en matière criminelle, par vingt ans à partir de la

1. En Belgique, le recours en grâce n'est pas suspensif; mais l'arrêté de grâce ordonne la restitution des sommes payées. A la différence de notre législation, la loi belge admet que le droit de grâce renferme le pouvoir de transiger sur la peine. Toutefois, les transactions ne sont fréquentes qu'en matière fiscale.

2. Décis. 16 novembre 1854 et 16 février 1855.

date des arrêts; en matière correctionnelle, par cinq ans; en matière de simple police, par deux ans [1]. Pour les contraventions à la police du roulage, le délai de prescription est d'un an à partir de la décision du conseil de préfecture. La prescription ne peut être interrompue que par des actes d'exécution, saisie, ordre d'arrestation pour l'exercice de la contrainte.

Le législateur a admis le sursis prévu par la loi du 26 mars 1891 pour les condamnations à l'amende. Le projet primitif de M. Bérenger n'en parlait pas. Le Sénat, tout d'abord, avait même repoussé toute assimilation entre l'amende et l'emprisonnement. La loi du 26 mars 1891 a été faite dans le but d'éviter autant que possible l'exécution des courtes peines d'emprisonnement. Ces peines ont mille inconvénients, offrent mille dangers que n'ont et n'offrent pas les amendes. C'est sur un amendement de M. Trarieux que le projet fut modifié. Il a paru à la Chambre des députés puis au Sénat, qui revenait ainsi sur sa première décision, qu'il n'était pas juste de faire une différence entre l'emprisonnement et l'amende. L'emprisonnement est une peine plus grave que l'amende : pourquoi refuser alors une faveur à la peine la moins

1. C. I. cr., art. 635, 636, 639.

grave ? L'application du sursis à la peine pécuniaire est une mesure d'humanité [1].

Les tribunaux, depuis la promulgation de la
loi de 1891, prononcent fréquemment le sursis à
l'exécution de la peine pécuniaire. On avait
même jugé qu'ils pouvaient restreindre
le sursis à une partie de l'amende [2]. On
s'appuyait sur cet adage : « Qui peut le plus
peut le moins. » Nous ne pensons pas que cette
solution soit juridique : la peine ne peut être
mitigée que dans les circonstances prévues par
la loi. La Cour de Lyon a réformé le jugement
du Tribunal de Saint-Étienne. Depuis, la jurisprudence est constante ; le sursis ne peut être
appliqué qu'à la totalité de l'amende.

Les tribunaux n'ont pas à distinguer, pour
appliquer le sursis, si l'amende est prononcée
seule ou si elle est l'accessoire d'une autre
peine. La Cour de cassation a décidé que les
tribunaux pouvaient restreindre la faveur de la
loi de 1891 à l'une des peines qu'ils appliquent [3].
Mais, si l'amende constitue une peine complémentaire d'une peine criminelle, le sursis ne
peut lui être appliqué ; car, aux termes de l'article 3 § 2 de la loi de 1891, la suspension de la

1. La loi belge n'admet le sursis que pour l'emprisonnement.
(Loi 31 mai 1888, art. 9.)
2. Trib. Saint-Étienne, 20 janvier 1893, — Gazette des Tribunaux,
2 février 1893, — S. 94, 2, 49.
3. Cass., 14 mai 1892 (D. 92, 1.)

peine ne comprend pas les peines accessoires et les incapacités résultant de la condamnation.

Les condamnations à l'amende ne peuvent être suspendues dans leur exécution en matière de contravention [1].

L'effet du sursis est de suspendre l'exécution de la peine ; le condamné ne sera donc pas tenu de payer l'amende, et la contrainte par corps ne pourra pas être exercée pendant le délai de cinq ans prescrit par la loi. Mais, si le paiement et le recouvrement de l'amende sont suspendus, il n'en est pas de même des frais et des dommages-intérêts. Aussi serait-il juste que, dans le jugement, on fixât séparément la durée de la contrainte par corps applicable d'une part à l'amende, et d'autre part aux dommages-intérêts et aux frais [2].

La révocation du sursis a pour premier et principal effet de rendre exécutoire la peine suspendue. Si la seconde condamnation, qui révoque le sursis, est prononcée par un tribunal autre que celui qui a prononcé la première, le procureur de la République du parquet qui a requis le second jugement, avise le procureur de la République du lieu de la première condamnation. Il n'a pas à s'immiscer dans l'exécution

1. Cass , 5 mai 1892 (D. 92, 1, 333); 29 juillet 1892 (D. 92, 5, 472).
2. Circul. Chancellerie, 16 janvier 1892.

de la première peine. Le procureur de la République du lieu de la première condamnation avise alors le receveur des finances ou le trésorier général, selon les cas [1].

Une seconde conséquence de la révocation du sursis, c'est que la première peine doit être subie sans qu'elle puisse se confondre avec la seconde. C'est donc une exception légale au non-cumul des peines.

1. Circul. Chancellerie, 16 janvier 1892. (Avis récidive.)

CHAPITRE VII

EXTENSION DE L'AMENDE

« L'amende, réorganisée sous le rapport de son taux et de son recouvrement, peut devenir un mode de répression indépendant et autonome de nature à suppléer à la prison [1]. »

Examinons donc l'usage qui peut être fait de l'amende, et demandons-nous si l'application n'en peut être plus étendue.

« A tout méfait n'échet qu'amende », disait Loisel dans ses institutes coutumières. Autrefois, en effet, l'amende était la seule peine pratiquée dans notre droit franc et dans le droit germanique. Dans l'ancien régime français, on ne rencontre que des peines corporelles, des peines pécuniaires. L'emprisonnement n'existe pas ; il ne figure pas parmi les peines de droit commun, mais seulement parmi les peines du droit ecclésiastique, auquel d'ailleurs la Révolution l'a emprunté. Par un décret du 19 juillet 1791, l'emprisonnement est mis au nombre des peines du droit commun : ce

---

1. Rapport Von Listz, congrès de Christiania. (B. U. I. D. P., 3ᵉ année, nº 2, p. 307.)

décret était de la part de la Révolution une réaction contre les abus excessifs et fréquents qu'on avait faits des peines d'amende et de confiscation.

Dans le Code pénal de 1811, l'amende est tantôt une peine complémentaire, tantôt une peine principale. Comme peine complémentaire, elle est prononcée cumulativement avec les peines privatives de liberté. Il en est fait un usage fort rare en matière criminelle ; elle est employée, au contraire, pour un très grand nombre de délits ; ce n'est que pour les infractions peu graves qu'elle est édictée comme peine principale.

La loi du 23 avril 1832 est venue modifier le Code pénal. Elle a créé le système des circonstances atténuantes, et a inséré dans l'article 463 la disposition ainsi conçue : « Dans tous les cas où la peine d'emprisonnement et celle de l'amende sont prononcées par le Code pénal, si les circonstances paraissent atténuantes, les tribunaux correctionnels sont autorisés, même en cas de récidive, à réduire l'emprisonnement même au-dessous de six jours, et l'amende même au-dessous de seize francs. Ils pourront aussi prononcer séparément l'une ou l'autre de ces peines, et même substituer l'amende à l'emprisonnement, sans qu'en aucun cas elle puisse être au-dessous des peines de simple police. »

La loi du 13 mai 1863 avait supprimé cette disposition ; un décret du 27 novembre 1870 l'avait rétablie, et c'est elle qui est encore en vigueur aujourd'hui.

Quel est l'effet d'une déclaration de circonstances atténuantes ? Si l'on se trouve vis-à-vis d'un individu poursuivi pour un crime prévu soit par le Code pénal, soit par une loi spéciale qui s'est expressément référée à l'article 463, le tribunal peut, s'il reconnaît en faveur de l'inculpé l'existence de circonstances atténuantes, ou abaisser la peine d'emprisonnement jusqu'à un jour, l'amende jusqu'à un franc, ou ne prononcer que l'une ou l'autre de ces peines, et même substituer l'amende à l'emprisonnement. Il n'y a pas lieu de distinguer si l'amende est prononcée soit accessoirement, soit facultativement, à côté de l'emprisonnement : la substitution par le juge est permise dans tous les cas, même quand la loi ne prononce que la peine d'emprisonnement.

Ainsi donc, en présence d'une déclaration de circonstances atténuantes, le tribunal peut, pour tous les délits, ne prononcer que la peine d'amende. Est-il nécessaire, étant donnée la disposition de l'art. 463, de donner à l'amende une extension nouvelle ? M. Dreyfus, au congrès de Rome, a soutenu la négative : ce n'est que quand il existe en faveur des prévenus des cir-

constances atténuantes qu'il est utile de prononcer l'amende au lieu et place de l'emprisonnement. Ce que nous voulons, c'est empêcher
une condamnation à l'emprisonnement contre
des individus dignes d'intérêt et de bienveillance,
qui ont failli par occasion, et chez lesquels tout
espoir de relèvement n'est pas à tout jamais
perdu. Nous voulons éviter de leur faire connaître la prison avec ses dangers ; nous voulons
les soustraire à son influence néfaste : le
pouvons-nous dans l'état actuel de notre
législation ? L'art. 463 du Code pénal nous procure ce moyen. Toutes les fois que nous nous
trouverons en présence de pareils individus, au
profit desquels nous reconnaîtrons l'existence
de circonstances atténuantes, et dans ce cas
seulement, nous substituerons l'amende à l'emprisonnement, et notre but sera atteint.

Le congrès de Rome adopta l'opinion de
M. Dreyfus, par 19 voix contre 13 données au
système de M. Garofalo. L'art. 463 fut considéré
comme conciliant suffisamment les droits de
l'humanité avec les exigences de la justice [1].

Cette décision du congrès de Rome n'a pas
été sans soulever de nombreuses critiques de
la part des criminalistes tant français qu'étrangers [2]. On ne veut pas donner une extension

1. *Actes du congrès de Rome*, proposit. Dreyfus, T. Ier, p. 202-203.
2. M. Von Listz, rapporteur au congrès de Christiania, recom-

nouvelle à l'amende, prétendant que la disposition édictée par l'art. 463 est suffisante. Mais l'article 463 n'est pas général; il n'est pas applicable à beaucoup de lois spéciales. De plus, le magistrat n'use presque jamais de son droit de remplacer l'emprisonnement par l'amende ; autrement dit, la substitution de l'amende à l'emprisonnement n'est jamais judiciairement appliquée. Si l'on consulte en effet les statistiques, on peut se rendre compte que le juge, parmi les trois partis que la loi lui offre, ne prend presque jamais l'un d'eux. Le juge peut condamner à une amende et à une peine d'emprisonnement, ou bien condamner à une courte peine de prison, ou bien condamner à une amende seule. Les statistiques viennent démontrer que le juge, même en admettant le bénéfice des circonstances atténuantes au profit de l'inculpé, pro-

mande de faire de la peine pécuniaire un usage plus étendu. (B. U. I. D. P., 3ᵉ année, nᵒ 2, p. 308.)

Dans le même sens, voyez *Revue pénitentiaire* 1895, p. 1375. (23ᵉ congrès de juristes allemands, tenu à Brême, compte rendu.)

Voyez encore : *Actes du congrès de Rome*, observations de M. Prinz, T. Iᵉʳ, p. 147 ; — Observations de M. Wach au congrès de Berne ; — BONNEVILLE DE MARSANGY, *Amélioration de la loi criminelle*, T. II, p. 264 et suiv.

Contra : M. Wahlberg, tout en critiquant les courtes peines de prison, ne croit pas qu'on puisse s'en passer entièrement ; l'amende ne peut servir dans beaucoup de cas.

M. Hagerup, de Christiania, combat également le système de l'extension de l'amende : « L'impression morale de l'emprisonnement, dit-il, est bien plus forte : il est vrai que cela nous ramène aux courtes peines de prison ; mais on peut les améliorer. » (B. U. I. D. P., 3ᵉ année, nᵒ 2, p. 310.)

nonce presque toujours et préfère prononcer
une courte peine de prison plutôt que l'amende[1].

Or, quel est le but que nous voulons atteindre ? Nous voulons éviter autant que possible
la condamnation à une courte peine de prison ;
nous savons, en effet, que l'emprisonnement
de courte durée est un mal, qu'il n'a aucun
effet salutaire pour celui auquel on l'inflige, et
qu'il impose à l'État de lourds sacrifices.
Comment alors arriver à ce but, puisqu'il est
démontré que le juge n'use pas du droit que
lui confère la loi de substituer une peine
d'amende à l'emprisonnement.

Nous trouvons deux systèmes : celui de
MM. Joinville, Guillot et Correvon, et celui de
M. Garofalo.

Il y a dans le droit pénal français, disent
MM. Joinville, Guillot et Correvon, un certain
nombre d'infractions dans lesquelles on peut
retirer l'emprisonnement et laisser subsister l'a-
mende comme peine principale. Il y a d'abord
les contraventions, dont les peines sont infligées à l'occasion de faits peu importants[2].

1. En 1894, sur 231.501 condamnations, on ne trouve que 93.718
condamnations à l'amende, bien que 113.056 individus aient bénéficié de la disposition de l'art. 463 ; et, parmi ces 231.051 condamnations, on en remarque près de 20.000 à un emprisonnement de moins
de six jours, et près de 120.000 à un emprisonnement de six jours
à un an.

2. La commission de revision du Code pénal français est d'avis
de supprimer et a supprimé l'emprisonnement en matière de simple

Quant aux délits, M. de Joinville cite les délits
de chasse, de pêche, les délits forestiers, les
injures, les coups volontaires, les blessures par
imprudence. A cette première catégorie d'infractions, M. Guillot ajoute : les premiers délits
de vagabondage et de mendicité, les délits de
rébellion, d'outrages, de bris de scellés, de dégradations de monuments publics, de port illégal de décorations, de blessures, d'homicide
par imprudence, d'incendie involontaire, d'a-
dultère, de dénonciations calomnieuses, de ré-
vélation de secret professionnel, de détourne-
ment d'objets saisis, de banqueroute simple, de
faux témoignage en matière civile, de tenue de
maison de jeux, d'ivresse, et enfin les délits de
presse.

Cette classification par catégories d'infractions pour lesquelles serait supprimée la peine
d'emprisonnement, a rencontré de nombreuses
objections. Si on supprime la peine d'emprisonnement pour un certain nombre de délits et
pour les contraventions, il est indispensable, dit-
on, de faire une distinction entre les individus
non domiciliés et ceux dont le domicile est

police. Le projet du Code pénal substitue à cette peine une peine
nouvelle qu'il appelle arrêts de police ». Ces arrêts pourront durer
de 1 à 14 jours ; ils consisteront dans une détention sans travail ni
cellule, dans des locaux spéciaux que les départements devront
organiser. — DALLOZ, *Peine, Suppl.*, nᵒˢ 13 et 48. — LEPOITTEVIN,
Bulletin Société générale des prisons 1893, p. 151.

connu. Il n'y aurait lieu d'appliquer le système proposé qu'à ceux qui ont un domicile ; quant aux autres, il faudrait maintenir la peine d'emprisonnement: « Sans cela, dit-on, ces gens se croiraient certains de l'impunité, et on verrait augmenter d'une façon considérable le nombre de délits. »

Il est dangereux, dit-on encore, de dire qu'il y aura des catégories de délits pour lesquels on ne pourra prononcer en aucun cas que la peine d'amende. Parmi les délits énumérés ci-dessus, il y en a qui méritent une répression plus sévère que la simple peine d'amende. Prenez, par exemple, le délit de rébellion: ce délit présente actuellement trop de gravité pour qu'on l'assimile à une simple contravention. Il en est de même pour le délit de chasse établi à la charge du braconnier, aussi dangereux que le voleur. La condamnation à une amende, si élevée soit-elle, ne l'empêchera pas de continuer l'exercice de sa coupable industrie, d'autant plus que, la plupart du temps, les braconniers sont sous la protection des sociétés de braconnage, qui non seulement paient l'amende, mais encore nourrissent et entretiennent la femme et les enfants: il ne faut pas songer pour ce délit à enlever la peine de la prison. Le délit d'outrages aux agents de la force publique est encore trop grave pour que l'on puisse prétendre ne le punir que d'une peine d'amende.

Pour les contraventions, le système exposé supprime l'emprisonnement, et n'applique à ces infractions que la peine d'amende. Au premier abord, étant donné le peu de gravité de ces infractions, il semble qu'on ne peut qu'accueillir favorablement la proposition émise. Mais, si on soumet cette réforme à la pratique, on ne tardera pas à se trouver embarrassé, si on n'a que l'amende comme moyen de répression. A la première contravention, à la seconde, voire même à la troisième, on peut se montrer indulgent pour le contrevenant ; mais pourra-t-on agir ainsi indéfiniment, et ne sera-t-on pas disposé à infliger à ce contrevenant quelques jours de prison, s'il s'obstine à commettre des contraventions ? Les contraventions ne dénotent pas de sa part une intention coupable, mais elles démontrent une négligence invétérée ; or, toute négligence doit avoir ses limites.

Nous repoussons le système de MM. de Joinville, Guillot et Correvon. Ce n'est pas à la nature du délit qu'il faut se reporter pour savoir s'il y a lieu ou s'il n'y a pas lieu de supprimer l'emprisonnement comme sanction du délit ; non, c'est l'auteur de l'infraction et les circonstances particulières qui ont entouré l'infraction qu'il faut avant tout considérer. D'ailleurs, les énumérations sont très difficiles en droit pénal ; aussi y a-t-il lieu de n'entrer dans cette voie qu'avec une extrême prudence, sous peine d'énerver la répression [1].

Le second système, dû à M. Garofalo, prévoit la suppression de l'emprisonnement de courte durée d'une manière générale, mais seulement pour les gens non vagabonds, non récidivistes, et exerçant une profession avouable. Il ne supprime pas la peine d'emprisonnement pour tel ou tel délit, comme dans le système précédent; il se contente de supprimer la peine de prison inférieure à quatre mois. M. Garofalo met le juge dans l'alternative, ou de prononcer une peine de quatre mois de prison, ou de prononcer une amende. Donc, chaque fois que le juge reconnaîtra au profit du prévenu l'existence de circonstances atténuantes, et qu'il considérera la peine de quatre mois de prison comme une peine trop grave pour sanction de l'infraction, l'amende devra être prononcée.

Nous sommes partisan du système de M. Garofalo. Les tribunaux, à notre avis, prononcent beaucoup trop souvent de courtes peines d'emprisonnement là où la peine pécuniaire suffirait à la répression. Nous savons qu'ils agissent ainsi parce qu'ils veulent que la condamnation qu'ils prononcent soit efficace, ne soit pas illusoire; or, elle le serait certainement s'ils con-

---

1. Voyez, sur ce point, *Revue pénitentiaire* 1893, p. 725, 727, 729, 883 et 1027.

damnaient à l'amende, car, la plupart du temps, les condamnés ne la paient pas et ne peuvent la payer. Mais, si nous modifions le régime de l'amende, si nous proportionnons cette peine aux moyens d'existence du coupable, si nous réorganisons un mode de recouvrement, il n'y aura pas, d'une part, d'amendes excessives, et, d'autre part, il n'y aura plus d'amendes impayées. Le motif qui avait fait agir les tribunaux disparaissant, l'amende devra et pourra être prononcée sans que les tribunaux aient à craindre de rendre une sentence illusoire.

CONCLUSION

——

Cette étude de l'amende pénale terminée, voici les conclusions auxquelles nous nous sommes arrêté :

1° Conserver les peines privatives de liberté pour les infractions les plus graves, et rendre l'emprisonnement plus sévère, plus dur. Loin de vouloir, en effet, considérer les peines d'emprisonnement comme inefficaces en général, nous prétendons, au contraire, qu'infligées pour une durée assez longue, quatre mois, huit mois, un an par exemple, elles sont moralisatrices, effraient les récidivistes, et peuvent atteindre le but que s'est proposé le législateur en les édictant : l'amendement et le relèvement du coupable. Le travail, organisé facilement dans ces peines de longue durée, contribue pour une large part, avec la discipline pénitentiaire, les conférences, les visites des membres des sociétés de patronage, à produire sur le condamné un effet salutaire.

2° Si nous désirons le maintien de ces peines de prison de longue durée, nous demandons en revanche la suppression des courtes peines d'emprisonnement. Cette opinion nous vient de ce que ces dernières peines présentent les plus graves dangers : en même temps qu'elles manquent d'effet moralisateur, elles sont peu réformatrices, et sont l'une des causes principales de la récidive. Nous ne pouvons ici énumérer et examiner les inconvénients et les dangers offerts par ces peines de prison de courte durée ; il nous suffira de dire que tous les congrès pénitentiaires, depuis 1872, ont été d'avis de supprimer ces peines et de leur substituer la peine d'amende. Nous ne pouvons qu'adhérer aux conclusions du rapporteur au congrès de Christiania, conclusions qui reflètent l'avis de la majeure partie des criminalistes, et qui sont formulées de la manière suivante : « L'amende, réorganisée sous le rapport de son taux et de son recouvrement, peut devenir un mode de répression indépendant et autonome de nature à suppléer à la prison. » Nous souhaitons, non pas comme MM. Joinville et Guillot, la suppression de la peine pour tel et tel délit, mais, comme M. Garofalo, la suppression générale des courtes peines de prison. Nous voudrions voir admis par les tribunaux que là où la peine pécuniaire suffit à la répression, la peine privative de liberté est injuste. Nous désirons donc la suppression des peines d'emprisonnement inférieures à 4 mois, sauf cependant pour les récidivistes, les vagabonds, les mendiants, les gens qui n'exercent pas de profession avouable. Contre ces individus, la pénalité tout indiquée se trouve dans une application plus stricte, et rendue plus facile de la loi du 27 mai 1885.

3° Mais, toutes les fois que nous nous trouverons en présence d'un individu qui offre quelque espoir de relèvement, en présence d'un délinquant primaire, et toutes les fois que les circonstances qui ont entouré l'infraction ne présenteront pas une réelle gravité, nous devrons prononcer la peine d'amende, et cette peine seulement. Pour ces individus, auxquels le bénéfice de circonstances atténuantes ne peut être refusé, la peine de prison serait déshonorante, troublerait et ébranlerait leur famille ; la promiscuité malsaine des prisons ne pourrait avoir sur eux qu'une influence néfaste. Aussi, gardons-nous de leur faire connaître la prison et son régime intérieur.

4° L'amende que nous entendons ainsi substituer aux courtes peines de prison n'est pas l'amende telle qu'elle est organisée par notre Code pénal. Non; c'est une amende réorganisée, d'une part, dans son taux et dans son mode de recouvrement; une amende qui ne mériterait pas les reproches que l'on formule contre l'amende actuelle, et qui tiennent tous à son

inégalité dans le châtiment et à son mode défectueux de recouvrement ; une amende enfin qui
serait, en théorie et en pratique, la peine par
excellence de Bentham. Proportionnons donc
l'amende aux ressources pécuniaires du coupable, en prenant pour base le revenu de ses
biens ; assurons son mode de recouvrement en
exerçant contre les gens solvables des poursuites
rigoureuses sur leurs biens, en permettant aux
insolvables de se libérer au moyen de corvées
pénales obligatoires ; supprimons enfin la disposition de l'article 55 du Code pénal, qui, édictant
la solidarité entre codélinquants, anéantit le
caractère de personnalité et d'individualité que
doit avoir toute peine, et « nous obtiendrons
ainsi un triple avantage, comme le fait remarquer
M. Bonneville de Marsangy : 1° bénéfice moral par
la suppression de l'impunité ; 2° bénéfice humani-
taire par la suppression des haines et des ven-
geances que suscitent les poursuites contre les
insolvables; 3° bénéfice financier par le recouvrement en travaux ou prestations des amendes et
frais de justice. On pourra ajouter l'inappréciable
avantage d'une loi honnête, libérale, populaire,
obtenant l'approbation de tous les esprits pro-
gressifs ».

SECONDE PARTIE

——

AMENDE FISCALE

————∘∘⦂⦂∘∘————

Dans notre législation, à côté des amendes pénales, à côté des amendes civiles, que nous n'étudierons pas, existent des amendes auxquelles la doctrine a donné le nom d' « Amendes fiscales ». On peut les définir « des condamnations pécuniaires prononcées contre des individus à raison d'un préjudice par eux causé au Trésor ».

D'après cette définition, il semblerait que toute infraction donnant naissance à un préjudice envers le Trésor, devrait être sanctionnée par une amende fiscale. Il n'en est rien. Beaucoup d'infractions, en effet, dont les conséquences sont un dommage pour l'État, sont punies d'amendes purement pénales. Telles sont: les dégradations des monuments publics, les infractions aux lois sur les chemins de fer (voyage sans billet). Il en est d'autres, au contraire, qui sont considérées comme des délits fiscaux, bien qu'en les commettant, le coupable ne se soit soustrait qu'à la rémunération d'un service rendu par l'État : telles sont les fraudes sur l'affranchissement de la correspondance [1]. Il résulte de cet exposé que l'on ne peut donner une définition du délit fiscal. Il est donc nécessaire de procéder en cette matière par voie d'énumération. Les auteurs et la jurisprudence considèrent comme délits fiscaux : les délits de douane, les délits des contributions indirectes, les délits d'octroi, les délits des postes et télégraphes, les délits sur la garantie des matières d'or et d'argent. La jurisprudence reconnait également à l'amende forestière [2] un caractère mixte.

1. Paris, 22 décembre 1893 (S. 84. 2, 77).

2. Sur ce point, la jurisprudence est unanime : elle reconnait que l'amende en matière forestière revêt un caractère mixte ; elle appuie sa décision sur les arguments que nous pouvons résumer de la manière suivante : 1° le législateur en matière forestière a eu pour but de frapper le délinquant d'une répression pécuniaire égale au profit et au dommage que lui a rapporté et causé l'infraction ; 2° c'est ainsi que le taux de l'amende est basé sur le nombre, l'essence et la grosseur des arbres, et que, pour la détermination définitive de l'amende, on doit prendre en considération tous les produits enlevés, que l'on additionne, sans distinguer entre le cas où la coupe ou l'enlèvement aurait eu lieu en une seule fois, de manière à ne constater qu'un seul délit, et celui où les actes incriminés constitueraient plusieurs délits distincts (art. 192, 194 et 34 Code forestier) ; 3° le taux de l'amende sert de base au calcul des dommages-intérêts (art. 202 Code forestier) ; 4° l'art. 159 du C. f. donne enfin à l'administration le droit de transiger. Nous ne sommes pas partisan des arguments invoqués à l'appui de son opinion par la Cour de cassation, et nous préférons voir dans l'amende forestière une véritable peine plutôt qu'une amende ayant un caractère mixte. Nous dirons donc : l'amende en matière forestière est une peine, et nous invoquerons à l'appui de cette opinion les arguments suivants : 1° des

Nous avons étudié, dans la première partie de ce travail, le caractère et les conséquences du caractère de l'amende pénale ; examinons donc le caractère de l'amende fiscale, et demandons-nous quelles règles devront être appliquées à ces peines.

textes nombreux du Code forestier supposent que l'amende est une peine : tels sont les art. 198, 199, 202 et 204, qui, indépendamment d'une disposition relative à l'amende, ont également une disposition relative aux dommages-intérêts et aux restitutions. Si l'on admettait l'opinion de la Cour de cassation, l'amende ferait double emploi avec les dommages-intérêts.—2° Si l'amende était une réparation civile, elle devrait être attribuée à la partie lésée. Or, c'est à l'État que l'amende est toujours attribuée (C. f. 204).—3° L'art. 306 C. f. n'étend pas la responsabilité civile à l'amende, mais seulement aux restitutions, dommages-intérêts et frais : qu'est-ce à dire, si ce n'est que l'amende forestière a toujours été considérée par le législateur comme une peine ? — Cass. crim., 20 mars 1862 (D. 62, 1, 443), 21 novembre 1878 (D. 79. 1, 386, 22 décembre 1892 (D. 93, 1, 159).

CHAPITRE Ier

CARACTÈRE DE L'AMENDE FISCALE

La question de savoir si l'amende en matière fiscale doit être considérée comme une peine ou comme la réparation civile d'un dommage causé à l'État, est discutée [1] depuis plus d'un siècle.

La Cour de cassation a été appelée à se prononcer sur cette question du caractère des amendes fiscales, le 28 messidor an VIII [2], dans l'espèce suivante.

L'administration de la régie avait opéré une saisie de marchandises anglaises au domicile d'un sieur Mitchell. Avant qu'aucune poursuite fût engagée, le sieur Mitchell mourut. La régie n'en poursuivit pas moins le curateur de la succession de Mitchell devant le tribunal cor-

---

1. DALLOZ, *Douanes*, nos 973 et suiv., *Suppl.*, 495, 687, 690. — DALLOZ, *Octroi*, n° 392. — DALLOZ, *Impôts indirects*, n° 513. — DALLOZ, *Peine*, 763, *Suppl.*, n° 736. — Pandectes (*Amende*), n° 95 et suiv. (*Douanes*), n° 2414 et suiv. — FUZIER-HERMAN, *Amende*, n° 31 et suiv. — BLANCHE, T. Ier, n° 266. — ORTOLAN, n° 1583. — CHAUVEAU et HÉLIE, n° 130. — MANGIN, T. II, n° 279, 55 à 60. — GARRAUD, *Précis*, 1er fascic., n° 218, p. 283. — Fabien THIBAULT, p. 104 et suiv. — LE BALLEUR, *Amendes de consignation, amendes de contravention*, p. 46 à 49.

2. S. 1, 1, 309.

rectionnel de Bruxelles ; l'action de la régie fut dite à bon droit. Appel fut formé et l'affaire portée devant le tribunal de la Dyle, qui confirma purement et simplement le jugement du Tribunal de Bruxelles. Le curateur se pourvut en cassation, et, à l'appui de son pourvoi, disait :

1° Le tribunal correctionnel n'est compétent que pour les cas dans lesquels il peut y avoir lieu à action publique. Il n'est appelé à statuer sur l'action civile que lorsque celle-ci est jointe à une action publique. Or, aux termes de l'article 7 du Code des délits et des peines, l'action publique est éteinte par la mort du prévenu. Aucune poursuite n'était donc possible ; de plus, aux termes de l'article 184 de la même loi, dans les affaires soumises aux tribunaux correctionnels, le prévenu doit être interrogé. Or, sous peine d'étendre la responsabilité pénale aux héritiers, on ne peut pas dire de l'héritier d'un prévenu que cette qualité le constitue lui-même prévenu.

Le Tribunal de cassation accueillit favorablement le pourvoi. Il considéra que l'amende ordonnée par la loi pour la punition d'un délit, ne peut être poursuivie que par l'action publique : cette action étant éteinte, la régie ne pouvait poursuivre la condamnation des héritiers. Il déclara nul et non avenu le jugement du Tribunal de Bruxelles du 24 brumaire an VII, ainsi que le jugement du Tribunal de la Dyle, mais renvoya la régie à se pourvoir « pour l'exercice de l'action civile qui pouvait lui compéter contre la succession de Mitchell, et ainsi qu'il lui appartiendrait ». Cette dernière disposition de l'arrêt de cassation porterait à croire que, si les héritiers d'un délinquant ne peuvent être condamnés à l'amende par les tribunaux correctionnels et sur action publique, ils peuvent être condamnés à l'amende par les tribunaux civils et sur action civile. Tel n'a pas été l'avis du Tribunal de cassation : ce tribunal réserve bien à la régie l'exercice d'une action civile contre les héritiers du délinquant ; mais cette action civile n'est autre que l'action en validité de saisie des marchandises prohibées ; c'est l'action relative à la confiscation et non à l'amende. Comment en douter en présence des considérants de l'arrêt et de son dispositif? Comment admettre que l'action civile qui est ainsi réservée à la régie soit l'action en condamnation à l'amende, quand le Tribunal de cassation déclare que l'amende de douanes est la punition d'un délit, et ne peut être poursuivie que par action publique contre le délinquant seul? Il y aurait alors, dans l'arrêt, des dispositions qui viendraient se contredire.

Le Tribunal de cassation a adopté la doctrine de Merlin. Celui-ci dit, en effet, dans son réper-

toire[1], « que, les amendes de contravention étant
personnelles, l'héritier n'en saurait être tenu
lorsqu'elles n'ont pas été prononcées contre le
contrevenant même ».

Le 19 décembre 1806, la question se présenta
à nouveau devant la Cour de cassation. Les
sieurs Brizous, Belleville et Faurès, convaincus
de s'être rendus coupables d'importation de
marchandises anglaises, avaient été poursuivis
devant le Tribunal de Saint-Brieuc. Par jugement de ce tribunal en date du 19 prairial de
l'an XIII, Belleville et Faurès avaient été condamnés, Brizous avait été acquitté. La régie
porta appel de la décision en ce qui concernait
Brizous, bien que le ministère public eût
acquiescé. Par arrêt du 14 juin 1806, la Cour de
justice criminelle du Morbihan annula le jugement du Tribunal de Saint-Brieuc, déclara
Brizous coupable et le condamna à l'amende.
Pourvoi en cassation par Brizous : à l'appui de
son pourvoi, il faisait valoir qu'en le condamnant
à une peine publique sur le seul appel de la régie,
« qui, disait-il, n'était au procès que partie
civile », l'arrêt attaqué avait violé les dispositions

1. MERLIN, *Répertoire*, v° *Amende*, § 4 et 5. — Il cite la jurisprudence des arrêts du conseil à ce sujet. Des arrêts du 30 septembre et 25 décembre 1721, 18 mars, 24 avril et 10 juillet 1725
avaient jugé le contraire ; mais, par arrêts du 24 août 1727, 14 février
1728, 6 août 1729 et 13 juillet 1732, c'était la solution indiquée dans
l'arrêt du 28 messidor an VIII qu'ils avaient adoptée.

de l'article 5 du Code des délits et des peines du 3 brumaire an IV, et que c'était, par suite, sur les seules poursuites du ministère public qu'il aurait dû être condamné.

Merlin soutint la thèse contraire, et aux arguments de Brizous répondit : 1° Il en est des amendes en matière de douanes comme des confiscations. « Les amendes, en cette matière, sont considérées moins comme des peines que comme des mesures à la fois politiques et commerciales ; de là vient que la régie partage avec le ministère public le droit de les provoquer. » 2° Un arrêté du Directoire exécutif du 27 thermidor an IV vient renforcer l'opinion émise. Il déclare, en effet, « que les amendes et la confiscation à prononcer contre les contrevenants aux lois sur les douanes ne sont pas de la même nature que les peines à prononcer contre les délinquants qui troublent l'ordre social, et ne doivent être envisagées que comme des mesures propres à assurer la prépondérance du commerce et des manufactures nationales sur le commerce et les manufactures de l'étranger ». 3° Les lois donnent à la régie le droit de poursuivre les amendes de douanes : telles sont la loi du 22 août 1791 et la loi du 15 août 1793, article 3, qui veut que la confiscation des marchandises prohibées soit prononcée à la requête du régisseur des douanes « avec amende ». 4° La régie a qualité pour faire prononcer la confiscation des marchandises : comment n'aurait-elle pas qualité pour faire prononcer des amendes ? N'a-t-elle pas droit aux cinq sixièmes du produit des amendes, comme aux cinq sixièmes du produit des confiscations ? 5° Il ne faut faire aucune distinction entre la nature de l'infraction qui donne lieu à la poursuite : les amendes prononcées pour délits de douanes sont de la même nature que les amendes de contravention. Or, on ne peut attribuer à ces dernières le caractère de peine. Elles sont si peu regardées comme ne pouvant être poursuivies que par le ministère public, qu'il n'y a point de ministère public près les juges de paix. 6° Enfin, une objection faite par le demandeur en cassation consiste à dire que l'amende en matière de douane, ne pouvant pas être prononcée contre les héritiers d'un contrevenant, est une peine, et, par suite, qu'elle ne peut être provoquée que par le ministère public. Ce fait qu'une amende ne peut être prononcée contre l'héritier d'un prévenu ne donne pas à l'amende un caractère pénal tel, que le ministère public puisse seul la faire prononcer. Le juge de paix ne peut pas plus que le ministère public condamner l'héritier d'un prévenu à l'amende, et cependant il est certain que la régie des douanes a le droit de poursuivre et a qualité de conclure devant le juge de paix à la condamnation aux amendes que les contrebandiers ont encourues [1].

La Cour de cassation adopta les conclusions de Merlin. Elle déclara valable la condamnation à l'amende prononcée par la Cour de justice criminelle du Morbihan contre Brizous, sur les conclusions de l'administration seule : « Les tribunaux, dit-elle, peuvent prononcer la confiscation et l'amende sur la seule réquisition de l'administration des douanes, même lorsque l'officier chargé du ministère public donnerait des conclusions contraires. [2] » On remarquera que, dans cet arrêt, la Cour de cassation ne s'est pas prononcée d'une façon catégorique sur le caractère de l'amende en matière de douanes ; elle s'est contentée de constater qu'en vertu de textes de lois formels, la régie des douanes a le droit de provoquer, comme le ministère public, une condamnation à l'amende.

Dans une autre espèce, la Cour de cassation reconnut à l'amende en matière de douanes le caractère de réparation civile. Une veuve Marchand et sa fille, âgée de 10 ans, avaient

---

1. MERLIN, *Répertoire*, v° *Amende*, § 4, et *Appel*, section II, § 10.
2. Mais le 23 février 1821, un arrêt de cassation déclarait que le tribunal d'appel ne peut. en réformant le jugement attaqué par l'administration des domaines seule, condamner le prévenu à l'emprisonnement.

été poursuivis devant le Tribunal correctionnel
des Sables-d'Olonne pour s'entendre condamner solidairement au paiement d'une amende
de 100 francs et à la confiscation de cinq kilogrammes de sel, saisis sur la fille Marchand
le 26 décembre 1810. La veuve Marchand, à
cette action de la régie, répondait qu'elle n'était
pas responsable du délit commis par sa fille ; que
du reste celle-ci n'était point coupable ; qu'elle
avait agi sans discernement, et que, par suite,
elle ne pouvait être condamnée à aucune peine ;
que, de plus, la contravention a été commise
par sa fille et non par elle, et que, s'il y avait
une responsabilité à encourir, ce ne pourrait
être qu'une responsabilité civile. Mais cette
responsabilité ne reçoit pas son application en
matière criminelle.

Un jugement du Tribunal des Sables-
d'Olonne condamna Marie Marchand à l'a-
mende de cent francs, mais renvoya la mère
des fins de la poursuite. Le Tribunal basait sa
décision sur ce que les peines étaient personnelles, et ne pouvaient être appliquées qu'aux
personnes auteurs mêmes du délit. Quant à la
responsabilité des parents, édictée par l'article
1384 du Code civil, elle ne pouvait être prononcée, attendu que la responsabilité civile ne
s'étend qu'aux réparations civiles et aux dommages-intérêts, et non aux peines. Or, dans

l'espèce, l'amende est une peine qui est personnelle à la fille Marchand, comme le délit qu'elle a commis.

L'administration des douanes porta appel de ce jugement. Les premiers juges, soutenait-elle, ont envisagé sous un faux rapport l'amende prononcée par la loi. Ce n'est pas une peine, mais une réparation civile du dommage causé à l'État par la fraude : il y a donc dommage causé ; par suite, l'art. 1384 du Code civil est applicable. La veuve Marchand est personnellement responsable, et civilement responsable, parce que le père et la mère, après le décès du père, sont responsables des dommages causés par leurs enfants mineurs habitant avec eux, à moins qu'ils ne prouvent que la faute a été commise sans qu'ils aient pu l'empêcher de l'être.

L'arrêt de la Cour criminelle de Vendée du 14 janvier 1811, confirma purement et simplement le jugement du Tribunal des Sables-d'Olonne. Pourvoi en cassation de la part de l'administration des douanes. Il était basé sur les différents moyens que nous avons ci-dessus indiqués, et en plus : 1° sur ce que les tribunaux civils sont appelés généralement à prononcer l'amende en matière de douanes ; 2° sur ce que l'art. 20 du titre XIII de la loi du 22 août 1791 rendait les propriétaires des marchandises sai-

sies responsables civilement du fait de leurs
agents, en ce qui concerne les droits et confiscations et amendes ; 3° sur ce que la jeune Marchand devait être considérée comme l'agent de
sa mère, et cette dernière, par suite, devait être
réputée propriétaire des marchandises, et, comme
telle, devait se voir appliquer l'art. 20 de
la loi du 22 août 1791 ; 4° sur ce que le délit
avait été accompli par la jeune Marchand sur
l'ordre de sa mère ; car celle-ci ne pouvait prou-
ver qu'il lui avait été impossible d'empêcher la
fraude d'être commise.

Le 6 juin 1811, la Cour de cassation rendit
un arrêt conforme au système de l'administration des douanes. « Attendu, dit l'arrêt, qu'en
matière de simples contraventions aux lois sur
les douanes, l'amende encourue par les contrevenants n'est point une peine proprement dite ;
qu'elle doit être considérée comme une réparation du préjudice causé à l'État par les effets de
la fraude, et que, par cette raison, les tribunaux
civils ont aussi dans beaucoup de cas le droit
de la prononcer ; qu'elle ne peut donc être assi-
milée aux peines, qui sont personnelles, et ne
peuvent être appliquées qu'à ceux qui ont commis le délit qui y donne lieu ; d'où il suit, lorsque, comme dans l'espèce, la contravention a
été commise par un enfant mineur demeurant
chez ses père et mère, ceux-ci sont civilement

responsables du fait de leur enfant, tant qu'ils n'ont pas prouvé qu'il n'a pas été en leur pouvoir de l'empêcher, et qu'en jugeant le contraire la Cour de justice criminelle dont l'arrêt est attaqué s'est écartée du vœu de l'art. 1384 du Code Napoléon ; — Attendu 2° que, par une disposition particulière, la loi du 22 août 1791 rend les propriétaires de marchandises responsables civilement du fait de leurs agents, en ce qui concerne les droits, les confiscations et l'amende ; que cette disposition prouve encore que l'amende n'est point une peine qui soit exclusivement applicable à celui qui a personnellement et matériellement commis la contravention ; que, dans l'espèce, la fille Marchand, âgée de 10 ans, est présumée de droit agir pour le compte et l'intérêt de sa mère, chez laquelle elle demeurait, en transportant le sel dont il s'agit sans que les droits dus eussent été acquittés ; que, sous ce second rapport, la veuve Marchand était encore responsable civilement de la fraude commise par sa fille. . . . Par ces motifs, casse l'arrêt de la Cour de justice de Vendée, etc. [1] »

Ainsi donc, de l'arrêt ci-dessus relaté, il résulte qu'en matière de douanes, l'amende prononcée contre les contrevenants est moins une peine qu'une réparation civile accordée à l'État.

---

[1]. Cass. crim., 6 juin 1811 (S. 3, 1, 356). — BLANCHE, n° 290, p. 360.

Les père et mère seront responsables de l'a-
mende prononcée contre leur enfant mineur par
application de l'article 1384 du Code civil, et
par application de l'idée contenue dans l'article
20 de la loi du 22 août 1791 (titre XIII), toutes
les fois qu'ils ne prouveront pas leur impossibilité à empêcher la fraude ; car, dans ce cas, le
coupable est réputé leur *agent*, et eux-mêmes
sont considérés comme *propriétaires* des marchandises.

Une affaire analogue à l'affaire Mitchell se
présenta devant la Cour de cassation le 9 décembre 1813.

Le 27 juillet 1812, les agents de la régie
constataient, dans le jardin d'une ferme appar-
tenant à un sieur François Vaubrabant, l'existence de plantes de tabac dont la plantation
n'avait pas été autorisée. Procès-verbal fut
dressé. Devant le tribunal correctionnel de
Furnes, devant lequel Vaubrabant avait été cité,
celui-ci prétendit que ce n'était pas lui qui avait
fait planter ni planté les tabacs ; que c'était la
femme Top, sa fermière, qui les avait plantés.
La régie fit remarquer que le contrevenant ne
prouvait pas que la veuve Top était bien sa fermière, et que, jusqu'à preuve contraire, elle devait être présumée sa domestique. Un jugement
du Tribunal de Furnes déclara la régie non recevable dans sa demande. Elle forma appel, et

le Tribunal correctionnel de Bruges confirma la première décision. La régie se pourvut alors en cassation ; l'arrêt de Bruges fut cassé, et les parties renvoyées devant la Cour d'appel de Bruxelles. François Vaubrabant fut alors cité pour procéder sur l'appel intenté du jugement du Tribunal de Furnes ; mais il mourut avant qu'aucune solution eût été donnée. La régie fit citer le fils en reprise d'instance. La Cour de Bruxelles rendit un arrêt par défaut contre Vaubrabant fils, arrêt aux termes duquel elle rejetait l'acte d'appel dirigé contre lui, et condamnait l'administration aux dépens. Elle déclarait à l'appui de sa décision « que toute action publique, même celle qui tend à la punition d'une simple contravention, s'éteint par la mort du prévenu, les peines étant personnelles, et la mort du coupable devant faire cesser, à la charge de ses héritiers, toute poursuite du chef de ladite amende ». Mais, comme dans l'affaire Mitchell, elle réservait à la régie son action, tant pour obtenir la confiscation du tabac saisi que pour faire appliquer l'amende en question à la charge de tout autre contrevenant, s'il y avait lieu.

Un nouveau pourvoi fut formé par la régie. Elle prétendit qu'une amende dont la poursuite lui était confiée, à elle administration civile, ne pouvait être une peine proprement dite, mais qu'elle devait être considérée comme une répa-

ration civile du dommage causé par la contravention. Ce n'était pas une action publique que celle
qui tendait à faire prononcer l'amende, mais
bien une action civile. Or, aux termes de l'article 2 du Code d'instruction criminelle, l'action
civile pour la réparation du dommage peut être
exercée contre le prévenu et ses représentants.

Quels furent d'abord l'avis et les conclusions
du ministère public dans cette espèce ?

La régie fonde son pourvoi, disait l'organe
du ministère public, sur la violation de loi, en
tant que l'arrêt de Bruxelles a rejeté l'appel de
la régie, et a jugé que cet appel ne pouvait être
poursuivi contre l'héritier du contrevenant, à
l'effet de le faire condamner à une amende.
Elle prétend encore que la loi a été violée par
l'arrêt, en tant qu'il a refusé de prononcer contre
l'héritier la confiscation des plantes de tabac
saisies. Ce sont là deux points de droit distincts.

Sur le premier, deux principes sont cons-
tants : toute amende est une peine, et toute
peine est personnelle. Comme conséquence,
aucune amende ne peut être poursuivie qu'à la
charge du contrevenant lui-même, et elle
ne peut l'être contre son héritier. Quant
à la prétention de la régie de vouloir faire
admettre que l'amende en matière de droits
réunis est moins une peine qu'une réparation du préjudice causé à l'État par les effets

de la fraude, il y a lieu de la repousser. Tout porte à croire et à admettre que l'amende, en cette matière comme en droit pénal ordinaire, est une peine. On peut en trouver la preuve dans les arguments suivants :

1° Si l'amende n'était qu'une réparation civile, elle ne serait pas fixe ; la détermination du taux de l'amende serait laissée à l'appréciation des juges, qui proportionneraient la peine pécuniaire au dommage causé. 2° Or, l'amende est prononcée même en cas de tentative, c'est-à-dire même dans le cas où aucun préjudice n'a été causé à l'État. 3° Si l'amende n'était qu'une réparation civile, elle ne pourrait jamais être prononcée sur les poursuites du ministère public. Les actions civiles ne peuvent être intentées, en effet, par le ministère public ; il ne peut que les soutenir quand elles sont intentées par le Trésor. 4° Si l'amende n'était qu'une réparation civile, seuls les tribunaux civils auraient le droit de la prononcer. Or, il n'en est pas ainsi : c'est aux tribunaux correctionnels qu'il appartient toujours de prononcer l'amende.

La régie invoque, en outre, le fait qu'elle partage avec le ministère public le droit de provoquer les amendes de contraventions aux droits dont le recouvrement lui est confié. Or, quelle est l'action qu'une administration peut intenter ? Ce ne peut être une action publique ;

car, d'après l'art. 1er du Code d'instruction criminelle, l'action pour l'application des peines n'appartient qu'aux fonctionnaires auxquels elle
est confiée par loi. C'est donc comme partie
civile que l'administration des droits réunis
poursuit la condamnation aux amendes et les
confiscations contre les contrevenants. Or, le
ministère public pouvant intenter l'action que
la loi accorde à la régie, c'est donc par une
action civile qu'il peut poursuivre la condamnation à l'amende.

Il faut répondre que, sans doute, c'est en
sa qualité de partie civile que l'administration des droits réunis intente les actions en condamnation aux amendes et confiscations ; mais
les poursuites ainsi intentées n'ont pas un
« caractère privé ». Elles n'en constituent pas
moins de sa part une action véritablement
« publique » pour « l'application des peines ».

Merlin cite plusieurs arrêts qui confirment
cette opinion.

Sur le second point, la confiscation est
réelle : « Elle affecte les choses saisies. Ce sont
les choses saisies qui forment le corps de la
contravention à laquelle la loi inflige la peine de
la confiscation ; la peine de la confiscation doit
atteindre les choses saisies, tant qu'elles existent,
partout où elles se trouvent ; elle doit donc les
atteindre même entre les mains des tiers à qui

le contrevenant les a transmises ; elle doit donc les atteindre entre les mains de l'héritier du contrevenant[1]. »

La Cour[2] admit le système de Merlin. Elle décida : 1° que les amendes ont, « en matière fiscale » comme dans toutes les autres matières, un caractère pénal ; qu'elles sont donc personnelles, et qu'elles s'éteignent par la mort du contrevenant ; si la régie a le droit de les faire prononcer, « c'est parce qu'elle en a reçu l'attribution de la loi », attribution qui est fondée sur ce que « les amendes font partie des intérêts fiscaux qui sont confiés à sa surveillance » ; mais que son action n'en est pas moins soumise « aux règles qui concernent les actions publiques » ; — 2° Que la confiscation, au contraire, n'a rien de personnel ; qu'elle n'affecte que les marchandises, et doit les atteindre en quelques mains qu'elles se trouvent.

La Cour de cassation rejeta le pourvoi de la régie, en tant qu'il avait pour objet de faire casser l'arrêt qui refusait de condamner l'héritier du contrevenant à l'amende, mais l'admit en ce qu'il n'avait point prononcé la confiscation[3].

1, MERLIN, Répertoire, *Droits réunis*, § 3 et § 4.

2 S. 1814, 1, 94.

3. A la différence de l'affaire Mitchell, le Tribunal aurait dû, contrairement à l'opinion de l'arrêt de Bruxelles, prononcer la confiscation, en se référant au décret du 1er germinal an XIII, dont l'article 34 était ainsi conçu : « Dans le cas où le procès-verbal portant

La question du caractère de l'amende fiscale se représenta, en 1828, dans une affaire en tout point semblable à l'affaire Marchand. (Arrêt de 1810.) Voici dans quelles circonstances :

Le fils d'un sieur Bueb, âgé de 17 ans, avait introduit en fraude 75 kilogrammes de sucre

saisie d'objets prohibés sera annulé pour vice de forme, la confiscation desdits objets sera néanmoins prononcée sans amende, sur les conclusions du poursuivant ou du procureur impérial. La confiscation des objets saisis en contravention sera également prononcée, nonobstant la nullité du procès-verbal, si la contravention se trouve suffisamment constatée par l'instruction. »

L'arrêt de 1813 est approuvé par tous les auteurs.—GARRAUD, T. Ier, n° 354, p. 578, note 13. — HAUSS, T. II, n° 776. — CHAUVEAU et HÉLIE, n° 130. — FABIEN THIBAULT, p. 111. — BLANCHE, T. Ier, n° 299. — DALLOZ, *Instruct. crim.*, n° 58 ; *Peine*, n° 771. — Pandectes, *Amende.* n°s 315, 348. — DALLOZ, *Douanes*, n° 865, Suppl. n° 688. — MANGIN, T. II, n° 279, p. 55 et 56. — FAUSTIN-HÉLIE, *Instruct. criminelle*, n° 973. — LESELLYER, *Action publique et action privée*, n°s 336, 337.

On pouvait considérer comme une chose acquise que l'action publique était éteinte par le décès du délinquant. Des arrêts nombreux avaient été appelés à juger la question, et tous avaient refusé à l'administration de poursuivre la condamnation à l'amende contre les héritiers d'un contrevenant. Or, le 10 janvier 1896, la Cour de Paris a rendu un arrêt dont voici le sommaire : « L'amende, en matière de contributions indirectes, est un mode particulier et dérogatoire au droit commun de répression ou de réparation du préjudice causé au Trésor public par la fraude, envisagée plutôt comme un acte dommageable aux intérêts de l'État que comme une infraction intéressant l'ordre public ; elle peut donc, de même que la confiscation, être prononcée contre le représentant à titre universel de l'auteur de la fraude, spécialement contre sa femme et sa fille. » (Gazette du Palais, 96, 1, 299.)

C'est le bouleversement complet de la jurisprudence précédemment admise. Pour arriver à cette solution, sur quels arguments s'est appuyée la Cour de Paris ? La Cour de Paris a emprunté les motifs de son arrêt, non pas aux arrêts rendus par la Cour de cassation dans des espèces semblables à celle qu'elle était appelée à juger, mais dans des espèces toutes différentes, où il s'agissait de savoir si

raffiné. La régie poursuivit et le contrevenant et le sieur Bueb père, ce dernier comme civilement responsable des actes de son fils mineur. Le Tribunal de Colmar avait condamné Bueb fils à une amende de 500 francs, mais avait renvoyé le père des fins de la poursuite. La Cour de Colmar, appelée à statuer, confirma le jugement en se basant sur l'article 9 du Code pénal, qui donne à l'amende le caractère exclusif de peine.

La Cour de cassation [1], dans son arrêt du 30 mai 1828, déclara que : 1° si les amendes ont en général le caractère de peine dont l'effet, personnel à l'auteur du délit, est restreint, sous le rapport de la responsabilité civile, aux dommages-intérêts, il en est autrement quand les

le père était responsable civilement des amendes encourues par son fils.

Cet arrêt de la Cour de Paris n'a pas été soumis à la Cour de cassation ; il lui eût été soumis, que celle-ci aurait été fort embarrassée, je crois, pour le repousser : elle eût été obligée de combattre les motifs qu'elle avait fait valoir pour donner à l'amende le caractère de réparation civile que lui reconnait la Cour de Paris.

Cette nouvelle orientation de la jurisprudence aura pour conséquence de rendre tout à fait inapplicables aux amendes fiscales les règles qui régissent les amendes pénales. Après avoir écarté la règle du non-cumul de l'art 365 C. I. cr. (Cass., 28 janvier 1876 et note de M. Villey. — 22 décembre 1876, S. 77, 1, 234 ; S. 76, 1, 89.— Cass., 19 octobre 1894, S. 95, 1, 110), après avoir repoussé l'application de la loi de 1891 (Cass., 19 novembre 1891, S. 92, 1, 107. — 22 décembre 1892, S. 93, 1, 103. — Agen, 6 avril 1894, S. 94, 2, 272), elle écarte l'application du principe de la personnalité des peines. Bientôt toutes les règles des peines seront toutes écartées : peut-être alors l'administration trouvera-t-elle des inconvénients à ce système.

1. S. 28, 1, 319.

lois particulières qui régissent une matière
spéciale, ont dérogé au principe du droit commun. 2° Or les lois qui régissent les amendes en
matière de douanes, ont entendu déroger au
droit commun. C'est ainsi que la loi du
22 août 1791 déclare les propriétaires de marchandises responsables des amendes prononcées contre leurs préposées à raison des délits
de douane commis à l'occasion de ces marchandises ; que la loi du 4 germinal an II (titre III,
art. 8) soumet les conducteurs des messageries
et voitures publiques aux lois de douanes,
édictent contre eux une amende de 300 livres
en cas de contravention, et de plus, les rend
solidaires avec les conducteurs pour les délits
commis par eux à l'aide de leurs véhicules ; —
que la loi du 28 avril 1816 considère l'amende
comme une condamnation civile. L'article 36
s'exprime en effet ainsi : « Les crimes prévus
par les articles précédents seront jugés et punis
ainsi que le prescrit la loi du 20 décembre 1815,
et il sera en même temps statué sur les condamnations civiles en résultant, telles que confiscations, amendes et dommages — intérêts. »
3° D'après les lois de douanes, et notamment aux
termes de l'article 16 de la loi du 17 décembre
1814 et 16 de la loi du 27 mars 1817, les juges
de paix sont compétents comme juges civils.
C'est même le juge de droit commun. En cas

d'àppel, l'affaire est portée devant le tribunal civil ou devant la Cour, chambre civile.

Il résulte donc de toutes ces lois que les amendes en matière de douanes peuvent être prononcées contre des personnes qui sont restées étrangères au délit. L'amende prononcée comme sanction des contraventions douanières n'est donc pas une peine, puisqu'une peine est essentiellement personnelle : elle doit être considérée comme une réparation civile du préjudice causé à l'État par les effets de la fraude. C'est du reste par suite de son caractère de réparation civile que les tribunaux civils sont appelés à la prononcer dans beaucoup de cas. Il en résulte que, lorsqu'une contravention aura été commise par un fils mineur, le père devra être déclaré responsable civilement, conformément à l'article 1384 du Code civil, à moins qu'il ne prouve que la contravention a été commise malgré les efforts faits pour l'empêcher.

La Cour ajoutait, en outre, que le fils mineur qui partage la demeure de son père, et exerce la même profession que lui, doit être présumé « de droit », jusqu'à preuve contraire, avoir « agi » pour le compte et l'intérêt du père, comme son « agent ». Et alors le père devenait responsable, devenant propriétaire présumé des marchandises. (Art. 20 titre XIII, loi du 22 avril 1791.)

De nombreux arrêts ont été rendus sur cette question du caractère des amendes fiscales [1].

En les examinant, on peut voir que la jurisprudence n'a point de théorie d'ensemble; il y a parmi ses décisions de nombreuses variations. Tantôt, en effet, elle décide que les amendes ne peuvent être poursuivies contre les héritiers du contrevenant, parce qu'elles sont des peines, tantôt elle décide le contraire. Tantôt elle déclare les parents des enfants mineurs responsables civilement des amendes prononcées, parce que ces amendes sont des réparations civiles. C'est encore par le caractère de réparation civile qu'elle explique la disposition des lois de 1791 (22 août), du décret du 4 germinal an II et de la loi de 1816 (art. 36). Enfin, quand il s'est agi de l'application de la contrainte par corps pour arriver au recouvrement des amendes fiscales,

1. En matière de douanes : Cass., 17 décembre 1831 (S. 32, 1, 272; — 5 octobre 1832 (S. 32, 1, 737); — 19 août 1836 (S. 36, 1, 762); — 13 mars 1844 (S. 44, 1, 366); — 11 décembre 1863 (S. 64, 1, 301); — Bordeaux, 14 août 1891 (Gaz. Pal. 91, 2, 495); — Nancy, 5 novembre 1891 (S. 92, 2, 9); — Bourges, 17 décembre 1891 (Gaz. Pal. 91, 2. 737); — Douai, 12 janvier 1892 (Gaz. Pal. 92, 1, 280); — Cass., 22 décembre 1892 (Gaz. Pal. 92, 2, 748); — Besançon, 18 décembre 1890 (S. 92, 2, 174).

En matière d'octroi : Cass., 18 janvier 1861 (S. 61, 1, 471; — Riom, 18 mai 1892 (Gaz. Pal 92, 2, 569).

En matière de contributions indirectes : Cass., 11 octobre 1834 (S. 34, 1, 708); — 18 mars 1842 (S. 42, 1, 465); — 30 novembre 1869, S. 70, 1, 115; D. 70, 1, 30); — 19 novembre 1891 (Gaz. Pal. 91, 2), 611; D. 92, 1, 109); — 5 décembre 1896 (S. 98, 1, 429); — Montpellier 24 février 1898 (S. 98, 2, 199).

elle a considéré ces amendes comme de véritables peines. (Cass. ch. crim. 2 janvier 1845.)
Nous devons toutefois remarquer, avec M. Thibault, que les variations de la jurisprudence,
jusqu'en 1896, portent exclusivement sur les
motifs de ses décisions ; car, sur les différentes
questions d'application des principes contradictoires qu'elle a invoqués, ses solutions sont restées les mêmes ». La Cour de cassation, nous
pouvons le dire, n'a pas une opinion bien carac-
térisée sur le caractère des amendes fiscales.
Elle ne leur attribue pas exclusivement le caractère d'indemnité ; elle décide seulement qu'elles
ont plutôt le caractère de réparation civile que
celui de peine. Aussi dit-on que, dans ces matières, l'amende a un caractère mixte.

Quel est l'état de la doctrine sur le point qui
nous occupe actuellement ?

M. Mangin reconnaît que les amendes, dans
les matières fiscales, n'ont pas un caractère
purement pénal, et qu'un caractère civil vient
s'y mêler. Il explique son opinion en disant que
ces amendes sont « la réparation du dommage
réel ou du dommage légalement présumé que la
fraude ou la tentative de fraude fait éprouver au
Trésor en gênant ou en appauvrissant l'industrie nationale, et en diminuant ainsi une des
sources qui alimentent le Trésor de l'État ; et
c'est pour cela que les administrations exercent

dans ces matières l'action publique, ou participent à son exercice » [1]. Mais, tout en admettant
qu'un caractère civil vient se mêler au caractère pénal des amendes fiscales, il soutient que
le caractère principal et dominant de ces
amendes est le caractère pénal, et il approuve
les arrêts de la Cour de cassation refusant toute
poursuite en condamnation à l'amende contre
les héritiers du délinquant décédé avant qu'aucune décision soit intervenue contre le contrevenant lui-même. Il invoque, à l'appui de
son opinion, les mêmes motifs que Merlin dans
son réquisitoire prononcé dans l'affaire Vaubrabant. Pour lui, les amendes fiscales sont des
peines parce qu'elles sont fixes, et qu'elles sont
encourues alors même qu'aucun préjudice n'a
été commis. Ce sont des peines, parce que les
tribunaux de répression sont appelés souvent
en matière de douanes, et toujours en matière de
contributions indirectes, à punir des contraventions et des délits qui n'entrainent qu'une
amende. « Or, dit-il, il est de principe que les
tribunaux correctionnels ne peuvent connaître
des réparations civiles qu'accessoirement à un
délit, et en appliquant à ce délit les peines
édictées par la loi. Ces contraventions sont donc
des délits, et la répression que les tribunaux

---

1 et 2. Mangin, t. ii, n° 279.

prononcent est une peine. Or, cette répression
consiste dans une amende ; donc cette amende
est une peine [1].

Examinant ensuite les arguments sur lesquels la Cour de cassation a pensé pouvoir
se fonder pour donner aux amendes fiscales le
caractère de réparation civile, il déclare qu'ils
ne peuvent affaiblir l'opinion qu'il émet. L'art.
20 du titre XIII de la loi du 22 août 1791, et le
décret du 15 germinal an XIII, en étendant la
responsabilité civile aux amendes à l'égard des
propriétaires de marchandises, a dérogé au
droit commun, qui considère les peines comme
personnelles. Mais cette extension de la responsabilité civile n'a pas pu faire perdre aux
amendes fiscales leur caractère pénal. D'ailleurs, si le législateur, en matière fiscale, donne
à la responsabilité civile une étendue plus
grande qu'en matière ordinaire, c'est qu'il considérait le coupable comme n'ayant agi que sur
l'ordre et dans l'intérêt des personnes sous l'autorité desquelles il était placé, et c'est par cette
considération qu'il a été amené à les rendre responsables des amendes. Quant à l'article 56, titre
V, de la loi du 28 avril 1816, il ne peut être un
argument en faveur de la théorie qui voit dans
les amendes fiscales de véritables réparations
pécuniaires. « Ce serait abuser des mots « condamnations civiles » que d'en induire que le légis-

lateur s'en est servi dans le but d'ôter aux
amendes le caractère pénal qu'elles avaient
jusque-là. Si telle eût été son intention, non
seulement il l'aurait dit dans la discussion . et
en aurait exprimé les motifs, mais il aurait également changé la nature des amendes en matière de contributions indirectes, matière qui
se trouve réglée par la même loi. Or, il ne
l'a pas fait... ; d'ailleurs, cet article a été abrogé
par l'art. 38 de la loi du 28 avril 1818. » .

M. Mangin approuve les arrêts de la Cour
de cassation rendus le 30 mai et 5 septembre
1828, mais seulement en ce qu'ils déclarent le
père responsable des contraventions commises
par son fils, par le motif que « le fils devait être,
jusqu'à preuve contraire, présumé de droit a-
voir agi pour le compte et l'intérêt du père ».
Dans ce cas, en effet, le fils avait fait acte de
serviteur, et la loi du 22 août 1791 s'appliquait
au père. Celui-ci devait être déclaré responsable
en vertu de l'article 20 du titre XIII de cette loi,
et point n'était besoin de recourir au prétendu
caractère de réparation civile de l'amende pour
lui faire supporter la responsabilité de la peine
encourue par son fils. Mais, dans les autres cas
où le fils, ou, pour parler plus généralement,
dans les autres cas où l'enfant mineur ne serait
pas démontré avoir agi pour le compte et l'intérêt de ses parents, n'aurait pas été leur agent,

la loi de 1791 ne saurait s'appliquer. Quant à l'art. 1384 du Code civil, il ne saurait être invoqué, la responsabilité civile ne s'étendant pas aux peines, et l'amende en ces matières fiscales étant plutôt une peine qu'une réparation pécuniaire.

M. Blanche [1] et M. Trébutien [2] admettent la théorie de la Cour de cassation : les amendes fiscales doivent être considérées comme la réparation du préjudice causé à l'État.

MM. Chauveau et Hélie [3] repoussent au contraire la théorie de la Cour de cassation. Un principe qui domine notre législation est celui de la personnalité des peines ; mais à ce principe, comme à tout autre, la loi peut apporter des dérogations. C'est ce qu'elle a fait dans la loi du 22 août 1791, article 20, titre XIII. En décidant que les propriétaires de marchandises seraient responsables du fait de leurs facteurs, agents, serviteurs ou domestiques, en ce qui concerne les confiscations, amendes et dommages-intérêts, la loi a enlevé à l'amende son caractère personnel. La peine prononcée rejaillit sur des personnes étrangères à la contravention, au délit ; elle crée donc une exception, et, par suite, elle doit être interprétée restrictivement.

1. BLANCHE, T, Iʳ, nᵒˢ 290, 296.
2. TRÉBUTIEN, T. Iᵉʳ, p. 260.
3. CHAUVEAU et HÉLIE, T. Iᵉʳ, nᵒ 130.

La responsabilité créée par la loi de 1791 n'est pas une responsabilité civile véritable, fondée sur une dépendance nécessaire et sur une surveillance obligée (art. 1384), responsabilité qui atteindrait par suite tous les pères, maîtres et commettants. Non ; la loi de 1791 n'édicte de responsabilité que contre les propriétaires des marchandises : que conclure de là ? C'est que ceux-ci, en dehors de toute responsabilité civile ordinaire, sont tenus des amendes encourues par leurs préposés, en vertu d'une présomption que la fraude a été faite sur leurs ordres et dans leur intérêt. La loi les frappe parce qu'elle suppose chez eux une complicité qu'elle punit ainsi indirectement.

C'est par cette idée de complicité présumée qu'il faut expliquer la disposition de l'article 20 de la loi de 1791, et non par le prétendu caractère de réparation civile que posséderait l'amende en ces matières fiscales. L'amende ne cesse pas d'être une peine ; mais, par une dérogation au principe fondamental des peines, elle n'est point strictement personnelle. Elle n'est point une réparation civile, puisque seuls les propriétaires des marchandises en sont responsables. Si elle était en effet une réparation civile ordinaire, toutes les personnes indiquées par l'article 1384 se verraient rendre responsables des amendes encourues par leurs subordonnés.

Or, la loi de 1791 limite la responsabilité qu'elle édicte aux propriétaires des marchandises : quelle serait enfin la raison pour faire de l'amende fiscale une réparation du préjudice causé à l'État ? « L'État trouve la réparation du préjudice que la fraude lui a causé dans le paiement des droits et la confiscation des marchandises et des objets de transport : l'amende a une « mission pénale » ; elle flétrit la désobéissance aux lois, elle « punit » la fraude [1].

M. Garraud [2], de même que MM. Mangin, Chauveau et Faustin Hélie, considère l'amende fiscale comme une véritable peine ; mais, contrairement à l'opinion de MM. Chauveau et Hélie, il ne voit dans la loi du 22 août 1791 aucune dérogation à la règle que toute peine est personnelle. Il explique la responsabilité dont sont tenus les maîtres et commettants, propriétaires des marchandises, fermiers ou régisseurs, par ce fait qu'ils ont commis une faute en ne surveillant pas leurs préposés. « La loi, dit-il, a donc pu ériger en délit *sui generis* ce défaut de surveillance sans déroger au principe de la personnalité des peines. » C'est de cette manière qu'il faut expliquer les dispositions de cette loi du 22 avril 1791, de l'arrêté du 17 prairial an XI

1. Chauveau et Hélie, t. 1er, n° 130.
2. Garraud, t. 1er, n° 354, p. 580.

et de l'art. 35 du décret du 1ᵉʳ germinal an XIII, ainsi que des articles 45 et 60 du Code forestier. La responsabilité qui incombe subsidiairement à des personnes étrangères au délit, est une responsabilité pénale fondée sur le défaut de surveillance, défaut de surveillance qui est érigé en délit; mais il ne faut pas voir dans cette responsabilité une responsabilité civile. Non ; les personnes visées par les textes sont « pénalement responsables » parce qu'elles sont « personnellement coupables, non d'avoir commis la contravention, mais de l'avoir laissé commettre».

M. Garraud rejette l'explication de MM. Chauveau et Faustin Hélie. La responsabilité édictée par les textes susindiqués n'est pas fondée sur une présomption de complicité. Si les textes avaient considéré les propriétaires de marchandises comme complices de leurs préposés, toutes les peines prononcées contre ces derniers auteurs principaux leur seraient appliquées (art. 59 C. pénal); or, c'est l'amende seule qui leur est commune.

Il repousse la théorie de l'amende mixte : le caractère de peine est inconciliable avec le caractère d'indemnité. Il faut choisir; car, si l'on admet le caractère de peine pour une condamnation, on exclut le caractère d'indemnité et réciproquement. De plus, on ne comprendrait pas ce caractère d'indemnité donné à l'amende fiscale,

puisque l'art. 10 du Code pénal nous dit que
« la condamnation aux peines établies par la
loi est toujours prononcée, sans préjudice des
restitutions et dommages-intérêts qui peuvent
être dus aux parties », et que les administrations
financières ont le droit de conclure, non seulement à l'application d'une peine, mais à la condamnation des contrevenants à des dommages-
intérêts. L'amende ferait ainsi double emploi
avec ces dernières condamnations pécuniaires.

D'après M. Fabien Thibault [1], les arguments
admis par la Cour de cassation ne sont pas dé-
cisifs. Il explique historiquement certains
d'entre eux, et arrive à une solution opposée à
celle de la jurisprudence. Pour lui, l'amende en
matière fiscale est une véritable peine.

La jurisprudence prétend tirer des lois de
1791, du décret de germinal an II et de la loi
de 1816, ainsi que de plusieurs autres textes,
que l'amende fiscale doit être considérée
comme une réparation civile du préjudice causé
à l'État par les effets de la fraude. Or, la loi du
22 août 1791, titre XIII, article 20, est la
reproduction exacte de l'article 19 du titre XIV
de l'ordonnance de 1687 sur les eaux et forêts,
et, sous l'empire de cette ordonnance, les amen-

---

1. Fabien THIBAULT, *Du contentieux de l'administration des douanes*, p. 104 et suiv.

des avaient certainement le caractère de peines.
Comment la loi de 1791 a-t-elle pu changer le
caractère de ces amendes sans renfermer
aucune trace de ce changement[1]? La loi du
4 germinal an II ne doit pas être prise en considération, étant données les conditions peu
sérieuses dans lesquelles elle a été faite[2].
L'arrêté du 27 thermidor an IV, considérant
que la législation des douanes n'est évidemment que politique et commerciale, déclare
bien que les peines prononcées en cette matière
ne sont pas de la même nature que les peines
infligées aux délinquants qui troublent l'ordre
social ; qu'elles n'ont pour but que d'assurer la
prépondérance du commerce français. S'ensuit-
il que ces amendes doivent être considérées
comme des réparations civiles ? Cessent-elles
pour cela d'être des peines ? Si telle était la
conclusion que l'on devait tirer de cet arrêté,
il faudrait dire que les amendes prononcées
par les lois du 28 juillet 1824 et 23 juin 1857,
lois dont le but est également d'assurer la prépondérance du commerce et des manufactures
nationales sur le commerce et les manufactures
de l'étranger, ne sont pas des peines.

On a tiré argument de ce que le juge de paix,

---

1. MANGIN, T. II, n° 279.
2. Fabien THIBAULT, p. 106, note 2.

qui est un juge civil, était compétent pour les contraventions de douanes. Si ce magistrat a été chargé du jugement de ces matières, c'est que, suivant les termes de l'arrêté du 27 thermidor an IV, « cette compétence donne aux affaires de douane toute la célérité qu'elles exigent, et qu'on ne trouverait point dans les tribunaux correctionnels. » « Si les rédacteurs de cet arrêté, dit M. Thibault, avaient été d'avis que les amendes édictées· pour infraction aux lois de douanes, étaient des réparations civiles et non des peines, ils n'auraient pas manqué de faire observer que, si l'on déplaçait la compétence en cette matière, il fallait l'attribuer aux tribunaux civils, et non aux tribunaux correctionnels. Or, on ne trouve cette idée nulle part dans les phrases banales qui forment les considérants de cet arrêté. » [1]

M. Fabien Thibault explique les termes de la loi de 1816 par cette considération que les simples contraventions aux lois de douanes étaient autrefois poursuivies *civilement*. Il faut donc entendre par condamnations civiles celles qui peuvent être poursuivies civilement, telles que la confiscation, l'amende et les dommages-intérêts. D'ailleurs, la présence dans un même membre de phrase du mot amendes et domma-

1. Fabien Thibault *op. cit.*, p. 106.

ges-intérêts indique bien que le législateur n'a pas entendu les confondre, et qu'il n'a pas considéré l'amende comme une réparation civile. L'amende fiscale est donc une peine véritable. Quant à l'opinion qui considère l'amende comme ayant un caractère mixte, il faut la rejeter. Une action ne peut être à la fois « *tam pœnœ quam rei persequendœ gratia »,* en ce sens que la condamnation ait ce double caractère, indivis en quelque sorte dans toutes ses parties. Il n'existe pas de condamnations résultant d'une action mixte dans laquelle on ne puisse distinguer la partie pénale de la partie non pénale, jamais ce caractère mixte ne s'applique à toutes les parties d'une condamnation pécuniaire.

Bien que la jurisprudence de la Cour de cassation considère d'une façon formelle l'amende prononcée en matière fiscale comme une réparation civile du dommage causé, on ne doit voir dans l'amende fiscale qu'une véritable peine. Il est certain que les amendes fiscales ont, à certains égards et sous certains points de vue, le caractère de réparation civile. M. Garraud le reconnaît : « Les contraventions aux lois d'impôts n'étant punies, dit-il, qu'en raison du préjudice qu'elles causent au fisc, et non à raison de leur immoralité intrinsèque, l'amende fiscale est prononcée bien plus pour réparer un

dommage que pour punir un coupable[1]. » Mais,
dans ces amendes, le caractère principal et dominant est le caractère pénal. Si l'amende était
une réparation civile, elle ne serait pas fixe, elle
devrait disparaître quand l'infraction n'a pas
été suivie de dommage réel ; elle devrait pouvoir être poursuivie contre les héritiers du
délinquant mort avant qu'aucune poursuite ait
été intentée ; elle devrait être prononcée par les
tribunaux civils et non par les tribunaux correctionnels.

Si des personnes étrangères au délit et à la
contravention sont responsables des amendes
prononcées contre leurs subordonnés, c'est en
vertu d'une responsabilité pénale et non en
vertu d'une responsabilité civile. Et qu'on ne
vienne pas trouver extraordinaire que le législateur ait employé les mots « civilement responsables » pour créer une responsabilité pénale : il
faut expliquer cette impropriété des termes par
une raison historique. Dans notre ancien droit, en
effet, on employait le mot « civil » pour « pécuniaire. » D'ailleurs, si le législateur avait eu l'intention de donner aux amendes fiscales le
caractère de réparation civile et de leur enlever
le caractère pénal qu'elles avaient jusque-là, il
n'eût pas manqué de le dire dans la discussion

---

1. Garraud, t. Ier, n° 354, p. 380.

de la loi du 28 avril 1816. Il en aurait également fait connaître les motifs; il ne l'a pas fait. C'est donc qu'il entendait conserver aux amendes fiscales le caractère pénal qu'elles avaient sous l'empire de la loi de 1791, dont la loi de 1816 n'était du reste qu'une disposition interprétative. Or, comme nous le savons, la loi de 1791 n'était que la reproduction de l'ordonnance de 1687 sur les eaux et forêts, ordonnance qui considérait les amendes comme de véritables peines.

Le législateur moderne, contrairement à la jurisprudence, paraît incliner vers la solution qui refuse à l'amende fiscale le caractère de réparation civile. C'est ainsi que la loi du 28 février 1872, sur la répression de la fraude sur les spiritueux, *punit* de la confiscation des boissons saisies et d'une amende de 500 à 5.000 francs les contraventions à ses prescriptions. (Art. 1er.)

L'article 7 de la loi du 2 août de la même année, réglant les obligations imposées aux distillateurs et aux bouilleurs de cru, renvoie pour la répression à l'article 1er de la loi du 28 février 1872. « Les contraventions, dit l'article 7, seront *punies* des *peines* édictées par l'article 1er de la loi du 28 février 1872. »

La loi du 31 décembre 1873 est plus catégorique. Après avoir puni certaines fraudes de fortes amendes, l'article 6 déclare et considère comme *complices* de la fraude, et passibles comme *tels* des peines déterminées, tous individus qui auraiet concerté, organisé ou sciemment procuré les moyens à l'aide desquels la fraude a été organisée. Or, si le législateur avait considéré les amendes en matières fiscales comme des réparations civiles, aurait-il employé dans l'art. 6 de cette loi de 1873 le mot « complices » ? Les coauteurs d'un dommage réparable par une indemnité purement civile peuvent-ils être qualifiés *complices* et *punis comme tels ?*

La loi du 31 décembre 1873 ne fait que reproduire les expressions de la loi du 21 juin de la même année (art. 12). Mais cette dernière loi suppose en outre (art. 7 et 11) que les contrevenants, condamnés à l'amende une première fois, commettent une seconde contravention : elle les déclare en état de *récidive légale*, et aggrave la peine en conséquence. La loi du 28 juillet 1875 (art. 2) édicte, elle aussi, une aggravation de peine en cas de *récidive*. De même, la loi du 29 mars 1897 (art. 19), abrogeant l'article 42 de la loi du 30 mars 1888 et l'article 12 de la loi du 26 décembre 1890, étend la disposition de l'article 463 aux amendes et confiscations en matière de contributions indirectes, mais prive le délinquant de ce bénéfice des circonstances atténuantes en cas de *récidive* dans le délai de trois années.

Vraiment, on ne peut expliquer ces dispositions que si l'on reconnaît à l'amende fiscale
un caractère pénal. La jurisprudence a cependant soutenu, sous l'empire de l'article 42 de la
loi du 30 mars 1888, que cet article n'avait pas
modifié et n'avait pu modifier le caractère des
amendes fiscales. Elle motivait sa décision en
déclarant que « l'article 42 a eu seulement pour
objet de permettre aux tribunaux de réduire
l'amende au-dessous du minimum prévu par la
loi, au même titre que l'administration pouvait
le faire par la voie gracieuse de la transaction,
lorsque les circonstances paraissent atténuantes [1]. On ne peut admettre ce motif. En effet, de
ce que l'administration a saisi le tribunal d'une
poursuite contre un délinquant, elle ne lui a
pas transmis pour cela tous ses droits, et notamment le droit de transiger. Or, on ne peut
transiger que sur les droits et actions que l'on
possède : à quel titre alors le tribunal pourrait-il
transiger ? Les droits qui sont mis en question
devant lui sont complètement étrangers.

De plus, le juge, pour faire bénéficier un
prévenu de la disposition de l'article 463,
recherche, dans les circonstances qui entourent
l'infraction, des causes qui affaiblissent la culpabilité de l'agent et la matérialité de l'action,

---

1. Cass., 9 novembre 1883 (S. 89, 1, 351).

c'est-à-dire qui diminuent sa responsabilité pénale. C'est donc cette seule responsabilité pénale que les juges mitigent en admettant, en faveur d'un prévenu, le bénéfice des circonstances atténuantes. D'ailleurs, on ne saurait pas plus concevoir la modération d'une réparation civile, par l'effet de circonstances atténuantes, qu'on ne pourrait admettre une aggravation de peine contre l'auteur en état de récidive d'une seconde contravention punie d'une peine pécuniaire ayant le caractère de réparation civile. Les solutions contradictoires données par la jurisprudence emportent, à notre avis, la condamnation du système qu'elle a cru devoir soutenir. Adopter ou réfuter un principe suivant la situation qui est à juger, constitue une interprétation hésitante et arbitraire. De plus, il est contraire à la justice et à la loi d'abandonner, sans textes formels qui y autorisent, le principe de la personnalité et de l'individualité des peines.

La conclusion qu'il faut tirer, selon nous, de cette étude du caractère de l'amende fiscale, c'est qu'il serait à désirer que le législateur intervînt. Son intervention, dans le sens admis par la doctrine, ou dans le sens admis par la jurisprudence, mettra fin à toutes ces discussions, qui existent depuis plus d'un siècle sans aboutir à une théorie d'ensemble, et qui ne sont pas près de finir, étant donné l'arrêt de la Cour de Paris du 10 janvier 1896.

Le législateur belge a attribué le caractère mixte aux amendes prononcées en matière de douanes, d'accises et d'impôts indirects. Il a consacré la théorie de la jurisprudence sur ce point, et en a tiré les conséquences suivantes :

1° Les amendes fiscales ne sont point susceptibles de réduction, ni à raison d'une excuse, ni à raison de circonstances atténuantes, ni dans le cas de concours de plusieurs infractions.

2° Le recouvrement peut être poursuivi contre les héritiers du coupable condamné par jugement passé en force de chose jugée, car ces amendes sont dettes de succession.

En dehors de ces cas, les règles des amendes pénales leur sont applicables [1].

---

1. HAUSS, T. II, n°ˢ 773 à 775, notes 43 et 47.

CHAPITRE II

Nous avons vu que la jurisprudence envisage
les amendes fiscales tantôt comme des réparations civiles, tantôt comme des peines. Les
amendes fiscales ont un caractère mixte. Nous
devons nous demander s'il faut appliquer à ces
amendes les règles du droit civil et les règles
du droit pénal [1]. Nous reprendrons, autant que
possible, la division que nous avions adoptée
pour l'étude de l'amende pénale. Cette manière
d'agir permettra plus facilement d'établir une
comparaison entre les deux espèces d'amendes.

I

ACTION EN CONDAMNATION A L'AMENDE FISCALE

L'amende fiscale participe à la fois du caractère de condamnation civile et du caractère de

---

1. Dans la théorie qui ne voit dans l'amende fiscale qu'une véritable peine, cette question ne se pose pas : toutes les règles des
amendes pénales, des peines sont applicables, sauf cependant quelques dérogations relativement à la mise en mouvement de l'action.
Nous étudions dans ce chapitre les conséquences de la théorie de la
jurisprudence.

peine. Que conclure ? C'est que l'action qui tendra à faire prononcer cette amende participera, elle aussi, et de la nature de l'action publique et de la nature de l'action civile. Le ministère public, qui seul a l'exercice de l'action publique, et les administrations auxquelles appartient l'action civile, concourront donc dans l'exercice de l'action en condamnation à l'amende fiscale. Demandons-nous donc quels seront les pouvoirs respectifs du ministère public et des administrations fiscales.

A. — Action du ministère public

1° *En matière de douane.* — Une distinction doit être faite entre les simples contraventions, qui sont, depuis la loi du 4 germinal an II, de la compétence des juges de paix, les contraventions qui sont de la compétence des tribunaux correctionnels, et les délits proprements dits, et entre l'action qui appartient aux administrations, tendant au paiement de droits et en recouvrement du trop perçu. Cette action est purement civile, de la compétence des juges de paix, et parfois des tribunaux civils jugeant sur le rapport et en dernier ressort.

Pour les premières, le ministère public n'a pas qualité pour poursuivre, et, si appel est porté de la décision du juge de paix, il ne peut,

devant le Tribunal civil, être que partie jointe
et donner ses conclusions [1]. La connexité qui
pourrait existér entre une contravention en
douane et un délit passible des tribunaux correctionnels, ne déférerait au ministère public
aucun droit pour poursuivre cette contravention. Il en résulte que, si le ministère public
porte appel de la décision statuant sur la contravention en douane et non sur le délit connexe,
l'appel ne frappera pas sur la partie du jugement relative à l'amende [2].

Le ministère public a qualité pour poursuivre
la répression des contraventions de la compétence des tribunaux correctionnels, mais qui
n'entraînent qu'une condamnation à l'amende.
« Le ministère public, nous dit un arrêt de
cassation, est toujours partie principale, et a
qualité pour procéder par voie d'action dans
toutes les affaires de douane de la compétence
des tribunaux correctionnels [3] .» On en avait
douté : on prétendait que ces contraventions

1. Loi 22 août 1791. — Loi du 4 germinal an II, art. 2. — Loi
28 avril 1816. art. 41, 45, 66. — Lói 21 avril 1818, art 34, 35, 37. —
MANGIN, T. Ier, n' 43. — THIBAULT, p. 185. — Pandectes (Amende),
n° 304. — DALLOZ, Douane, n° 870. — Cass., 21 août 1837 (S. 37, 1,
798). — Cass., 30 mars 1841 (S. 41, 1, 653).

2. Cass., 30 mars 1841 (S. 41, 1, 653). — Cass., 8 décembre 1837
(D. 38, 1, 428).

3 Loi du 17 juin 1840, art. 17, sur le régime des sels. — Ordonnance du 26 janvier 1841. — DALLOZ, v° Douanes, n° 869, note 1,
où l'arrêt du 19 mars 1852, cité au texte, est rapporté.

étaient de la même nature que celles prévues
par les lois sur les contributions indirectes, et
que seule la régie avait le droit d'action, conformément aux lois du 5 ventôse an XII art. 9, de
l'art. 23 du décret du 5 germinal suivant. De
plus, dans la loi de 1840, l'art. 14 décide que les
contraventions seront poursuivies devant les
tribunaux correctionnels à la requête de l'administration des douanes ou de celle des contributions indirectes ; c'est donc que le ministère
public n'est que partie jointe [1]. Nous pensons
que la règle contenue dans l'arrêt précité est générale, et que le ministère public a qualité pour
poursuivre la répression de ces contraventions
prévues par la loi du 17 juin 1840. Il est, dans
cette poursuite, partie principale et non partie
jointe. M. Lepoittevin nous explique, d'ailleurs,
comment l'administration des douanes avait été
appelée à poursuivre ces contraventions : « Il
faut en voir la raison, dit-il [2], dans ce fait que
des lois et décrets antérieurs avaient investi les
préposés des douanes d'un droit de surveillance
sur les marais salants.» (Voir règlement 11 juin
1806, art. 8. — Loi 17 décembre 1814, art. 32.)
Mais il ajoute que ce n'est pas une loi précisé-
ment de douanes ; « c'est une loi plutôt relative

1. Paul BRYON, *Journal des Parquets* 1889, 1, 61.
2. LEPOITTEVIN, *Dictionnaire formulaire des Parquets*, v°
Douanes.

aux contributions indirectes ». Il n'y a donc pas lieu de l'invoquer dans le cas qui nous occupe.

Quant aux délits proprement dits, le ministère public est toujours partie principale; il a le droit de requérir l'application de toutes les peines et condamnations civiles qui peuvent être prononcées; il a le droit de requérir l'amende comme partie principale, même dans le cas où l'administration des douanes n'aurait pas l'intention de poursuivre le délinquant. La loi du 28 avril 1816 (art. 66) lui reconnaît ce droit pour certains délits. La Cour de cassation lui a reconnu ce droit d'une façon générale, comme nous l'avons indiqué plus haut [1].

Le ministère public peut former appel, de son chef, d'un jugement correctionnel statuant en matière de douanes, bien que l'administration ait laissé passer le délai légal, mais à la condition toutefois qu'aucune transaction ne soit intervenue [2]. Il représente l'administration des douanes dans toutes les instances correctionnelles, surtout dans celles relatives à des infractions n'entraînant que la confiscation et l'amende; d'où il résulte que le jugement rendu

---

1. MANGIN, *Traité de l'action publique*, T. Iᵉʳ, n° 46, p. 58. — Pandectes (*Amende*), n° 304. — DALLOZ, *Douanes*, nᵒˢ 861, 862, 869, *Suppl.*, nᵒˢ 608 et suiv. — THIBAULT, p. 189. — *Contra :* FAVARD DE LANGLADE, Répertoire de la nouvelle législation (*Douane*), T. II, p. 225.

2. Cass., 27 novembre 1858 (S. 59, 1, 275).

sur les poursuites du ministère public lui profite, et que, si elle veut le faire réformer, elle ne
peut se servir que de la voie de l'appel [1]. Il résulte encore de ce fait que le ministère public
représente la régie, que l'administration des
douanes ne peut former tierce opposition contre
un jugement rendu sur les conclusions du Procureur de la République, sous prétexte qu'elle
n'y a pas été présente [2].

En matière de Contributions indirectes

Aux termes de l'article 90 de la loi du 5 ventôse de l'an XIII et de l'article 23 du décret
du 5 germinal suivant, la régie a seule le droit
de poursuivre les contrevenants aux lois sur les
contributions indirectes. Le ministère public,
dans ces affaires, ne possède pas l'initiative des
poursuites ; il n'est que partie jointe [3].

En conséquence, le ministère public devra
être déclaré non recevable dans son action
quand il dirige lui-même la poursuite [4]. Il n'a
pas qualité pour faire appel [5] ; il est également

---

1. Cass., 5 octobre 1832 (S. 32, 1, 737).
2. DALLOZ, *Douanes*, n° 865,
3. MANGIN, T. 1er, n° 41, p. 52. — Paul BRYON, *Journal des Parquets* 1889, p. 51. — Cass., 12 décembre 1885 (S. 87, 1, 86). — Cass.
3 mars 1893 (S. 94, 1, 53). — DALLOZ, *Impôts indirects*, n° 487, —
Inst. crim., n° 49.
4. LESELLYER, *Action publique et privée*, n° 424 et suiv. — Besançon, 14 février 1872 (D. 72, 2, 134).
5. Cass., 10 juin 1882 (S. 84, 1, 246).

non recevable à se pourvoir en cassation [1]
contre un jugement qui a acquitté le prévenu.
Enfin, le ministère public ne représentant pas
l'administration, le jugement intervenu sans sa
participation est sans autorité contre elle :
c'est pour elle une *res inter alios judicata*. Elle
peut intenter une nouvelle action sans craindre
de se voir opposer la règle *non bis in idem* [2].

M. Mangin donne cependant au ministère
public le droit de poursuivre, comme partie principale, les contraventions susceptibles d'être
punies d'emprisonnement; la loi de 1873
(21 juin) a confirmé cette opinion [3].

Bien qu'aucun texte ne donne formellement
à l'administration des contributions indirectes
l'exercice de l'action publique, son droit résulte
des articles 88 à 90 de la loi du 5 ventôse an XII,
article 23 de l'arrêté du 5 germinal an XII, du
chapitre VII du décret du 1er germinal an XIII,
de l'article 10 de l'ordonnance du 3 janvier 1821
et de l'article 15 de la loi du 21 juin 1873.

Mais le ministère public est compétent pour
poursuivre en condamnation à l'amende pour

1. Cass., 25 août 1827 (S. 8, 1, 677).
2. Rennes, 9 décembre 1846, *aff. Patard* (D. 47, 4, 112). — DALLOZ,
Chose jugée, n° 488. — Cass , 24 février 1820 (S. 6, 1, 188), *aff.*
Soudaix.
3. MANGIN, T. Ier, p. 53 et 54. — Loi 21 juin 1873, art. 15. — Cass.,
11 décembre 1875 (S. 76, 1, 193). — Cass., 12 juin 1877 (S. 78, 1, 95
et note 5). — Cass., 3 mars 1893, déjà cité. — GARRAUD, *Précis*.
2e fascicule, n° 358, p. 461.

contraventions aux règlements sur les matières d'or et d'argent. (Art. 102 ; loi du 19 brumaire an XI.) Ce droit ne lui a pas été enlevé par les décrets de l'an XII et de l'an XIII, qui organisent l'administration des contributions indirectes, et placent les droits de garantie dans ses attributions. (Cass. 13 février 1806, S. 2, 1, 215.)

En matière d'octroi

On retrouve, en cette matière, le même principe qu'en matière de contributions indirectes. Le ministère public n'a aucune qualité pour poursuivre les condamnations à l'amende pour fraude aux droits d'octroi, et ce, sans distinguer le mode adopté pour la perception de ces droits[1]. *(Régie simple, — Régie intéressée, — Bail à ferme, — Abonnement, administration des contributions indirectes.)*

En matière forestière

Le ministère public a le droit d'exercer les actions en condamnation à l'amende forestière, concurremment avec les agents de l'administration[1]. Mais il ne représente pas l'administra-

---

1. DALLOZ, *Octroi*, n° 379, *Suppl.*, 274. — DALLOZ, *Inst. crim.*, n° 57. — Pandectes (*Amende*) n° 303. — Cass., 12 août 1853 (S. 53, 1, 786). — Juin 1882 (S. 84, 1, 246). — Cass., 18 avril 1861 (S. 61, 1, 471).
2. MANGIN, T. Ier, n° 50, p. 64. — DALLOZ, *Inst. crim.*, n° 53.

tion forestière; de là cette conséquence qu'elle ne peut appeler d'un jugement rendu sur les poursuites du ministère public, jugement auquel elle n'a pas participé. Toutefois, un arrêt de la Cour de cassation a décidé que le ministère public représentait suffisamment l'administration pour la dispenser d'envoyer à l'audience un de ses agents, quand elle avait intenté les poursuites contre le délinquant[1].

L'administration forestière, au contraire, représente le ministère public; il a, par suite, le droit de porter appel des jugements rendus en première instance sur les seules poursuites de l'administration. (Merlin, *Répertoire*, v° *Appel*, sect. II, § 4-2°).

Le droit pour l'administration forestière d'exercer l'action publique concurremment avec le ministère public, ne s'applique qu'aux contraventions et aux délits commis dans les bois soumis au régime forestier. Pour les infractions commises dans les autres bois, non soumis au régime forestier, le ministère public redevient seul compétent pour l'exercice de l'action publique.

Depuis le décret du 7 novembre 1896, c'est à l'administration forestière qu'incombe la mis-

---

1. Cass., 28 octobre 1892 (S. 93, 1, 161). — Cass , 7 février 1806 (S. 2, 1, 213). — MERLIN, Répertoire, v° *Appel*, sect. II, § 4, — 1°. — MANGIN, T. 1ᵉʳ, n° 51-2°.

sion de poursuivre les délits en matière de pêche fluviale. Le décret du 7 novembre 1896 a, en effet, rattaché la surveillance de la police et l'exploitation des cours d'eau navigables et flottables non canalisés, et des cours d'eau non navigables ni flottables à l'administration des forêts. Cette surveillance et cette police étaient autrefois placées dans les attributions de l'administration des ponts et chaussées.

B. — *Actions des administrations*

Les administrations fiscales ont le droit d'exercer en leur nom toutes les actions en condamnation à l'amende et à la confiscation ; mais elles n'ont pas le droit de requérir la peine d'emprisonnement[1]. Toutefois, l'administration forestière, ayant le plein exercice de l'action publique, a, concurremment avec le ministère public, le droit de requérir une condamnation emportant une peine de prison[2].

La jurisprudence, avons-nous vu, reconnaît aux amendes fiscales un caractère de répara-

---

1. Pour les contributions indirectes : loi 21 juin 1873, art. 15 ; — Cass. 3 mars 1893 (S. 94, 1, 41); — DALLOZ, *Impôts indirects*, n° 490.

Pour les douanes : 28 prairial an IX (S. 10, 1, 818) ; — Cass., 27 novembre 1858 (S. 59, 1, 275) ; — MANGIN, T. 1er, n° 41, 43.

En matière d'octroi, la Cour de Paris a jugé le contraire. — Paris, 20 mars 1837, *aff. Thirion*. — Voyez DALLOZ, *Octroi*, n° 380.

2. Art. 159, 183, 184 Code forestier. — MANGIN, T. 1er, n° 50, 51.

tion civile ; mais, en raison du caractère pénal accessoire qu'elle possède, elle déclare que les actions des administrations, bien que concernant des intérêts fiscaux dont la surveillance leur est confiée, n'en sont pas moins soumises aux règles qui concernent l'action publique. C'est une dérogation au principe de l'article 1er du Code d'instruction criminelle, puisqu'une partie civile peut exercer l'action publique ; mais, en ce qui concerne les frais, l'administration est traitée comme une partie civile [1].

Un arrêt du 26 avril 1863, rendu par la Cour de cassation en matière de douanes, décide qu'une femme mariée peut être régulièrement poursuivie à raison d'une contravention en douane, sans qu'il lui soit nécessaire d'obtenir l'autorisation d'ester en justice. C'est donc comme juge de répression que le juge de paix connaît de cette contravention ; car, s'il était considéré comme juge civil, l'autorisation maritale serait nécessaire. C'est un argument en faveur de la théorie de la doctrine qui voit dans l'amende fiscale une véritable peine [2].

L'action de l'administration en matière de douanes n'est pas suspendue par l'action qu'exerce le ministère public. C'est ainsi que l'action de l'administration tendant à obtenir la confisca-

---

1. BLANCHE, n° 351. — Décret 11 juin 1811, art. 158.
2. S. 65, 1, 276. — Pandectes (*Amende*), n° 102.

tion et l'amende pourra être jugée, bien qu'une
ordonnance de non-lieu ait été rendue relativement à l'action du ministère public, tendant à
faire prononcer une condamnation pour délit
connexe à la contravention en douane. (Dalloz,
Douanes, n° 862.)

C. — *Extinction de l'action*

L'action du ministère public, ainsi que celle
des administrations fiscales s'éteignent par le
décès du prévenu, par la prescription, par l'amnistie et par la transaction.

Décès du prévenu. — La jurisprudence de la
Cour de cassation a toujours jugé que les amendes, en matière fiscale, ne pouvaient être poursuivies contre les héritiers du contrevenant [1].
Mais la Cour d'appel de Paris, dans un arrêt
du 10 janvier 1896, vient d'admettre, au contraire,
que les amendes en matière fiscale étaient plutôt des réparations civiles que des peines, et a
décidé que ces amendes pourraient être poursuivies contre les héritiers du délinquant. Il
faut choisir entre les arrêts de la Cour de cassation et la nouvelle jurisprudence de la Cour
de Paris : nous n'hésitons pas à rejeter la théorie consacrée par l'arrêt de Paris du 10 janvier

---

1. Voyez chapitre 1er, 2e partie, p. 283 et suiv.

1896[1] ; et, nous référant aux arrêts de la Cour de cassation rendus sur le point qui nous occupe, nous ne pouvons que considérer l'action de l'administration, éteinte comme l'action du ministère public, par le décès du contrevenant.

Prescription. — Pour les infractions punies d'emprisonnement, infractions qui ont toutes le caractère de délits, les actions se prescrivent par trois ans à compter du jour où la fraude a été commise (art. 637, 638, C. I. C.), ou à compter du dernier acte de procédure, s'il a été fait des actes d'instruction et de poursuite.

Pour les contraventions punies de peines pécuniaires et de la compétence des tribunaux correctionnels, contraventions peu nombreuses, la prescription est également de trois ans : « Attendu, dit un arrêt de cassation, que la prescription d'un an (établie par l'art. 640 du C. I. C.) ne concerne que les contraventions de police simple, telles qu'elles sont énoncées dans le titre IV du Code pénal, et dont les peines sont établies dans l'art. 137 C. I. C. ; qu'on ne peut pas ranger parmi les contraventions de police, les contraventions aux lois qui concernent la perception des contributions indirectes, puisque les amendes qui doivent être infligées aux contrevenants dans cette dernière partie, excèdent

1. Gaz. Palais, 1896, 1, 299. Voyez chapitre Ier, 2e partie, p. 288.

toujours le maximum de la peine, porté à quinze
francs par ledit article 137 pour les contraventions
de police. » La prescription sera donc celle de
trois ans, prévue par le Code d'instruction criminelle dans toutes ces infractions fiscales (douanes, contributions indirectes, octroi, forêts) de
la compétence des tribunaux correctionnels. Les
lois sur ces matières sont en effet muettes ; il
faut donc appliquer le texte général[1].

Mais que faut-il décider pour les contraventions en douanes ? Quel sera le délai de la prescription ?

Toute poursuite pour contravention en
douanes ne peut être faite que si elle est basée
sur un procès-verbal ; de là, la maxime donnée
par Merlin : « Pas de procès-verbal, pas d'action. » Or, le procès-verbal n'est valable qu'à la
condition d'être rédigé aussitôt la constatation
de la fraude, et ce procès-verbal doit de plus
contenir citation du contrevenant à comparaître
dans les vingt-quatre heures devant le juge de
paix. C'est donc une prescription de courte
durée, prescription instantanée à laquelle, en
fait, l'action de l'administration est toujours
soumise.

---

1. MANGIN, T. II, nᵒˢ 308, 309. — DALLOZ, *Douanes*, nᵒ 1024,
Suppl., 749. — Pandectes (*Douanes*), nᵒ 2821. — Cass., 25 novembre
1818, 11 juin 1829 (D. 29, 1, 268 ; S. 9, 1, 309). — 5 juin 1880 (D. 81,
1, 494). — 5 juin 1830 (S. 31, 1, 52).

Mais la jurisprudence, en décidant, pour les autres infractions punies de peines correctionnelles, que la prescription serait de trois ans, a-t-elle eu en vue la nature de la juridiction compétente pour juger ces infractions ? Devons-nous, en conséquence, nous en tenir au motif sur lequel la jurisprudence s'est basée, et, considérant la nature de la juridiction qui prononce sur les contraventions en douanes, dire que la prescription des infractions aura lieu suivant le droit commun, c'est-à-dire trente ans ? Pour nous, le motif qui a déterminé la Cour de cassation à appliquer la prescription de l'article 637 aux délits fiscaux, se trouve dans le caractère pénal de l'amende. Et alors, le délai de la prescription pour les contraventions en douanes sera-t-il d'un an ? Nous ne le pensons pas, parce que les amendes prononcées par le juge de paix dépassent le taux des peines de simple police ; par suite le maximum de la compétence de ce juge. Pour nous, la prescription sera de trois ans.

La prescription est absolue, d'ordre public comme en droit commun ; elle devrait être suppléée d'office par le juge[1].

Transaction. — Le droit de transiger a été

1. Cass., 16 février 1807. (MERLIN, Répertoire, *Tabac*, IX.) — Cass., 11 juin 1829 (S. 9, 1, 309). — MANGIN, T. II, n° 287.

reconnu à l'administration des douanes par l'arrêté consulaire du 14 fructidor an X [1], à l'administration des contributions indirectes par l'arrêté du 5 germinal an XII, à l'administration forestière par la loi du 18 juin 1859 (art. 159 C. forestier), en matière d'octroi par l'ordonnance du 9 décembre 1814, art 83. Mais la transaction est impossible en matière de garantie d'or et d'argent. (Décret du 21 floréal an XIII.)

La transaction éteint l'action publique. Les administrations peuvent faire remise de toutes les peines prononcées, même des peines corporelles [2].

Mais l'action n'est éteinte qu'entre l'administration et celui qui a transigé ; le ministère public et les administrations conservent leurs actions contre ceux des coauteurs ou complices qui n'ont pas transigé.

---

1. Art. 4, tit. II, l. 22 août 1791. — Loi du 4 germinal an II. — Loi 23 brumaire an III. — Loi 10 brumaire an V. — Loi 9 floréal an VII — Arrêté consulaire 14 fructidor an X. — Ordonnance du 27 novembre 1816, art. 9 — Ordonnance 30 janvier 1822, art. 10.

2. DALLOZ, *Douanes*, n° 1014, et les arrêts qu'il cite. — Pandectes (*Douanes*), n° 2845 et suiv. — Cass , 26 mars 1830 (S. 9, 1, 479). — 17 mars 1837 (S. 37. 1, 900). — La loi du 21 juin 1873 ne permet, dans certains cas. d'exercer le droit de transaction qu'après le jugement rendu, et seulement sur les condamnations pécuniaires, art. 15, art· 12 et 14. — MANGIN, T. Ier, p. 90 et 91. — *Contra :* LEGRAVEREND, *Législ. crim.*, T. Ier, p. 65 et suiv ; — Faustin HÉLIE, *Inst. crim.*, II, p. 728 et suiv.

II

CONDAMNATION A L'AMENDE FISCALE

1ᵉ Faits susceptibles d'entraîner une condamnation à l'amende
fiscale

« Nul ne peut être puni qu'en vertu d'une loi
établie et promulguée antérieurement et légalement appliquée », ainsi s'exprime l'article 8 de la
Déclaration des Droits de l'Homme. Nous avons
examiné ce principe en matière d'amende pénale.

En matière fiscale, il reçoit également son
application ; il faut donc qu'une loi ait prévu un
acte pour qu'une amende soit prononcée contre
l'individu qui s'en est rendu coupable.

D'après la jurisprudence, qui considère l'a-
mende fiscale comme une réparation civile du
préjudice causé par les effets de la fraude, il
semblerait qu'un acte, du moment qu'il ne cause
aucun dommage, ne peut être poursuivi. Il n'en
est pas ainsi : la simple tentative, en matière
fiscale comme en matière pénale, est punie.

La doctrine s'est emparée de ce fait pour
soutenir que l'amende fiscale est une peine.
En effet, dit-elle, un acte sur le point d'être
commis n'a causé aucun préjudice, et cepen-

dant, une amende est prononcée contre un pareil acte : qu'est-ce à dire ? si ce n'est que l'amende a bien le caractère pénal ; car, pour être la réparation civile d'un dommage, il faut que ce dommage existe ; or, en matière de tentative il n'existe pas.

On répond que, si la tentative est punie comme le délit consommé, c'est que la tentative, comme le délit, établit que son auteur est un fraudeur, et qu'à cette qualité de fraudeur s'attache la présomption d'un préjudice causé à l'État par des actes antérieurs qui, eux, n'ont pas été punis, parce qu'ils n'ont pu être découverts. Mais le préjudice peut cependant avoir existé ; de là la nécessité de prononcer une amende.

Les lois, en général, n'ont pas d'effet rétroactif. Toutefois, en droit pénal, si une loi, édictée entre le jour où le délit a été commis et le jour de la condamnation, atténue la gravité de la peine prononcée par une loi antérieure, c'est à cette loi nouvelle qu'il convient de se reporter pour appliquer la peine : en est-il de même en matière fiscale ? La Cour de cassation a déclaré que les amendes doivent être régies par les lois en vigueur au moment où l'infraction a été commise, alors même que cette loi aurait été modifiée *in mitius* avant la poursuite [1].

1. Cass, 9 novembre 1888 (S. 89, 1. 351). — Paris, 25 mars 1889 (S. 89, 2, 143). — Toulouse, 20 février 1889 (S. 89, 1, 260). — *Contra :*

La jurisprudence en a décidé ainsi, parce qu'elle considère l'administration comme un tiers ayant un droit acquis, dès qu'une contravention fiscale est commise, aux peines pécuniaires déterminées par la loi, l'assimilant ainsi à la victime d'un délit qui a, au moment même où le fait dont elle se plaint lui a causé préjudice, un droit acquis et irrévocable à obtenir la réparation que fixent les lois en vigueur.[1] »

2° Tribunal compétent

Nous avons écarté de notre étude les amendes de contravention ; ce sont des amendes, avons-nous dit, qui sont exigibles au moment même de la constatation de l'infraction à la loi, sans qu'il soit besoin de recourir à l'autorité d'une condamnation émanant du jugement d'un tribunal. A la différence de ces amendes de contravention, les amendes fiscales que nous

Cass., 1ᵉʳ juin 1885 et 20 juin 1885 (S. 86, 1, 45) ; — Rennes, 10 juin 1885 (S. 86, 2, 11) ; — Tribunal de Bernay, président M. Émile Tessier, 31 mai 1888 (S. 88, 2, 142).

1. Cass., 9 novembre 1888 (DALLOZ, 89, 1, 217, note de M. GARRAUD). — CHAUVEAU et HÉLIE, T. Iᵉʳ, n° 28. — Lors de la promulgation de la loi du 29 mars 1897, modifiant celle du 30 mars 1858, art. 42, et celle du 26 décembre 1890, art. 12, l'administration des contributions indirectes a rappelé aux différents services la jurisprudence de la Cour de cassation, et, en conséquence, a déclaré que la nouvelle disposition législative était inapplicable aux contraventions commises avant la promulgation. (Circul. Direct générale contributions indir., n° 207, 7 avril 1897.)

examinons doivent être et sont toujours prononcées par un tribunal. Les tribunaux compétents sont en général les tribunaux de répression [1]; il n'y a d'exception que pour les contraventions en douane qui sont de la compétence du juge de paix, qui prononce comme juge civil [2]. C'est encore à la juridiction civile qu'il appartient de juger les personnes civilement responsables [3].

Une loi du 26 juin 1866 (art. 2) a permis la poursuite de délits fiscaux commis à l'étranger devant les tribunaux français, mais à charge de réciprocité. Un jugement étranger condamnant à l'amende pour un délit fiscal ne peut être exécuté en France : l'exequatur ne saurait lui être accordé [4].

3° Contre qui l'amende fiscale peut être prononcée :

a) *Personnes responsables des délits d'autrui*

Il est de principe, en droit pénal ordinaire, que la peine ne peut atteindre que celui qui

---

1. Octroi, Cass. civ., 26 novembre 1810. — DALLOZ, *Peine*, n° 777 (S. 3, 1, 265). — DALLOZ, *Octroi*, n° 359 et suiv. — Pandectes (*Amendes*), n°s 101, 310, 324.
2. DALLOZ, *Douanes*, n°s 890 et suiv., *Suppl.*, n°s 640 et suiv. — Loi du 17 décembre 1814, art. 16. — Loi 27 mars 1817.
3. Cass., 29 avril 1843 (S. 43, 1, 923). — Cass., 9 mai 1879 (S 80, 1, 189).
4. Cass., 30 novembre 1860 (S. 62, 1, 539). — MANGIN, T, 1er, n° 62, note *in fine* et p. 78.

s'est rendu et qui est reconnu coupable de l'infraction prévue par la loi. L'amende, qui est une peine, ne peut être prononcée contre les personnes étrangères au délit ou à la contravention. Ces personnes ne peuvent également être déclarées civilement responsables, bien que le délinquant soit ou leur préposé ou leur enfant. La responsabilité civile de l'article 1384 ne s'étend, en effet, qu'aux restitutions et aux dommages-intérêts.

Ces principes ne reçoivent pas leur application en matière fiscale. Certaines lois ont créé des exceptions, et des personnes, bien que n'ayant pris aucune part à l'infraction, sont déclarées responsables des amendes. Nous avons vu que la jurisprudence considère cette responsabilité comme une responsabilité civile ordinaire, et que la doctrine, au contraire, y voit une responsabilité pénale, ou une responsabilité dérivant d'une complicité présumée. Nous n'avons pas à revenir sur l'examen de cette dernière question ; examinons donc les exceptions apportés aux principes relatés ci-dessus.

La loi du 22 août 1791 (art. 20, tit. XIII) et le décret du 1er germinal an XIII (art. 35) déclarent expressément responsables de l'amende prononcée contre leurs agents, facteurs et domestiques, pour contraventions aux lois de douanes et de contributions indirectes, les pro-

priétaires des marchandises fraudées [1]. Mais
les propriétaires des marchandises ne sauraient être déclarés responsables des amendes,
en cas de fraude faite par leur domestique en
dehors de tout service de domesticité. Il faut que
l'agent, que le facteur agissent dans les limites
des fonctions qui leur ont été confiées par leurs
patrons [2].

Le décret du 4 germinal an II (art. 8 du titre III) déclare les fermiers ou régisseurs de
messageries et voitures publiques solidaires
avec leurs conducteurs des amendes prononcées contre ceux-ci à raison de délits commis à
l'aide de leurs véhicules [3].

La jurisprudence décide que les père et mère
sont responsables civilement (art. 1384) des
amendes encourues par leurs enfants mineurs.

1. Le mari peut-il être déclaré responsable civilement, en tant
que mari, des amendes prononcées contre sa femme ? Un arrêt de
Cassation a admis l'affirmative, par ce motif que la femme est présumée agir pour le compte du mari, comme son agent. — Cass.,
15 janvier 1820 (S. 6, 1, 167). — BLANCHE, n°° 290 et 292. — Contra :
Pandectes (Douanes), n° 2751. — Un arrêt de Bordeaux a apporté
une juste restriction à cette décision : la responsabilité du mari ne
peut et ne doit exister, si les époux sont séparés même de fait. —
Bordeaux, 29 janvier 1845, — DALLOZ, Suppl., Impôts indirects,
n· 58.

2. Chambéry, 21 février 1884 (Gaz. Pal. 84, 1, 856). — Cass., 19
juin 1874 (Journal de droit criminel 1875-1876, pr. 60).

3. Voyez encore décret 27 prairial an IX, art. 9, qui déclare les
entrepreneurs de voitures libres et messageries personnellement
responsables des contraventions de leurs postillons, conducteurs,
porteurs et courriers, en matière de transport de journaux et de
lettres.

En matière forestière, la responsabilité civile ne s'étend qu'aux restitutions, dommages-
intérêts et frais. (Art. 206, Code forestier.) Toutefois, les articles 45 et 46 rendent responsables
les adjudicataires de coupes de bois des amendes encourues par leurs employés pour délits
forestiers; et même, cette responsabilité s'applique aux amendes infligées à une personne quelconque pour délit forestier, si l'adjudicataire n'a
pas fait son rapport en temps utile [1].

b) Intention coupable

« Il est expressément défendu au juge d'ex-
cuser les contrevenants sur l'intention. » Telle
est la règle expressément formulée par l'article
16 de la loi du 9 floréal an VII, en matière
de douanes, et admise par toutes les lois
fiscales.

Ainsi donc, tout individu ayant commis un
délit fiscal devra être condamné, sans qu'on ait
à se préoccuper de l'intention ou de l'absence
d'intention coupable [2]. L'amende en ces matiè-

---

1. Sur tous ces points de responsabilité, voyez : DALLOZ, v° Impôts
indirects, n° 510, et Suppl., n°* 57, 59, — Douanes, n° 996, et Suppl.,
718 et suiv , — Octrois, n° 403, Suppl., n° 285 ; — BLANCHE, n°* 287
à 297 ; — CHAUVEAU et HÉLIE, T. I°r, n°s 130 et 388 ; — Pandectes
(Douanes), n°* 2653-2752, — (Amendes), n°* 340 et suiv., et les arrêts
de Cassation cités au chapitre I°r.

2. DALLOZ, Octroi, n° 401, Suppl., 281, — Impôts indirects,
n° 515, — Peine, n°* 376, 377, Suppl., n° 348. — Suppl., Douanes,
n° 682.

res fiscales n'est pas, comme en droit pénal ordinaire, destinée à punir le délinquant; le but des amendes fiscales est la réparation du préjudice causé au Trésor, dit la jurisprudence. Or, qu'importe l'intention ou l'absence d'intention coupable de la part du contrevenant, si le préjudice existe. Ce préjudice donne lieu à réparation civile, et cette réparation civile n'est obtenue que par la condamnation à l'amende.

Mais cette règle, formulée plus haut, est-elle générale ? Doit-on tenir compte des autres circonstances qui excluent la volonté et le discernement, ou l'une ou l'autre de ces facultés, et qui, par suite, font disparaître la culpabilité ? Doit-on, au contraire, faire abstraction de l'excusabilité, de l'irresponsabilité de l'agent et de l'élément intellectuel, et prononcer une peine d'amende dès là qu'un préjudice existe pour le Trésor ; en d'autres termes, ne doit-on envisager que la matérialité du fait ? La réponse à cette question se trouve dans les arrêts de la jurisprudence.

α. — Minorité. — Discernement

En droit pénal, « l'âge influe d'une manière notable sur les conséquences de l'infraction constatée ; car, s'il est vrai de dire *malitia supplet ætatem,* il n'est pas moins incontestable que,

jusqu'à seize ans, l'intelligence et la volonté n'ont
point acquis toute leur vigueur [1] ». Aussi la loi
pénale fait-elle produire à cet état de minorité
deux effets principaux : une condamnation ne
peut être prononcée contre le mineur de seize
ans que s'il est prouvé qu'il a agi avec discernement; la preuve de la culpabilité ne suffit pas.
Est-il déclaré avoir agi avec discernement, il
doit être condamné; mais son jeune âge devient,
en matière correctionnelle et criminelle, une
excuse atténuante de la peine qui doit être prononcée. Est-il déclaré avoir agi, au contraire,
sans discernement, il doit être acquitté.

En matière fiscale, la Cour de cassation a
jugé que la disposition de l'article 66 du Code
pénal est applicable : « Cette disposition, dit-elle,
découle des principes qui fondent la moralité
des actions. » Elle n'a tenu aucun compte de la
règle posée par l'article 16 de la loi du 9 floréal
an VII ; car, dit la Cour de cassation, « il faut
bien distinguer le discernement de l'intention,
le discernement se rapportant à la connaissance
que l'homme a de ses actes, et l'intention à la
volonté qui les lui fait commettre. » Mais elle ne
fait application de l'article 66 qu'à la peine et
emprisonnement que prononcent certaines lois
de douane. Elle s'est refusée à l'étendre aux

1. M. J. MARIE, *Éléments de droit pénal et d'inst. crim.*, chap. x,
p. 55.

peines pécuniaires : « Attendu que les amendes qui doivent être prononcées pour contravention aux lois de douane n'ont pas un véritable caractère pénal ; qu'elles sont plutôt une réparation civile. » Cette doctrine de la Cour de cassation en matière de douane, a été également adoptée en matière forestière et en matière de contributions indirectes [1].

Aux termes de l'article 69, al. 2, du Code pénal, « dans le cas où le mineur de seize ans n'aura commis qu'un simple délit, la peine qui sera prononcée contre lui ne pourra s'élever au-dessus de la moitié de celle à laquelle il aurait pu être condamné s'il avait eu seize ans ». Cette disposition est applicable en matière fiscale, mais seulement pour la peine d'emprisonnement. Par suite, si le mineur est déclaré avoir agi avec discernement, il ne devra être condamné qu'à la moitié de la peine de prison qu'il aurait encourue s'il eût été majeur pénalement. Mais l'amende sera prononcée intégralement contre lui, toujours par ce motif qu'elle n'est qu'une réparation civile du préjudice causé,

---

1. Cass. crim., 18 mars 1842, et Cass. ch. réunies, 13 mars 1844 (S. 42, 1, 65 ; S. 44, 1. 366). — Cass., 11 janvier 1856 (S. 56, 1, 633).— Dalloz, Peine, nᵒˢ 452 et 455, — Douanes, Suppl., 672 et 673. — Douai, 3 juillet 1855. — Pandectes (Douanes), nᵒˢ 2423, 2603, 2604. — Dalloz, Forêts, nᵒ 324. — Cass. crim., 4 décembre 1845, 3 janvier 1846 (D. 46, 4, 311). — Cass., 7 janvier 1876 (S. 76, 1, 96), cité par Dalloz, Répertoire, vᵒ Peine, nᵒ 454.

et parce qu'elle ne peut se graduer sur la responsabilité [1].

β. — Démence du prévenu.

« Il n'y a ni crime ni délit, dit l'article 64 du
Code pénal, lorsque le prévenu est en état de
démence au temps de l'action. » Ce principe
reçoit son application en matière fiscale [2].

γ. — Contrainte.

« Il n'y a ni crime ni délit, dit encore l'article 64 al. 2 du Code pénal, dans le cas où le
prévenu a été contraint par une force à laquelle
il n'a pu résister. » Il est fait de nombreuses
applications de ce principe par des textes de lois
formels.

---

1. Pandectes (*Douanes*), nᵒˢ 2601, 2602. — Voyez : Cass. crim..
11 janvier 1856, précité (S. 56, 1, 633) ; — Cass. crim., 3 mars 1883
(D. 89, 1, 45) ; — BLANCHE, T, II, nᵒ 352.

2. DALLOZ, *Suppl.*, *Douanes*, nᵒ 684. — BLANCHE, T. II, nᵒ 201.—
Pandectes (*Douanes*), nᵒˢ 2605, 2606. — Cass . 1ᵉʳ avril 1848 (S. 48, 1,
320). — DALLOZ, *Peine*. nᵒ 390. — Deux opinions différentes sont
émises par Dalloz, l'une dans son répertoire, vᵒ *Peine*, l'autre au
Suppl.. nᵒ 365. L'état de démence soustrait l'accusé à toute répression pénale ; mais elle ne l'affranchit pas de réparer le préjudice
causé, le dommage civil. (*Répertoire*.) Dans le supplément au répertoire, il décide le contraire, et affranchit le fou de toute responsabilité, soit civile, soit pénale. Nous estimons que l'amende devra être
recouvrée contre le délinquant atteint de démence depuis le jugement de condamnation, devenu définitif. L'amende est une dette qui
doit être poursuivie, et qui peut l'être de même que les dettes civiles
contractées avant la démence.

C'est ainsi que, d'après l'article 7 du titre II de la loi du 4 germinal an II, les préposés au service des douanes ne peuvent visiter les bâtiments à l'ancre ou louvoyant dans les quatre lieues des côtes de France, s'il existe un cas de force majeure qui a contraint le capitaine de ces navires à se réfugier dans les eaux soumises à la surveillance douanière [1]. Dans tous les cas où les lois spéciales prévoient le cas de contrainte, le contrevenant ne peut être condamné à l'amende [2]. Mais peut-on considérer l'article 64, alinéa 2, comme étant une disposition générale s'appliquant à des cas non prévus par des textes de lois ? L'affirmative est admise par la jurisprudence [3]. Il faut, bien entendu, pour que la force majeure produise son effet absolutoire, qu'elle soit rigoureusement établie [4].

c) Limitation des pouvoirs du juge

Le juge est maître de sa conscience ; il statue suivant elle, et suivant sa conviction juridique.

1. Loi 10 brumaire an V, art. 3. — Loi 21 avril 1818, tit. VI, art. 36. —.7 février 1832, art. 23.
2. Pandectes (Douanes), n° 2607 et suiv. — DALLOZ, Suppl. Douanes, n° 633, — Force majeure, n° 42 et 43, Suppl., n° 38 et 41. — BLANCHE. T. II, n° 213 et suiv.
3. Cass., 29 mars 1853 (S. 53, 1, 447). — 33 janvier 1874 (D. 75, 1, 48). — 23 janvier 1885 (S. 85, 1, 81). — 2 décembre 1871 (D. 71, 1, 366.
4. Cass., 21 mars 1851 (D. 52, 5, 221). — 7 février 1863 (D. 63, 1, 206). — Nancy, 19 avril 1873 (D. 74, 2, 88).

S'il est de principe qu'en droit commun, liberté pleine et entière soit accordée au juge pour statuer suivant sa conscience et sa conviction juridique, en matière fiscale cette liberté subit quelques restrictions.

Le juge doit d'abord, comme nous l'avons vu, ne tenir aucun compte de l'intention et de la bonne foi des contrevenants; il ne doit examiner que la matérialité du fait et prononcer l'amende encourue [1]. Le prévenu de contravention aux lois fiscales ne peut jamais être admis à établir l'absence d'intention coupable et sa bonne foi.

De ce principe, il devrait résulter qu'en matière fiscale, le juge ne peut graduer l'amende suivant la culpabilité du délinquant. Cette conséquence existe en matière de douanes et en matière forestière. La fixation du chiffre des amendes encourues pour infraction aux lois de douanes, n'est presque jamais laissée à l'appréciation des juges. Il y a cependant trois hypothèses dans lesquelles les tribunaux ont la

---

1. Voyez : DALLOZ, *Peine*, n° 376, 377, où il indique la jurisprudence en matière de douanes, forêts, contributions indirectes et transports de lettres. — Voyez aussi n° 807. — DALLOZ, *Douanes*, n° 1016, *Suppl.*, n° 682, et les arrêts cités. — DALLOZ, *Octroi*, n° 401, *Suppl.*, n° 281. — Cass. crim., 2 vendémiaire an XI (S. 1, 1, 695). — 3 mars 1877 (D. 78, 1, 900), — 21 janvier 1838. — Voyez: DALLOZ, *Amnistie*, n° 72; — Cass., 5 novembre 1807 (S. 2, 1, 448); — Cass , 10 novembre 1826 (S. 8, 1, 450); — Cass., 14 mars 1884 (D. 84, 1, 475); — 21 juillet 1827 (D. 27, 1, 316). — La loi du 29 mars 1897, art. 19, paraît cependant indiquer que l'on doit tenir compte de la bonne foi en matière de contributions indirectes.

liberté de se mouvoir entre un maximum et un
minimum : c'est ce qui a lieu en cas de contravention aux lois sur les sucres (manœuvres
frauduleuses commises par importateurs de
sucres), sur le sel (circulation des sels, exploitation des mines de sel et sources d'eau salée),
et en cas de soustraction de marchandises
entreposées fictivement. (Art. 15, loi 8 floréal
an XI. — Loi 30 décembre 1873. — Loi du
19 juillet 1880.)

En matière de contributions indirectes, au
contraire, le juge a un certain pouvoir d'appréciation, et peut se mouvoir dans la limite légale
établie par un maximum et un minimum.

Une autre conséquence du principe qui veut
que le juge ne tienne compte ni de l'intention
ni de la bonne foi, c'est qu'il ne peut y avoir lieu,
en matière fiscale, à une diminution du chiffre
de l'amende basée sur des circonstances atténuantes. Il ne peut y avoir lieu non plus à
augmentation de la peine basée sur des circonstances aggravantes ; de plus, la loi du 26 mars
1891, qui suspend l'exécution de la peine en cas
de première condamnation, ne peut recevoir son
application.

D'après les termes mêmes de l'article 463 § 8,
cet article ne s'applique qu'aux délits prévus
par le Code pénal, et non aux délits prévus par
des lois spéciales, s'il n'y a dans ces lois spé-

ciales aucun texte qui l'autorise expressément[1].
Les lois fiscales étant des lois spéciales, l'article 463 ne peut être invoqué pour diminuer le chiffre de l'amende encourue.

Il n'en est pas ainsi cependant dans toutes les lois fiscales. Plusieurs lois sont venues successivement étendre l'article 463 aux délits prévus par les lois sur les contributions indirectes. La loi du 21 juin 1873 (art. 15) n'avait d'abord autorisé l'application de cet article qu'aux peines d'emprisonnement ; mais la loi du 30 mars 1888, article 42, étendit son application même aux amendes[2]. Ainsi donc, en matière de contributions indirectes, les peines d'emprisonnement et d'amende peuvent être modifiées dans leur taux par suite de l'existence de circonstances atténuantes.

1. Pandectes (*Amende*), nᵒˢ 275, 402 à 404, — (*Douanes*), nᵒ 26:6. — DALLOZ, *Peine, Suppl.*, 568 et suiv , — *Douanes*, nᵒˢ 685 et 686. - Art. 203 du Code forestier. — Cass., 23 avril 1824 .S. 7, 1, 411).
2. La loi du 29 mars 1897 a abrogé l'art. 42 de la loi du 30 mars 1888 et 12 de la loi du 26 décembre 1890. Elle a conservé la disposition des lois de 1888, art. 42, et 1873, art. 15; l'art. 463 est en conséquence applicable aux délits fiscaux sur les contributions indirectes: elle permet même de libérer le contrevenant de la confiscation pénale, s'il paie une somme laissée à l'arbitraire du tribunal. Mais c'est la confiscation pénale seule dont elle permet de modifier l'application ; la confiscation de police reste en dehors du système. La déclaration de circonstances atténuantes doit être motivée ; elle peut être basée sur la « bonne foi » dûment établie du contrevenant. L'article 463 est inapplicable « en cas de récidive » dans le délai de trois ans ; le délai était d'un an sous l'empire de l'art. 42 de la loi du 26 décembre 1890.

Cette disposition ne peut être étendue en matière de douanes et d'octroi [1].

D'après la théorie de la Cour de cassation, qui considère l'amende fiscale comme étant une réparation civile, on ne doit tenir aucun compte de la circonstance aggravante de récidive, et le chiffre de l'amende ne peut en conséquence être augmenté. Il en est autrement dans la théorie contraire.

Ce point n'a pas été tranché par la jurisprudence ; la Cour de cassation a été appelée à se prononcer seulement dans le cas où la peine à infliger était une peine d'emprisonnement. Elle a considéré alors l'article 58 du Code pénal comme étant d'une application générale [2].

Si la récidive n'a aucune influence sur l'amende fiscale prononcée par les tribunaux cor-

---

[1]. Cass., 22 décembre 1888 (D. 89, 1, 33). — Mais la disposition de l'art. 463 est applicable à la détention d'allumettes de fraude. — Cass. crim., 8 mars 1889 (D. 89, 1, 437). — DALLOZ, *Octroi*, *Suppl.*, n° 284. — Bordeaux, 12 décembre 1888. — Nancy, 7 février 1889. — Cass., 11 février 1889, rendu sur pourvoi par l'administration des douanes, d'un jugement du tribunal de Cherbourg, qui, ayant confirmé un jugement du tribunal de paix, avait fait application de l'art. 42 de la loi du 30 mars 1888 à un individu pour opposition aux fonctions des préposés. — Voyez DALLOZ, *Douanes*, *Suppl.*, n° 686, où ils sont rapportés.

L'art. 463 est applicable aux contraventions sur les garanties d'or et d'argent. (Trib. Seine, 21 novembre 1891, D. 92, 2, 254.)

[2]. BLANCHE, T. Ier, n°° 504 et suiv. — FAUSTIN HÉLIE, T. Ier, n° 154. — Cass., 4 janvier 1861 (D. 61, 1, 185), — 20 janvier 1882 (D. 82, 1, 93). — *Contra* : Douai, 20 juillet 1868 (D. 69, 1, 260) ; — Cass., 28 novembre 1868 (D. 69, 1, 260) ; — Cass., 4 mars 1892 (D. 92, 1, 411).

rectionnels, elle ne saurait non plus avoir d'effet
sur les contraventions de la compétence des
juges de paix. Car, d'une part, les articles 57 et
58 ne s'appliquent pas aux infractions de la compétence de ces magistrats, et, d'autre part, les
articles 474, 478, 482 et 483 du Code pénal, re-
latifs à la récidive de simple police, ne sont applicables qu'aux contraventions expressément
prévues par le Code pénal [1].

Toutefois, il existe certaines lois fiscales qui
renferment des dispositions prévoyant une aggravation de peine en cas de récidive ; telles
sont: les lois du 27 décembre 1814 (art. 31), — 28
avril 1816 (art. 96, 106, 166, 221), — 19 juin
1840 (art. 10), — 31 mai 1846 (art. 26), —
21 juin 1873 (art. 7 et 11), — 30 décembre 1873
(art. 3), — 26 décembre 1890 (art. 12), — 29
mars 1897 (art. 19). — art. 201, Code forestier.

D'après la jurisprudence, le sursis prévu
par la loi de 1891 (26 mars) peut toujours être
accordé pour l'emprisonnement, mais jamais
pour l'amende. Il ne peut jamais être prononcé
par le juge de paix, si le fait punissable est une
simple contravention [2].

1. Pandectes (*Douanes*), n° 2650. — *Contra :* Fabien THIBAULT,
p. 119.
2. Cass. crim., 19 novembre 1891 (S. 92, 1, 107). — Bordeaux,
14 août 1891 (S. 92, 2, 9). — Nancy, 5 novembre 1891 (S. 92, 2, 9). —
LEPOITTEVIN, *Journal des Parquets* 1891, p. 186. — M. J. MARIE,
op. cit., p. 121, — Cass., 22 décembre 1892 (D. 93, 1, 157). — En

Parmi les décisions de la jurisprudence que nous avons indiquées ci-dessus, il en est qui ne peuvent être admises par la théorie qui reconnaît à l'amende fiscale un caractère purement pénal. Pour nous, qui repoussons l'opinion de la Cour de cassation sur le caractère des amendes fiscales, les règles relatives aux amendes pénales devront être appliquées. C'est ainsi que le mineur qui sera reconnu avoir agi sans discernement sera acquitté ; que celui qui, au contraire, aura agi avec discernement, sera condamné, mais à une peine réduite, et cela sans distinguer entre la peine d'emprisonnement et la peine d'amende ; que les règles de la récidive seront applicables, également sans distinction, et qu'enfin, tous les contrevenants primaires pourront bénéficier de la loi du 26 mars 1891, s'ils satisfont aux conditions d'obtention du sursis. La seule particularité qui distinguera les amendes pénales des amendes fiscales sera relative à la mise en mouvement et à l'exercice de l'action en condamnation à ces dernières amendes.

4° Non-individualité de l'amende fiscale

Du caractère pénal que nous avions reconnu

sens contraire : Rennes. 3 juin 1891 (S. 91, 2, 249) ; — Lyon, 19 novembre 1891 (S. 92, 2, 56). — L'arrêt du 19 novembre 1891 s'applique en termes généraux aux peines fiscales. — Angers, 11 décembre 1891 (S. 92, 2, 61).

à l'amende dans la première partie de ce travail, nous avions tiré cette conséquence que, « comme toute peine, l'amende pénale devait être prononcée contre chacun des individus déclarés coupables et contre tous les participants à l'infraction jugée punissable »[1]. Pour ceux qui admettent que l'amende fiscale est une véritable peine, une amende fiscale devra être prononcée contre chacun des coupables et contre chacune des personnes ayant pris part au fait incriminé. Mais, d'après la théorie de la jurisprudence, qui est, il faut le reconnaître, la théorie dominante, l'amende, étant destinée à réparer le préjudice causé, par le fait matériel de la contravention et du délit, est unique. Une seule amende doit être prononcée, sans qu'on n'ait à se préoccuper du nombre de contrevenants. Elle sera d'un chiffre égal au dommage causé ; chaque contrevenant pourra être tenu de la payer entière ; mais, dans ses rapports avec ses codélinquants, il ne sera tenu que de sa part. C'est ce que la Cour de cassation a jugé en matière de contributions indirectes : « Attendu, dit l'arrêt[2], que les amendes fiscales sont plutôt *réelles* que *personnelles*, et qu'elles frappent le fait ma-

---

1. M. J. MARIE, *op, cit.*, p. 121.
2. Cass., 19 août 1836 (S. 35, 1, 762) -- 4 décembre 1863 (D. 64, 1, 495 ; S. 64, 1, 197). — 3 juin 1830 (D. 81, 1, 493), — 26 février 1886 (B. crim. 80, n° 88). — BLANCHE, T. 1er, n° 283 — M. MARIE, *op. cit.*, p. 124.

tériel de la contravention, abstraction faite du nombre de personnes qui y ont coopéré. » Elle a adopté la même solution en matière forestière [1].

Nous ne pouvons admettre cette doctrine. Le caractère individuel de l'amende n'est pas modifié par ce fait que la loi fixe l'amende proportionnellement au dommage causé. Le juge, après avoir évalué le préjudice, condamnera chaque délinquant à une amende dont le taux sera en rapport avec sa culpabilité, et qui sera calculé de manière que le total des chiffres respectifs des amendes prononcées soit égal au montant du dommage causé. (Hauss, n° 770, note 29 et n° 775. T. II.) Ainsi sera respecté le principe de l'individualité des peines.

On répond, dans l'opinion contraire, que le seul mode de calcul qui puisse être employé est celui adopté par la Cour de cassation, parce que, en matière fiscale, on ne doit tenir aucun compte de la culpabilité, de l'intention, et qu'on ne se préoccupe que du dommage qui a été éprouvé.

Ainsi donc, une amende unique doit être prononcée. Dans ses rapports avec le Trésor, tout condamné peut être contraint de payer intégralement l'amende ; mais, dans ses rapports avec

---

1. BLANCHE, T. 1er, n° 282, et les arrêts qu'il cite.— Code forestier, art. 192-194. — DALLOZ, *Peine*, n° 785, *Suppl.*, 741. Pandectes (*Amende*), n° 378. — Cass., 24 avril 1828 (S. 9, 1, 86).

ses codélinquants, il ne doit supporter que sa part : la règle de la solidarité entre les condamnés est absolument rationnelle en matière fiscale [1].

Quelques exceptions existent au principe de non-individualité dans les lois du 4 germinal an II (art. 2, titre IV) et dans l'article 30 de la loi du 8 juillet 1852.

5° Cumul des amendes fiscales

La Cour de cassation a admis que l'amende fiscale n'était pas soumise à la règle de l'article 365 du Code d'instruction criminelle, qui veut qu'en cas de conviction de plusieurs crimes ou de plusieurs délits, la peine la plus forte soit seule prononcée. C'est une conséquence nécessaire de l'opinion qu'elle a admise, d'après laquelle l'amende est une réparation civile plutôt qu'une peine [2].

1. Le législateur belge n'a pas admis la solidarité en règle générale, même en matière fiscale ; il n'a apporté d'exception que pour les amendes de douane. Voyez : HAUSS, t. II, n° 771, note 32, et n° 775 ; — DALLOZ, Peine, Suppl., n° 747, Impôts indirects, n° 513 ; — Pandectes (Douanes), n° 2419. — Cass., 26 février 1886 (Bull. 1886, n° 83). — Cass., 30 juillet 1887 (D. 87, 1, 509).

2. En matière de douanes, Cass. crim., 28 janvier 1876 (D. 76, 1, 329). Voyez surtout la note de M. Villey mise au pied de cet arrêt. En matière forestière, 20 mars 1862 (S. 63, 1, 902). — En matière de contributions indirectes et d'octroi, Cass., 22 décembre 1876 (D. 78, 1, 144 ; S. 77, 1, 234) — Voyez aussi, en matière de douanes : Besançon, 18 décembre 1890 (S. 92, 1, 174), et la note. — HAUSS., t. II, n°° 914 et 934, art. 100, § 2, code belge ; — BLANCHE, t. Ier, n°° 310, 312 ; — DALLOZ, Peine, n°° 149, 173, 174, — Forêts, n°s 336 et suiv., — Suppl., Peine, n° 135, — Douane, Suppl., n° 671, — Impôts indirects, n° 512 ; — Pandectes (Amende), n°° 363, 364, 366, 367, 104 et 105.

CHAPITRE III

Les amendes prononcées en matière de contributions indirectes sont recouvrées par les fonctionnaires de cette administration (L. 5 ventôse an XII, Décision premier jour complémentaire de l'an XII), sans qu'il y ait lieu de rechercher si les jugements ont été rendus avec la participation de l'administration des contributions indirectes ou hors de son concours. Cette observation s'applique aux infractions à la loi du 29 brumaire an VI. (Lois relatives aux droits de garantie des matières d'or et d'argent.)

En matière de douanes, le droit pour l'administration de procéder au recouvrement du montant des amendes et condamnations pécuniaires, lui est formellement reconnu par la loi du 22 août 1791 (titre XIII art. 18) et par l'arrêté du 27 thermidor an IV.

Le recouvrement des condamnations forestières, après avoir été effectué par les receveurs de l'enregistrement, fut confié à des gardes généraux collecteurs par le décret du 2 février 1811. Ces fonctionnaires étaient tenus de verser le montant mensuel des sommes recouvrées au receveur de l'enregistrement. L'art. 20 du Code forestier avait rétabli les receveurs d'enregistrement dans leurs fonctions; mais, depuis la loi du 29 décembre 1873, le recouvrement est actuellement fait par les percepteurs.

Les percepteurs n'ont pas à s'immiscer dans le recouvrement des amendes prononcées en matière d'octroi. Elles sont versées intégralement dans la caisse municipale; elles sont recouvrées par des personnes différentes suivant le mode de régie adopté; mais, si un même jugement prononce à la fois une amende pour contravention d'octroi et une amende pour contravention aux lois sur les contributions indirectes, s'il y a condamnation connexe, c'est l'administration des contributions indirectes qui est chargée du recouvrement.

Les amendes, en matière de pêche fluviale, sont recouvrées par les percepteurs. (Décret 29 avril 1862.—Arrêté minist. 15 mai 1863, art. 4.— Loi 29 décembre 1873, art. 25.)

Les agents des administrations chargées du recouvrement des amendes peuvent faire tous actes d'exécution sur les biens. Ils jouissent à cet égard des mêmes droits que les percepteurs. Mais pourront-ils requérir l'arrestation du débiteur pour lui faire subir la contrainte par corps, en cas d'inexécution de la condamnation ?

On avait pensé et jugé que les condamnés à l'amende fiscale ne pourraient être contraints par corps, parce que l'amende avait le caractère de réparation civile, et que la contrainte était supprimée en matière civile.

La Cour de cassation[1] a repoussé cette opinion en se fondant sur ce que l'amende avait un caractère mixte.

Elle s'est appuyée sur l'exposé des motifs de la loi de 1867. « Souvent, disait l'orateur du Gouvernement, la législation répressive, pour toute peine, prononce une amende. Il en est ainsi pour des délits de pêche, des délits forestiers, des délits en matière de douane, pour les infractions les plus fréquentes peut-être, pour celles qui sont commises par de pauvres gens. Leur chétif mobilier est sans valeur, leur petit pécule est facilement caché : s'ils ne veulent pas payer l'amende, ils le peuvent ; la condamnation restera inexécutée. La pauvreté, causée trop souvent par l'inconduite ordinaire des déprédateurs de toute sorte, sera un moyen d'impunité ; en ce cas, la contrainte par corps est le seul moyen de donner force à la justice. »

C'est à la requête de l'administration que le Procureur de la République fait procéder à

---

1. Cass., civ., 22 juillet 1874 (D. 75, 1, 168 ; S. 75, 1, 23). — Fuzier-Herman, *Amende*, n⁰ˢ 31, 34, 39. — Dalloz, *Contrainte*, *Suppl.*, nᵒˢ 43 et suiv. — Pandectes (*Douanes*), n° 2426.

l'arrestation du condamné. Cette arrestation ne peut avoir lieu que cinq jours après un commandement adressé par le receveur des douanes, ou par le receveur municipal, ou par le receveur des contributions indirectes. (Chauveau et Hélie, n° 193.)

La contrainte ne peut être exercée contre un mineur qui a agi sans discernement, ni contre les personnes déclarées civilement responsables [1].

Le jugement de condamnation peut être exécuté contre la succession du délinquant, s'il a acquis l'autorité de la chose jugée avant le décès du condamné : c'est une dette de succession [2].

---

1. Cass. crim., 11 février 1843 (S. 43, 1, 662). — 18 mai 1843 (S. 43, 1, 473). — Cass., 25 août 1884 (D. 85, 1, 96). — Pandectes (*Amende*), n° 556. — DALLOZ, *Douanes, Suppl.*, n° 713. — Nous reconnaissons au contraire que la contrainte par corps pourra être exercée contre les personnes civilement responsables. Ces personnes sont, non civilement, mais pénalement responsables du défaut de surveillance, érigé en délit *sui generis* par la loi.

2. C'est la solution contraire que nous avons admise en matière pénale. C'est cette même solution que nous adoptons ici, puisque pour nous l'amende fiscale est une peine.

CHAPITRE IV

La loi des 26 et 27 décembre 1890 n'a pas
modifié, en ce qui concerne les amendes fiscales,
le mode de répartition du produit de ces amendes. En principe, ce produit est versé dans les
caisses particulières de chacune des administrations, et ces administrations en sont comptables envers le Trésor public.

En matière de douanes, les amendes sont
réparties d'après la loi du 17 juillet 1889 (art 11)
et le décret complémentaire du 31 décembre
même année. Après prélèvement fait par l'État
des décimes, des droits d'entrée et des frais
non recouvrés, la caisse des pensions civiles,
les préposés saisissants et le fonds commun des
douanes se partagent le produit net des
amendes.

Les amendes des contributions indirectes
appartiennent partie à la caisse des retraites,
partie aux employés saisissants et partie à la
régie. (Loi 28 avril 1816, art. 240. — Loi 25 mars
1817, art 126.)

23

Le décret du 17 mai 1809 (article 13, titre Ier) porte que le produit des amendes d'octroi sera partagé ainsi qu'il suit : une moitié aux employés de l'octroi, et l'autre moitié à la caisse municipale pour être appliquée soit aux préposés, soit aux pauvres.

Seules les amendes forestières sont attribuées à l'État. (Art. 204 Code forestier.)

CHAPITRE V

LIBÉRATION DE L'OBLIGATION DE PAYER L'AMENDE

De même qu'un créancier peut faire remise pleine et entière de sa créance, de même l'État, créancier de la plupart des amendes fiscales, peut, par une amnistie, effacer les condamnations prononcées pour le passé et pour l'avenir, et supprimer par suite les amendes encourues. Mais les effets de l'amnistie sont réglés par la loi qui l'a créée, et, s'il n'y a aucune mention particulière, ils ne s'étendent qu'à la part de l'État dans le produit des amendes. La loi d'amnistie ne peut, en effet, priver de leurs créances les personnes au profit desquelles l'amende a été prononcée. Voilà pourquoi, à moins d'une mention particulière, les effets de la loi d'amnistie ne s'étendent pas aux portions d'amendes attribuées aux agents qui ont constaté le délit[1].

Les amendes prononcées à la requête des administrations fiscales ne donnent pas ouverture au droit de grâce[2].

---

1. DALLOZ, *Amnistie*, nᵒˢ 138 et 137, *Suppl.*, nᵒˢ 43, 44. — Cass., 31 décembre 1869 (S. 70, 1, 227).— *Décis.* Just. et fin., 4 février 1870.
2. Il en serait autrement dans la théorie qui attribue à l'amende le caractère pénal.

Les administrations ont toujours le droit de transiger sur l'amende prononcée, même quand le jugement a acquis l'autorité de la chose jugée. Elles peuvent même faire une remise totale ou partielle.

Enfin, l'obligation de payer l'amende est éteinte par la prescription. Les lois fiscales ne se sont point expliquées sur ce point; il faut donc s'en rapporter au droit commun : le délai de la prescription, en ces matières, sera celui prévu par l'article 636 du Code d'instruction criminelle ; les amendes se prescriront par cinq ans. On avait soutenu (et cette solution était conforme à l'opinion de la jurisprudence sur le caractère de l'amende fiscale) que la prescription devait être la prescription civile, c'est-à-dire trente ans. La Cour de cassation a admis le contraire, et a adopté la prescription du droit commun. Quant aux amendes prononcées par le juge de paix, la prescription ne peut être que de trente ans [1].

La prescription sera de cinq ans et de deux ans dans la théorie qui ne reconnaît à l'amende fiscale que le caractère de peine.

---

1. Pandectes, n° 2420. — *Contra :* Cass. civ., 10 décembre 1890 (D. 91, 1, 102).

CONCLUSION

Cette étude succincte de l'amende fiscale terminée, nous devons nous demander si les réformes que nous avons proposées relativement à la détermination du taux de l'amende pénale, et à son mode de recouvrement, peuvent être étendues à l'amende fiscale.

Nous avons essayé d'établir que l'amende pénale, pour être efficace, devait être proportionnée à la fortune du délinquant. Nous avons exposé, en outre, les moyens dont on pourrait se servir pour assurer son recouvrement. Devrons-nous, en ces matières fiscales, tenir compte de l'élément de fortune dans la fixation du taux de l'amende, et devrons-nous adopter le système des prestations de travail obligatoire pour assurer le recouvrement des amendes fiscales ?

La jurisprudence a attribué à l'amende fiscale un caractère de réparation civile ; les amendes fiscales sont plutôt réelles que personnelles, et frappent le fait matériel de la contravention : ce sont des réparations civiles du dommage causé par les effets de la fraude, plutôt que des peines véritables. D'après cette théorie, on ne doit se préoccuper, pour la fixation du chiffre de l'amende, que du montant du préjudice causé, puisque c'est au fait matériel de toute infraction que la jurisprudence attache toute condamnation à l'amende. Par conséquent, on ne doit tenir aucun compte des considérations d'humanité que l'on a fait valoir pour proportionner l'amende pénale aux moyens d'existence du coupable. Que la contravention soit commise par un individu riche ou par un pauvre, le préjudice qui en résulte n'en existe pas moins. C'est donc à une amende proportionnée à ce préjudice que le contrevenant devra être condamné, sans avoir égard à sa situation de fortune.

Nous avons toujours reconnu à l'amende fiscale le caractère pénal, caractère qu'elle n'a jamais perdu pour prendre celui de réparation civile ; nous avons repoussé sur ce point l'opinion de la jurisprudence. Nous ne pouvons admettre comme conséquence que, dans la détermination du chiffre de l'amende, on ne se préoccupe que du dommage causé par le fait matériel de l'infraction. Ce n'est pas une raison, parce que nous sommes en matière fiscale, pour repousser les principes et les considérations d'humanité que l'on a fait valoir pour donner à l'amende une base proportionnelle à la fortune et aux moyens d'existence du délinquant, de manière qu'elle ne soit ni illusoire pour le riche, ni accablante pour le pauvre.

Les lois fiscales, dit-on, ne tiennent pas compte de l'intention et des diverses circonstances qui influent sur la culpabilité du coupable. Le riche et le pauvre seront tous deux condamnés à la même amende, si le préjudice qui résulte des infractions par eux commises est le même. Mais, en matière pénale, le préjudice causé par deux individus, l'un riche, l'autre pauvre, qui commettent deux infractions semblables, n'est-il pas également le même ? L'ordre social n'est-il pas également troublé ? La société n'éprouve-t-elle pas en quelque sorte un même préjudice moral ? Et cependant, personne ne contestera que la condamnation de chacun de ces individus à deux amendes d'un chiffre égal, irait à l'encontre du but de toute pénalité. Mais que l'on proportionne l'amende à la fortune du coupable, chacun d'eux sera également affecté par la condamnation.

Cette égalité dans le châtiment, que l'on peut obtenir en matière pénale, n'existe pas en matière fiscale, et ne peut exister d'après la théorie que nous repoussons, et qui prétend ne tenir compte, dans la détermination de la peine, que du préjudice causé. Que peut faire à un riche une amende de 500 fr. ? Prononcez, au contraire, cette même amende contre un individu dont les ressources sont médiocres, ce sera pour lui la ruine et la misère. Et cependant, nous prétendons que le riche qui fraude le Trésor est plus coupable et plus malhonnête que le pauvre ?

En admettant l'extension de l'art. 463 du
Code pénal aux délits et contraventions en matière de contributions indirectes, en permettant
au juge de tenir compte de la bonne foi du coupable, le législateur a manifesté l'intention d'é-
carter désormais de ces matières l'application
de la règle de l'art. 16 de la loi du 9 floréal an
VII. Il permet au juge de prendre en considération les diverses circonstances qui entourent
l'infraction et qui diminuent la culpabilité. S'il
admet l'existence de circonstances atténuantes
au profit du coupable, le juge peut même ne pas
se préoccuper du préjudice causé par l'infraction. Les amendes, en ces matières de contributions indirectes, cessent donc d'être réelles, et le
préjudice devient un facteur de peu d'importance dans la détermination du chiffre de ces
amendes.

Pourquoi ce qui a été admis en matière
de contributions indirectes n'est-il pas admis
dans les autres matières fiscales? Quel motif
pour en décider ainsi? Pourquoi, en matière de
douanes, d'octroi par exemple, ne pas écarter,
comme en matière de contributions indirectes,
l'application de la règle de l'article 16 de la loi
du 9 floréal an VII, qui depuis longtemps aurait
dû disparaître de notre législation? Pourquoi
persister à donner aux amendes qui sanction-
nent les lois sur les douanes et sur les octrois

le caractère de réalité, qu'elles n'ont plus en
matière de contributions indirectes depuis les
lois de 1888, 1890 et de 1897?

L'intervention du législateur est donc nécessaire pour faire cesser l'inégalité qui existe dans
la répression des délits fiscaux. Cette intervention s'étant produite dans le sens que nous avons
ci-dessus indiqué, il n'y aura plus lieu de se
préoccuper de la règle du 9 floréal an VII; de
plus, l'article 463 étant applicable à toutes les
infractions fiscales, et l'élément préjudice étant
par suite devenu de peu d'importance dans la
détermination du chiffre des amendes encourues pour délit fiscal, il y aura lieu de tenir
compte des moyens d'existence du coupable,
que la jurisprudence n'a pu jusqu'ici admettre,
étant donné le caractère de réalité qu'elle attri-
buait aux amendes fiscales.

Quant au recouvrement de ces amendes, il
sera assuré, et s'opérera par les prestations de
travail que nous avons proposées pour le recouvrement des amendes pénales.

BIBLIOTHÈQUE / IMPRIMÉS

TABLE DES MATIÈRES

———•◦•———

BIBLIOTHÈQUE UNIVERSITAIRE
R F

www.ingramcontent.com/pod-product-compliance
Lightning Source LLC
Chambersburg PA
CBHW070259030726
47505CB00004B/864